KB0992220

임동석중국사상100

산해경
山海經
③/③

晉, 郭璞 註/淸, 郝懿行 箋疏/袁珂 校註
林東錫 譯註

〈神農 採藥圖〉

象犀珠玉瑰怪之物　有悅於人之耳目而
不適於用　而用之金石草木絲麻五穀六材有
悅而適於用　用之則弊　取之則竭　悅於人之
目而適於用　用之而不弊　取之而不竭　賢
不肖之所得　各因其才　而不同而求無不獲
其分　十分仁智者　惟書乎

丁亥菊秋　錄東坡李氏山房藏書記　丘堂呂元九

　　"상아, 물소 뿔, 진주, 옥, 진괴한 이런 물건들은 사람의 이목은 즐겁게 하지만 쓰임에는 적절
하지 않다. 그런가 하면 금석이나 초목, 실, 삼베, 오곡, 육재는 쓰임에는 적절하나 이를 사용하면
닳아지고 취하면 고갈된다. 그렇다면 사람의 이목을 즐겁게 하면서 이를 사용하기에도 적절하며,
써도 닳지 아니하고 취하여도 고갈되지 않고, 똑똑한 자나 불초한 자라도 그를 통해 얻는 바가
각기 그 자신의 재능에 따라주고, 어진 사람이나 지혜로운 사람이나 그를 통해 보는 바가 각기
그 자신의 분수에 따라주되 무엇이든지 구하여 얻지 못할 것이 없는 것은 오직 책뿐이로다!"

　　　　《소동파전집》(34) 〈이씨산방장서기〉에서 구당(丘堂) 여원구(呂元九) 선생의 글씨

책머리에

　도연명陶淵明은 〈독산해경讀山海經〉이라는 시의 첫 구절에서 "맹하(孟夏, 음력 4월 한여름)에 밭 갈기를 대강 마치고 잠시 망중한의 틈을 내어 《주왕전》을 보다가 《산해경》 그림도 훑어보도다. 위아래 온 우주를 두루 구경하는 것이니 즐겁지 않을 수 있겠는가?(汎覽周王傳, 流觀山海圖. 俯仰終宇宙, 不樂復何如)"라 하였다.

　나도 글을 쓰다가 지치거나 혹 그날 목표량을 마치고 잠시 쉴 때면 우리나라 지도를 보다가 다시 세계지도를 펴들고 편안히 누워 온갖 상상을 다하는 재미를 느낄 때가 있다.

　옛사람들도 이러한 책, 더구나 그림까지 곁들인 상상의 책, 거짓말이고 아니고를 떠나 신비한 꿈을 꾸게 하는 책을 버리지 아니하고 가끔은 즐겨 보았을 것이다. 그러한 책은 시공時空에 얽매인 현실을 훌쩍 넘어 먼 미지의 세계를 마음놓고 날아다닐 수 있게 해주며, 나아가 그 책을 지은 저자보다 더 거짓다운 허상의 세계를 만들어 내가 창조주가 되어도 된다는 행복감을 줄 수도 있다. 그리고 그러한 삼매경에 빠졌을 때에는 그야말로 물아양망物我兩忘의 편안함을 느낄 수 있을뿐더러 와각蝸角과 같은 이 좁은 세계에서 아옹다옹하는 내 모습이 참다운 '나 자신'이 아닐 수도 있다는 안도감도 맛볼 수 있을 것이다.

　근엄하고 현실주의적이며 실증적인 사람이 이 책을 보면 황당하다는 느낌을 넘어, "이렇게까지 기괴한 내용을 책인 양 꾸며 수천 년을 이어왔단 말인가?"라고 의아해할 것이다. 아니 "이러한 것이 무슨 가치가 있다고,

중국학이나 중문학, 신화, 전설, 무속, 의약, 지리 등 온갖 연구에 영향을 주었으니 어쩌니 하는가?"라고 할 것이다. 실로 그렇다. '백불일진百不一眞'(백 가지 이야기 중 단 하나도 진짜가 없다)이라고 청나라 때 이미 결론은 내려졌다. 그럼에도 이토록 오랜 시간 중국 사유思惟의 내면을 자리잡고 있었던 것은 무슨 까닭에서인가?

중국과 우리 동양의 도안, 문양, 길상문, 벽화, 전화博畫, 화상석畵像石, 조각, 예술 등에 나타난 그 기괴하면서도 신비한 그림은 어디서 온 것일까? 아니 우리나라 고구려 사신도나 고운 한식 건축 속에 있는 십이지상十二支像, 궁궐 앞의 해치海豸, 그리고 용상, 봉황, 신선도 등을 보라. 어디 사람 몸에 쥐를 포함한 12가지 띠를 형상화한 모습이 실제 있는가? 그럼에도 우리는 거부감 없이 아름다움과 신비함, 그리고 나아가 제액除厄과 초복招福의 원초적 믿음까지 갖게 되지 않는가? 바로 이러한 것이다.

아주 멀고 오랜 옛날, 중국 초창기 사람들은 그러한 상상의 신비한 기록을 공간 위주로 설정하였다. 즉 지리에 그 상상의 그림을 채워 넓혀나간 것이다. 시간은 거기에 설정하지 않았다. 왜? 시간은 그 공간 위에 서로 함께 저절로 편재遍在하고 있기 때문이다. 동심원을 중심으로 동서남북과 중앙의 산이라는 기준점을 마련하여 있을 수 있는, 있어야 하는 온갖 동식물을 그곳에 나서 살고 생육하며 퍼져나가도록 생명을 불어넣었다. 그리고 당시 지구 구조는 사방 바다가 땅을 둘러싸고 있다고 믿었다. 이에 그 바다 너머, 아니면 그 바다 안쪽에도 시간과 공간이 있을 것이므로 반드시 어떠한 구조와 생명이 있을 것으로 여겨 그곳 세계를 설정하였던 것이다.

그리하여 이름을 '산과 바다'라는 두 축을 중심으로 불려왔던 것이다. 그러나 분명 《산해경》이라는 뜻은 '산과 바다에 대한 경전'이라는 뜻은 아니다. 공간의 확대를 위한 경유, 방향으로 보아 그렇게 방위를 경유하여 넓혀가는 경로라는 뜻의 '경經'이다.

이 책은 기술 방법이 아주 정형화되어 있고 단순하다. 즉 "어디로 몇 리에 무슨 산이 있고, 그 산에는 무슨 나무나 풀, 광물이 있다. 그리고 무슨 짐승(동물)이 있다. 그중 어떤 것은 어떤 병의 치료에 약이 된다, 혹은 그것이 나타나면 사람들에게 어떠한 재앙이나 복을 준다"는 따위의 공식이다. 이른바 〈산경山經〉 480여 가지 기록은 모두가 이렇다. 그런가 하면 이른바 〈해경海經〉도 "어디에 어떠한 기괴한 종족의 나라가 있다. 그들은 전혀 상상할 수 없는 이상한 생김이다"의 틀을 이루고 있다. 다만 뒤편에 이르면 고대 중국 인명을 가탁(?)하여 원시 역사의 어떠한 사건을 겪었다는 내용이다. 그러나 그것도 아주 추형雛形의 거친 기록이다. 따라서 다른 기록의 역사적 사실을 방증 자료로 설명해도 맞지도 않는다. 서사성敍事性도 빈약하고 내용도 얼핏 보아 앞뒤가 맞지도 않는다. 기승전결의 긴장감도 없고, 사용된 문자도 일관성이 없이 벽자투성이이다. 그럼에도 겉으로 드러난 본문을 이해하는 데에는 그다지 힘을 들이지 않아도 된다. 공식대로 대입代入하면 되기 때문이다. 그러나 속에 든 내용은 무엇을 뜻하는지 도무지 알기 어렵다. 바벨탑이 무너진 직후 사람들이 제각기 떠들어대는 소리와 같다.

그래서 진晉나라 때 곽박郭璞의 주注와 청淸나라 때 학의행郝懿行의 전소箋疏 등을 바탕으로 그 자질구레한 소문자를 있는 대로 동원하여 보았지만 역시 미진하기는 마찬가지이다. 그래서 본 역주자는 우선 전체를 868개의 문장으로 세분하고 일련번호를 부여함과 동시에 모두 해체하듯 뜯어놓고 다시 맞추어보았더니 역시 작업을 해볼 만한 가치를 느꼈다. 그러나 이 방면이 전공이 아니고 다만 중국고전이라는 고정된 관념을 가지고 정리한 것인 만큼 제대로 기대만큼 완성된 결과는 얻지 못하였음을 자인한다. 그저 이를 교재로 하거나 입문서로 사용하고자 하는 이들에게 초보적 자료를 제공한다는 의미에서 작업을 마무리하고 이쯤에서 손을 떼는 것이 학문에 대한 도리요 면책이라 여긴다. 강호제현의 많은 질책과 편달을 기다린다.

취벽헌醉碧軒 연구실에서 사포莎浦 임동석林東錫이 적음.

일러두기

1. 이 책은 《산해경전소山海經箋疏》(阮氏琅嬛仙館開雕本. 臺灣 藝文印書館 印本,
   1974, 臺北)를 저본으로 하고, 〈사고전서四庫全書〉본本 《산해경山海經》과
   《산해경광주山海經廣注》, 그리고 〈사부비요四部備要〉본 《산해경전소山海經
   箋疏》, 〈사부총간四部叢刊〉본 《산해경山海經》, 〈사고전서회요四庫全書薈要〉본,
   〈속수사고전서續修四庫全書〉본, 〈백자전서百子全書〉본, 〈백가총서百家
   叢書〉본, 〈환독루還讀樓〉본(巴蜀書社 印本 1985) 등을 일일이 대조하여
   정리, 완역한 것이다.
2. 현대 원가袁珂의 《산해경전역山海經全譯》(貴州人民出版社, 1994)은 좋은
   참고가 되었으며, 한국에서 출간된 정재서鄭在書 교수의 《산해경山海經》
   (1985, 民音社) 역시 큰 도움이 되었다.
3. 그 밖의 현대 중국에서 출간된 도서들, 《신역산해경新譯山海經》(樣錫彭,
   臺灣三民書局, 2007), 《산해경역주山海經譯註》(沈薇薇, 黑龍江人民出版社, 2003),
   《산해경山海經》(史禮心, 北京華夏出版社, 2007), 《산해경山海經》(李豐楙, 金楓出版社,
   홍콩), 《산해경山海經》(倪泰一, 重慶出版社, 2006. 이는 서경호, 김영지에 의해 번역
   출간됨. 안티쿠스 2009), 《도해산해경圖解山海經》(徐客, 南海出版社, 2007) 등도
   모두 참고하여 도움을 받았다.
4. 원문역주에 충실하고자 하였으며, 신화적 해석이나 학술적 고증 등은
   사학의 전문가에게 미루어 기다리고자 하였다.
5. 전체 18권(39 분류)을 총 868개의 장절章節로 나누고, 해당 장절의 대표
   제시어를 제목으로 삼았으며 다시 전체 일련번호와 해당 분류의 소속
   번호를 괄호 안에 부여하여 찾아보기 편리하도록 하였다. 단 868개의
   분류와 제목은 절대적인 것은 아니며 역자가 합리적이라 생각하는
   기준과 판단에 의해 정한 것이다.

6. 역문을 제시하고 원문을 실었으며 뒤이어 주석을 자세히 넣어 읽기와 대조, 연구에 편리하도록 하였다. 주석은 곽박郭璞의 전문(傳文, 注文), 학의행郝懿行의 전소箋疏, 그리고 원가의 교정을 싣고 아울러 원가의 현대적 교정에 대한 내용도 충실히 반영하고자 하였다. 그 외 원가가 언급한 오임신吳任臣, 양신楊愼, 손성연孫星衍, 필원畢沅, 왕불汪紱 등의 의견도 해당부분에 정리하여 실었다.

7. 그림 자료는 원래 청淸 오임신吳任臣의 《산해경광주山海經廣注》와 청 왕불 汪紱의 《산해경도본山海經圖本》, 명明 호문환胡文煥의 《산해경도山海經圖》, 명 장응호蔣應鎬의 《해내경도海內經圖》, 청 학의행郝懿行 《산해경도본山海經 圖本》, 청 필원畢沅 《산해경도본山海經圖本》 등의 그림이 널리 다른 책에 전재되어 있어 이를 옮겨 싣거나 혹, 청 《금충전禽蟲典》, 청 《오우여화보 吳友如畫寶》, 청 《이아음도爾雅音圖》 및 《삼재도회三才圖會》 등을 참고하여 해당부분에 제시하여 이해에 도움이 되도록 하였다.

8. 부록으로 곽박의 《산해경도찬山海經圖讚》을 싣고 각 문장마다 일련 번호의 숫자로 원전의 출처를 표시하여 대조할 수 있도록 하였다. 아울러 《산해경》 서발 등 관련자료와 도연명陶淵明의 〈독산해경讀山海經〉 13수도 실어 참고로 삼도록 하였다.

9. 본 책의 역주에 참고한 도서와 문헌은 대략 다음과 같다.

❊ 참고문헌

1. 《山海經箋疏》 郝懿行(撰) 阮氏琅嬛僊館開雕 藝文印書館(印本) 1974 臺北

2. 《山海經箋疏》 郝懿行(撰) 還讀樓(校刊本) 巴蜀書社(印本) 1985 四川 成都

3. 《山海經》晉 郭璞(注) 四庫全書 子部(12) 小說家類(2) 異聞之屬 商務印書館(印本) 臺北

4. 《山海經廣注》淸, 吳任臣(注) 四庫全書 子部(12) 小說家類(2) 異聞之屬 商務印書館(印本) 臺北

5. 《山海經箋疏》郭璞(傳) 郝懿行(箋疏) 四部備要(47) 中華書局(印本) 1989 北京

6. 《山海經圖讚》郭璞(撰) 四部備要(47) 中華書局(印本) 1989 北京

7. 《山海經訂譌》郝懿行(撰) 四部備要(47) 中華書局(印本) 1989 北京

8. 《山海經敍錄》四部備要(47) 中華書局(印本) 1989 北京

9. 《山海經》晉 郭璞(傳) 四部叢刊 初編 子部 書同文 電子版. 北京

10. 《山海經箋疏》淸 郝懿行(撰) 續修四庫全書(印本) 子部 小說家類 上海古籍出版社 上海

11. 《山海經》晉 郭璞(撰) 乾隆御覽四庫全書薈要(印本) 史部 吉林人民出版社 吉林 長春

12. 《山海經》郭璞(注) 畢沅(校) 孫星衍(後序) 諸子百家叢書本 上海古籍出版社 (印本) 1989 上海

13. 《新譯山海經》楊錫彭(注譯) 三民書局 2007 臺北

14. 《山海經》晉 郭璞(傳) 百子全書(本) 岳麓書社 1994 湖南 長沙

15. 《山海經》晉 郭璞(撰) 掃葉山房本 民國8(1919년) 印本

16. 《山海經圖讚》晉 郭璞(纂) 百子全書(本) 岳麓書社 1994 湖南 長沙

17. 《山海經補注》明 楊愼(撰) 百子全書(本) 岳麓書社 1994 湖南 長沙

18. 《山海經全譯》袁珂(譯註) 貴州人民出版社 1994 貴州 貴陽

19. 《山海經譯注》沈薇薇(二十二子詳注全譯) 黑龍江人民出版社 2003 黑龍江 哈爾濱

20. 《山海經》史禮心·李軍(注) 華夏出版社 2007 北京

21. 《山海經》李豐楙, 龔鵬程 金楓出版有限公司 1987 홍콩 九龍

22. 《山海經》倪泰一·錢發平(編譯) 重慶出版社 2006 重慶

23. 《山海經》倪泰一·錢發平(編著) 서경호·김영지(역) 안티쿠스 2009 한국 파주

24. 《圖解山海經》徐客(編著) 南海出版社 2007 南海 海口

25. 《山海經·穆天子傳》張耘(點校) 岳麓書社 2006 湖南 長沙

26. 《山海經·穆天子傳》譚承耕(點校) 岳麓書社 1996 湖南 長沙

27. 《山海經》鄭在書(譯註) 民音社 1985 서울

28. 《華陽國志》晉 常璩(輯撰) 唐春生(等) 譯 重慶出版社 2008 重慶

29. 《穆天子傳·神異經》송정화·김지선(譯註) 살림 1997 서울

30. 《海内十洲記》漢 東方朔(撰) 四庫全書 子部(12) 小說家類(2) 異聞之屬 商務印書館(印本) 臺北

31. 《漢武故事》漢 班固(撰) 四庫全書 子部(12) 小說家類(2) 異聞之屬 商務印書館(印本) 臺北

32. 《漢武帝内傳》漢 班固(撰) 四庫全書 子部(12) 小說家類(2) 異聞之屬 商務印書館(印本) 臺北

33. 《洞冥記》漢 郭憲(撰) 四庫全書 子部(12) 小說家類(2) 異聞之屬 商務印書館(印本) 臺北

34. 《拾遺記》前秦 王嘉(撰) 四庫全書 子部(12) 小說家類(2) 異聞之屬 商務印書館(印本) 臺北

35. 《搜神記》晉 干寶(撰) 林東錫(譯註) 東西文化社 서울

36. 《搜神後記》晉 陶潛(撰) 四庫全書 子部(12) 小說家類(2) 異聞之屬 商務

印書館(印本) 臺北

37.《異苑》宋 劉敬叔(撰) 四庫全書 子部(12) 小說家類(2) 異聞之屬 商務印
　　書館(印本) 臺北

38.《續齊諧記》梁 吳均(撰) 四庫全書 子部(12) 小說家類(2) 異聞之屬 商務印
　　書館(印本) 臺北

39.《集異記》唐 薛用弱(撰) 四庫全書 子部(12) 小說家類(2) 異聞之屬 商務印
　　書館(印本) 臺北

40.《博異記》唐 谷神子(撰) 四庫全書 子部(12) 小說家類(2) 異聞之屬 商務印
　　書館(印本) 臺北

41.《杜陽雜編》唐 蘇鶚(撰) 四庫全書 子部(12) 小說家類(2) 異聞之屬 商務印
　　書館(印本) 臺北

42.《稽信錄》宋 徐鉉(撰) 四庫全書 子部(12) 小說家類(2) 異聞之屬 商務印
　　書館(印本) 臺北

43.《博物志》晉 張華(撰) 林東錫(譯註) 東西文化社 서울

44.《西京雜記》漢 劉歆(撰) 林東錫(譯註) 東西文化社 서울

45.《神仙傳》晉 皇甫謐(撰) 林東錫(譯註) 東西文化社 서울

46.《山海經神話系統》杜而未(著) 學生書局 1980 臺北

47.《中國神話研究》玄珠(撰) 출판연도 등 미기재 臺北

48.《山海經裏的故事》蘇尚耀·陳雄 國語日步社 1979 臺灣 臺北

49.《古巴蜀與山海經》徐南洲(著) 四川人民出版社 2004 四川 成都

50.《神異經》漢 東方朔(撰) 晉 張華(注)

51.《海內十洲記》漢 東方朔(撰)

52.《別國洞冥記》漢 郭憲(撰)

53. 《穆天子傳》晉 郭璞(注)

54. 《拾遺記》前秦 王嘉(撰) 梁 蕭綺(錄)

55. 《續博物志》宋 李石(撰)

56. 《述異記》梁 任昉(撰)

57. 《玄中記》晉 郭璞(撰)

58. 《獨異志》唐 李冗(撰)

59. 《堅夷志》宋 洪邁(撰)

60. 《錄異記》五代 杜光庭(撰)

61. 《括異志》宋 張師正(撰)

62. 《神異經》漢 東方朔(撰) 晉 張華(注)

　　　기타 《三才圖會》《太平御覽》《初學記》《北堂書鈔》《藝文類聚》
《文選》《水經注》《竹書紀年》《淮南子》《楚辭》《爾雅》《說文解字》《廣韻》
《集韻》《史記》《漢書》《後漢書》《三國志》《晉書》《四庫全書總目提要》

　　※ 공구서 등 기타 일부 일반적인 자료는 기재를 생략함.

해제

1. 《산해경》 개설

《산해경》은 중국 고대 전적 가운데에 가장 기이한 기서奇書이다. 선진先秦
시대에 이미 출현한 책이면서 그 내용은 주로 지리·물산·신화·지질·천문·
기상·동물·식물·의약·무속·종교·민족·역사·이문異聞·이적異跡·금기·민속·
고고·수리水利·인류학·해양학·과학사 등 이루 헤아릴 수 없이 많은 정보를
담고 있어 백과사전과 같다. 그러나 기술이 단편적이고 설명이 지나치게
추형雛形이어서 지금 우리가 원하는 형식을 갖춘 그러한 지식전달의 책은
물론 아니다. 그보다 오히려 '백불일진百不一眞', 즉 백 가지 중 하나도 진짜가
없는 내용으로 상상력의 한계가 어디까지인가를 보여주는 흥미롭고
이상하며, 이해할 수 없는 형상을 천연스럽게 거론하고 있는, 그야말로
불가사의한 몽상으로 가득 차 있는 기록이다. 그래서 사마천司馬遷도
"《우본기》나 《산해경》에 있는 괴물들에 대하여 나는 감히 말할 수 없다
(至《禹本紀》·《山海經》所有怪物, 余不敢言之也.《史記》大宛傳贊)"라 한 것이다.

《산해경》은 모두 18권으로 구성되어 있으며 총 3만 1천여 자에 868장
(이는 역자가 나눈 것이며 확정적인 것은 아님)으로 구성되어 있다. 우선 크게 '산경
山經'과 '해경海經'으로 나눌 수 있다. '산경'은 비교적 순서와 기술이 일관된
형식을 갖추고 있으며 남·서·북·동 네 방위에 다시 중앙을 넣어 이른바
오방五方으로 축을 이루고 있다. 그 때문에 이를 흔히 '오장산경五藏山經,
五藏山經'이라 한다. 그리고 다시 각 '산경'에는 1차, 2차, 3차 등 차수별로
'중산경'의 경우 12차경까지 모두 세부적으로는 26의 소부류로 나눌 수 있다.

이에 우선 알기 쉽게 목록을 표로 보이면 다음과 같다.

〈산해경 목록 표〉

經	卷	經名	番號	小題目	範圍	項數	備考
山經	1	南山經	1−1	南山經	001−010	10	
			1−2	南次二經	011−028	18	
			1−3	南次三經	029−043	15	
	2	西山經	2−1	西山經	044−063	20	
			2−2	西次二經	064−081	18	
			2−3	西次三經	082−104	23	
			2−4	西次四經	105−125	21	
	3	北山經	3−1	北山經	126−151	26	
			3−2	北次二經	152−168	17	
			3−3	北次三經	169−217	49	
	4	東山經	4−1	東山經	218−230	13	
			4−2	東次二經	231−248	18	
			4−3	東次三經	249−258	10	
			4−4	東次四經	259−268	10	
	5	中山經	5−1	中山經	269−284	16	
			5−2	中次二經	285−294	10	
			5−3	中次三經	295−300	6	
			5−4	中次四經	301−310	10	
			5−5	中次五經	311−326	16	
			5−6	中次六經	327−341	15	
			5−7	中次七經	342−361	20	
			5−8	中次八經	362−385	24	
			5−9	中次九經	386−402	17	
			5−9	中次十經	403−412	10	
			5−10	中次十一經	413−461	49	
			5−11	中次十二經	462−481	20	
海經	6	海外南經			482−505	24	
	7	海外西經			506−528	23	
	8	海外北經			529−550	22	
	9	海外東經			551−567	17	
	10	海內南經			568−585	18	
	11	海內西經			586−606	21	
	12	海內北經			607−638	32	
	13	海內東經			639−676	38	
	14	大荒東經			677−713	37	
	15	大荒南經			714−744	31	
	16	大荒西經			745−794	50	
	17	大荒北經			795−828	34	
	18	海內經			829−868	40	868

이 '산경'의 서술 형식은 '어디로부터 몇 리에 무슨 산이 있으며 그 산에는 어떠한 동식물, 또는 광물이 있고, 그곳에서 어떠한 물이 발원하여 어디로 흐른다'는 식의 기본 틀을 바탕으로 일부 다른 내용이 간단히 첨가되는, 거의 일관된 공식을 가지고 있으며 내용은 아주 단순하다.

다음으로 '해경'의 경우 '해외경'과 '해내경', '대황경' 그리고 다시 '해내경' 등 크게 넷으로 나눌 수 있으며 내용은 기문奇聞, 이전異傳, 원시 역사, 천문, 역법 등 아주 다양하고 잡다한 것으로 이루어져 있다.

이 《산해경》은 구전에 우禹와 익益이 기록한 것이며 나아가 일설에 〈우정도 禹鼎圖〉의 그림에서 나온 것이라 하나 이는 믿을 수 없다. 지금 많은 이들의 연구에 의하면 이 책은 어느 한 시대, 한 사람의 손에 이루어진 것이 아니며 대체로 전국 초기부터 한나라 초기까지 남방 초楚나라와 파촉巴蜀 지역 사람 들의 손을 거쳐 전해져 오다가 서한 말 유수(劉秀, 劉歆)에 의해 정리된 것으로 보고 있다. 특히 이 지역은 무속에 관한 활동과 기록이 활발한 곳으로 뒤에 《화양국지華陽國志》도 바로 같은 지역을 중심으로 하고 있으며 따라서 《산해경》의 발원지로써 무관하지 않음을 알 수 있다.

특히 구체적으로 '산경'과 '해경'은 그 기록시기가 각기 다르다. '산경'은 무축巫祝들이 고대 이래 전해오던 무사巫事를 기록한 일종의 무서巫書로써 그들의 세계관과 무업巫業 수행을 위한 오방위五方位의 명산대천과 동식물, 그곳을 주관하고 있는 신에 대한 제사와 정상禎祥, 동식물과 광물, 약재와 치료, 금기와 축사逐邪 등을 초보적으로 기록한 것이라 보고 있다. 시기는 전국시대 초기, 혹은 중기에 이루어진 것이며 이 시기에 어느 정도 모습을 갖춘 기록물로 존재했을 것으로 보인다는 것이다.

다음으로 '해경'은 방사方士들이 구성한 것이며 해내외의 특수지역, 혹은 나라와 종족에 대한 상상력과 전문傳聞을 바탕으로 이를 고대 신화와 혼합하여 기술한 것이다. 시기는 대체적으로 진대秦代부터 서한西漢 초기에 이루어진 것으로 보고 있다.

그리고 뒷부분 '대황경'(14·15·16·17)과 '해내경'(18) 5권은 원래 '해경'의 일부였으나 서한 말 유수가 정리할 때 산거刪去하여 나라에 바치지 않고 폐기하다시피 한 것이다. 그러나 이것이 없어지지 않고 전해내려 오다가 진晉나라 때 이르러 곽박郭璞이 주를 달면서 다시 본 책과 합쳐져 독립적 편목으로 뒤쪽에 이어져 14권부터 18권까지 자리를 잡게 된 것이다. 그 때문에 《한서漢書》 예문지藝文志에는 「《산해경》 13편」으로 기록된 것이다.

그리고 유수(흠)가 이 《산해경》을 정리하고 산정刪定하면서 비로소 매 편마다 '경經'이라는 이름을 넣어 경서經書의 의미처럼 쓰였다는 것이다. 그러나 실제 이는 경서의 의미를 가진 것은 아니었다. '경'은 그저 '경유, 경맥, 경력, 경과'의 가벼운 뜻을 가지고 있었을 뿐인데 이것이 마치 경전經典이나 경전經傳의 의미를 말한 것처럼 오해를 불러일으키게 하였다는 것이다.

앞서 말한 대로 《산해경》이 다루고 있는 범위와 내용은 매우 넓고 다양하다. 유흠의 〈산해경표山海經表〉에 의하면 '안으로는 오방 산을 구분하고, 밖으로는 팔분八分의 바다를 나누어, 진기한 보물, 기이한 물산, 이방의 생물, 조수초목, 곤충, 인봉麟鳳, 수토水土의 차이, 정상禎祥의 은장隱藏, 사해 밖 절역絶域의 나라와 특수한 인종' 등을 모두 포괄하여 기술하고 있다고 하였다. 이는 고대 중국인들의 일상생활에서 실제 상상력을 발휘하기도 하고, 질병으로부터의 구제, 하늘과의 소통을 염원한 내용들로써 그중에는 원시적인 신화, 종교, 미신, 전설, 무속 등을 담고 있다. 따라서 문학연구가들은 이 《산해경》을 중국 신화의 보고寶庫로 여기고 있으며 이에 대해 큰 이의를 제기하지 않고 있다. 이를테면 '과보축일夸父逐日', 천지창조와 보수의 여와 女媧 신화, 동해바다를 끝없이 메우고 있는 정위精衛의 안타까운 이야기, 서왕모西王母, 치우蚩尤와 황제黃帝의 전투, 은殷 민족과 주周 민족의 시조 신화, 삼황오제三皇五帝의 이름과 발명품들, 도끼를 들고 춤을 추고 있는 형천(刑天, 形天)의 모습 등과 삼청조三靑鳥, 삼수三首, 기굉奇肱, 우민羽民, 흑치 黑齒, 초요焦僥 등 이루 헤아릴 수 없는 기이한 종족과 생김새의 이야기는 풍부한 당시 사람들의 염원과 상상을 엿볼 수 있는 귀중한 자료이다. 더구나 역사적으로도 이미 널리 알려진 대우大禹의 치수, 공공共工과 계啓에 대한 기록 등은 일부 고대사의 실질적 기록임이 분명하다고 보기도 한다.

이러한 원시 기록으로 그들의 산천과 자연신에 대한 숭배와 제사, 풍속과 금기, 고통과 질명 치료, 무격巫覡들의 역할과 기도 등, 인류가 비로소 미개 에서 초보적 문명으로 넘어가는 과정의 변화를 증명해 낼 수 있다.

이처럼 《산해경》의 신화는 수적으로 다량일 뿐만 아니라 원시시대의 정서와 상황을 비교적 원형대로 유지하고 있다는 면에서 오히려 그 가치를 두어야 할 것이다. 그 뒤 중국은 유가儒家의 영향으로 '실질적이고 가시적인 것만을 믿는' 전통과 관념에 의해 결국 신화와 전설에 대한 기록이 제대로 발전하지 못하였다. 그 때문에 이 《산해경》은 신화학, 종교학에 있어서 중요한 가치를 인정받고 있는 것이다. 동시에 고대 역사, 지리, 물산, 의학,

광물 등에 상당한 원시자료를 담고 있으며 특히 신화는 초사 천문과의 내용이 연결되어 있고, 《목천자전穆天子傳》과도 상당한 관련이 있는 것으로 보아 문학 발전에도 깊은 영향을 주었다. 그리고 후대 《회남자淮南子》의 내용으로도 증명이 가능하여 도가의 입장에서도 널리 원용되고 있으며 문학적으로는 《초사楚辭》의 〈천문天問〉과 깊은 관련이 있다.

　게다가 이웃나라인 우리의 고대 민족 형성과정, 일본, 몽골, 인도를 거쳐 널리 중앙아시아와 남방 이민족의 신기한 원시 습속을 그대로 담고 있어 당시의 우주관과 소문, 전문에 대한 기록이 이토록 다양한가 하고 놀라기도 한다. 이를테면 우리와 관련이 있는 조선朝鮮·숙신肅愼·불함不咸·개국蓋國·군자국君子國·삼한三韓·옥저沃沮 등이 원문과 주석에 언급되어 있고, 일본이 자신들의 신화를 적었다고 여기는 부상국扶桑國 등이 있어 이들이 초기 이웃 미지의 민족에 대한 신비한 관점도 살펴볼 수 있다.

　한편 《산해경》에 대한 연구는 당연히 서한 유수(劉秀, 劉歆)의 정리를 시작으로 진晉나라 때 이르러 곽박郭璞의 주석, 명대 양신楊愼, 왕숭경王崇慶을 거쳐, 청대 오임신吳任臣, 왕불汪紱, 필원畢沅을 필두로 한 고증학자들의 교주의 집대성인 학의행郝懿行의 《산해경전소山海經箋疏》로써 일단 대미를 장식하게 된다. 한편 명청대明淸代에는 이 《산해경》에 대한 주소注疏와 역주 및 그림 재구성 등 14종의 판각이 출현하였으며 그중 명 호문환胡文煥의 《산해경도山海經圖》, 청 왕불汪紱의 《산해경존山海經存》, 청 오임신吳任臣의 《산해경광주山海經廣注》(康熙圖本)의 그림이 비교적 널리 알려져 인용되고 있으며 그 외 〈고금도서집성古今圖書集成〉의 《박물회편博物滙編》, 명 장응호蔣應鎬의 《산해경도본山海經圖本》 등도 널리 알려져 있다.

그리하여 청대 총서류, 이를테면 〈사고전서〉, 〈신수사고전서〉, 〈사고전서회요〉, 〈사부비요〉, 〈사부총간〉 등 어디에나 이를 수록하게 되었으며, 현대에 이르러 원가袁珂의 《산해경교주山海經校注》(上海古籍出版社, 1980)가 출현함으로써 완정 단계에 이르게 된 것이다. 그리하여 《산해경》 학술토론을 거쳐 편집된 《산해경신탐山海經新探》(四川省社會科學出版社, 1986)이 나왔으며 지금은 온갖 도해, 해설, 평역 등 수를 헤아릴 수 없을 정도로 많은 해당서와 관련서, 그리고 논문이 중국과 대만 일본, 한국 등에 쏟아져 나와 있다.

그리고 우리나라에서도 일찍이 이미 현대적 해석과 역주, 논문이 출간, 발표되었다. 즉 1978년에 이미 서경호徐敬浩 교수의 당시 석사학위 논문이 《산해경》에 대한 것이었으며, 뒤이어 정재서鄭在書 교수에 의해 《산해경》(민음사)이 출간되어 당시 '오늘의 책'으로 선정되어, 수상함으로써 학술적 가치를 인정받았다. 그리고 다시 서경호 교수는 《산해경연구》(1995)라는 전문 연구서를 출간하였으며 2009에는 예태일倪泰一·전발평錢發平 편역의 《산해경》(重慶出版社)을 번역하여 이 방면의 연구에 큰 도움을 주고 있다. 그 외에 소논문들이 봇물을 이루어 쏟아지고 있으며 특히 "정재서 교수는 여기에서 그치지 않고 《산해경》을 동북아 특유의 상상력 원천을 보여주는 자료라는 입장에서 연구를 진행하여 많은 성과를 거두고 있으며, 이러한 연구는 중국인 학자들도 아직 시도한 적이 없기 때문에 어찌 보면 정교수의 업적을 통해 국내의 《산해경》에 대한 이해의 수준이 중국보다 한 걸음 더 나아가 있다고 해도 지나친 말은 아닐 것이다"(서경호 평언)라는 단계에 와 있다.

2. 산해경의 몇 가지 문제들

산해경은 내용과 체제, 학문 분류 등에 여러 가지 설을 가지고 있다. 이를
간단히 살펴보기로 하자. 우선 작자 문제이다.

유흠은 〈산해경표〉에서 이렇게 말하였다.

《山海經》者, 出於唐虞之際. 昔洪水洋溢, 漫衍中國, 民人失據, 崎嶇於丘陵,
巢於樹木. 鯀起無功, 而帝堯使禹繼之. 禹乘四載, 隨山栞木, 定高山大川. 蓋與
伯翳主驅禽獸, 命山川, 類草木, 別水土. 四嶽佐之, 以周四方, 逮人跡之所希至,
及舟輿之所罕到. 內別五方之山, 外分八方之海, 紀其珍寶奇物, 異方之所生, 水土
草木禽獸昆蟲麟鳳之所止, 禎祥之所隱, 及四海之外, 絶域之國, 殊類之人. 禹別
九州, 任土作貢, 而益等類物善惡, 著《山海經》. 皆賢聖之遺事, 古文之著明者也.

이에 따라 우禹가 곤鯀의 치수사업을 이어받아 산천을 두루 돌아다니며
견문으로 얻은 것을 기록한 것이며, 뒤이어 익益이 여기에 선악을 구분하고자
이 책을 지었다는 것이다. 결론적으로 우와 익의 작품이라는 것이다.

왕충王充의 《논형論衡》에도 이를 그대로 적고 있다. 그러나 하우夏禹시대는
실제 역사적 사실을 그대로 믿을 수 없는 부분이 많고 나아가 책 속에 기재된
내용도 우와 익 자신들에 대한 것도 있으며, 그들 보다 후세인 성탕成湯이 걸
桀을 정벌한 내용이 있으며, 더구나 은나라 왕자 해亥의 사건, 주周나라 문왕
文王의 장지葬地에 대한 기사, 그리고 진한秦漢 때에 이르러 설치된 군현郡縣
이름인 장사長沙, 상군象郡, 여기餘暨, 하휴下巂 등의 이름이 보이는 것으로
보아 우와 익이 지었다는 것은 전혀 믿을 수가 없게 되었다. 이에 주희朱熹와
호응린胡應麟 등은 "전국 시대 호사가들이 《목천자전》과 《초사》의 〈천문

天問〉을 바탕으로 지은 것"(戰國好奇之士, 本《穆天子傳》·天問而作)이라는 설을 제시하였다. 근세 연구에 의하면 반드시 《목천자전》과 〈천문〉을 한계로 할 것은 아니지만 역시 전국시대에서 진한 시대에 걸쳐 이루어진 책임에는 동의하고 있다. 그러나 책이 이때에 이루어졌다 해도 그 자료와 내용은 당연히 상고시대의 소재임에는 틀림이 없다. 초기에는 구전으로 전해오다가 점차 기록으로 정착되었으며, 유포과정에서 변형을 거치고 증가되어 결국 문자화되었음은 지금의 《산해경》 내용 속에 얼마든지 찾을 수 있다.

다음으로 이 기이한 책을 어떻게 보았으며 어떤 부류로 분류하였는가 하는 문제이다. 우선 《한서》 예문지에서는 이를 수술략數術略의 형법가形法家로 분류하였다. 《한서》 예문지에 인용된 《칠략七略》에는 "大擧九州之勢, 以立城郭室舍, 形人及骨法之度數, 器物之形容, 以求其聲氣貴賤吉凶"이라 하였고, 그에 저록된 책 이름도 《산해경》 외에 《국조國朝》, 《궁택지형宮宅地形》, 《상인相人》, 《상보검相寶劍》, 《상육축相六畜》 등으로 실제 관상, 골상학, 점복 등이다. 따라서 이에 맞지 않으며 같은 곳 수술가에 대한 해제에도 "數術者, 蓋明堂羲和史卜之職也. 史官之廢久矣, 其書旣不能具, 雖有其書而無其人"이라 하여 《산해경》 내용과 그리 어울리지 않는다. 유수의 표에도 지리박물지서라 하여 수술가에 귀속시키지는 않았다. 그러다가 《수서隋書》 경적지經籍志와 《신구당서新舊唐書》 예문지藝文志에는 모두 이를 사부史部 지리류地理類에 귀속시켰다. 그러나 호응린은 이의를 제기하여 "《산해경》은 고금의 괴이한 일을 기록한 원조(山海經者, 古今語怪之祖)"라 하여 이를 소설小說에 넣어야 한다고 보았으며, 〈사고전서총목제요四庫全書總目提要〉 등에도 "窮其本旨, 實非黃老

之言. 然道里山川率難考據, 案以耳目所及, 百不一眞, 諸家幷以爲地理書之冠, 亦爲未允. 核實定名, 實乃小說之最古者耳"라 하여 '소설의 가장 오래된 것일 뿐'이라고 강력하게 주장하고 있다. 이에 지금의 〈사고전서〉에는 "자부(子部, 12), 소설가류(小說家類, 2), 이문지속異聞之屬"으로 분류하였고, 다만 〈사고전서 회요〉본에는 사부史部 지리류地理類로 넣어 분류하고 있다.

세 번째로 《산해경》이 「무서巫書」였음을 주장한 내용이 설득력을 얻고 있음에 대한 토론이다.

원시 사회를 이해하고 그 입장에서 보면 이는 〈무서〉일 가능성이 더 높다. 노신魯迅은 《중국소설사략中國小說史略》 〈신화와 전설〉편에서 "記海內外山川神祇異物及祭祀所宜, 以爲禹·益作者固非, 而謂因楚辭而造者亦未是; 所載祠神之物多用糈, 與巫術合, 蓋古之巫書也"라 하였다. 특히 고대 상나라 때까지 중국 원시 사회에서 무축巫祝의 임무와 역할은 상당히 중시되었다. 《국어國語》 초어楚語에도 "古者民神不雜, 民之精爽不携貳者, 而又能齊肅衷正. 其知能上下比義, 其聖能光遠宣朗, 其明能光照之, 其聰能聽徹之. 如是則神明降之, 在男曰覡, 在女曰巫"라 하여 무격巫覡의 절대적 권위에 대한 경외와 믿음을 가지고 있었으며, 신과 소통하는 이들의 기록이 바로 이 산해경이며 그러한 내용을 아주 풍부히 담고 있다. 그런가 하면 《예기禮記》 왕제王制에 "天子祭名山大川, 諸侯祭名山大川之在其地者"라 하여 천자와 제후는 명산대천에 제사를 올리는 것을 아주 중시하였고 이를 담당한 무축들은 자신의 경내 산천에 대한 자세한 정보와 자료를 가지고 있지 않으면 안 되었을 것이다. 이를 위한 기록이 바로 이 《산해경》이라는 것이다.

또한 이들 무축은 사관史官의 임무를 겸하고 있었다. 천자와 수령의 계보를 하늘과 연관지어 정확히 알고 있어야 했기 때문이다. 따라서 본 책의 황제, 여와, 염제, 태호, 소호, 전욱, 제준, 제요, 제곡, 제순, 단주, 제우, 제대 등 일련의 족보는 모두가 무축들이 기본적으로 파악하고 있어야 하는 필수 사항이다. 그 때문에 그들의 출생과 혈통, 나아가 분파된 부족, 그리고 전쟁과 발전, 발명품과 업적 등을 메모 형식으로라도 지니고 있어야 한다. 이를테면 서방西方의 천제天帝는 헌원지구軒轅之丘에 살고 있으며 그 처는 뇌조(雷祖, 纍祖) 등에 대한 내용과, 나아가 그 아들 창의昌意가 한류韓流를 낳고 한류가 전욱顓頊을 낳았으며, 다른 아들 낙명駱明이 백마白馬를 낳았고 이가 곤鯀이며 또 다른 아들 우호禺貌가 우경禺京을, 혹은 묘룡苗龍이 융오融吾를, 융오가 농명弄明을, 농명이 백견白犬을 낳았다는 등의 사실도 기록으로 소지하고 있었던 것이다. 그리고 황제黃帝가 치우蚩尤를 죽이고 기夔를 항복시켰다는 등의 활동 상황도 기록으로 가지고 있을 필요를 느꼈던 것이다.

'의醫'자는 고대 '의毉'로 표기하여 무격이 치료의 임무도 담당하였음을 알 수 있다. 그 때문에 각 지역의 동식물로 어떠한 질환을 치료하거나 예방하며 고칠 수 있는지에 대한 정보나 지식도 이들이 학습하고 있어야 할 과목이었다. 그 때문에 《산해경》 각 산마다 이러한 내용을 곁들여 설명하고 있다.

따라서 결론적으로 《산해경》은 '무서'라 보는 설이 비교적 타당한 힘을 얻고 있다.

3. 《산해경》 주석, 전소, 교정 등에 관련된 인물들

오늘날 《산해경》을 그나마 쉽게 접하고 내용을 알 수 있도록 연구하고 노력한 이들은 서한 유수로부터 진나라 곽박, 명대 오임신, 청대 왕불, 왕념손, 왕숭경, 필원, 학의행을 거쳐 현대의 원가를 들 수 있다. 이들의 약전을 간단히 살펴보면 다음과 같다.

1) 유수(劉秀: ?~23)

본명은 유흠劉歆. 서한 말 패沛 땅 사람으로 자는 자준子駿. 뒤에 이름을 수秀로 고치고 자도 영숙穎叔이라 함. 유향劉向의 아들로 어려서 시서詩書 등에 능통하였고 문장에도 능하였음. 성제成帝 때 황문랑黃門郎이 되어 아버지와 함께 여러 책들을 교정하는 일에 참여하였음. 애제哀帝 때 봉거광록대부奉車光祿大夫에 올랐으며 왕망王莽이 정권을 쥐자 중루교위中壘校尉·경조윤京兆尹에 올라 홍휴후紅休侯에 봉해짐. 왕망이 결국 한나라를 찬탈하여 제위에 오르자 국사國師가 되어 가신공嘉新公에 봉해짐. 뒤에 모반을 꾀하다가 누설되자 자결함. 유흠은 고문경古文經《모시毛詩》, 《고문상서古文尚書》, 《일례逸禮》, 《좌씨춘추左氏春秋》 등을 학관學官에 세울 것을 강력히 주장하였으나 당시 태상박사太常博士들의 반대에 부딪치기도 함. 아버지의 뒤를 이어 비부秘府의 서적들을 정리하여 《칠략七略》을 지었으며 중국 목록학目錄學의 가장 위대한 업적으로 평가를 받고 있으며 이는 《한서漢書》 예문지藝文志에 전재되어 있음. 그의 저술로는 《삼통력보三統曆譜》가 있으며 중국 처음으로 원주율圓周率을 계산해내기도 하였다 하며 이를 '유흠율劉歆率'이라 함. 명나라 때 집일된 《유자준집劉子駿集》이 있으며 《한서》(36)에 전이 있음.

2) 곽박(郭璞: 276~324)

동진東晉 하동河東 문희聞喜 사람으로 자는 경순景純. 학문에 밝고 고문기자古文奇字를 좋아하였으며, 천문, 역산曆算, 복서卜筮, 점술占術, 음악, 문장, 시부 등에 다방면에 뛰어났음. 특히 그의 〈유선시遊仙詩〉 14수는 진대晉代 문학의 백미로 널리 알려져 있음. 당초 서진西晉이 망하자 강을 건너 남쪽으로 내려와 선성태수宣城太守 은우殷佑의 참군參軍이 되었으며 당시 실력자 왕도王導의 신임을 얻기도 하였음. 동진 원제元帝가 그를 저작좌랑著作佐郎에 임명하자 왕은王隱과 함께 《진사晉史》를 찬수하였으며, 그 뒤 상서랑尙書郎에 올랐다가 다시 왕돈王敦의 기실참군記室參軍이 됨. 그때 자신의 점괘를 믿고 왕돈의 모반을 저지하다가 왕돈에게 죽임을 당하고 말았음. 뒤에 홍농태수弘農太守로 추증되었음. 그는 《이아爾雅》,《방언方言》,《산해경山海經》,《목천자전穆天子傳》 등에 주를 달아 지금도 매우 뛰어난 업적으로 평가받고 있음. 집일본 《곽홍농집郭弘農集》이 전하며 《진서晉書》(72)에 전이 있음.

3) 오임신(吳任臣: ?~1689)

청淸나라 때의 경학자. 절강浙江 인화仁和 사람으로 자는 지이志伊. 혹은 이기爾器. 어릴 때 자는 정명征鳴이었으며 호는 탁원託園. 강희康熙 18년(1679) 박학홍유과博學弘儒科에 2등으로 급제하여 검토檢討의 직위를 얻고 《명사明史》 찬수관纂修官에 충원됨. 그는 당시 뛰어난 학자 이인독李因篤, 모기령毛奇齡 등과 사귀었으며 고염무顧炎武는 그를 '박문강기博聞强記'한 자라 탄복하였다 함. 《십국춘추十國春秋》,《주례대의보周禮大義補》,《산해경광주山海經廣注》,《춘추정삭고변春秋正朔考辨》,《탁원시문집託園詩文集》 등이 있으며 그의 《산해경광주》는 〈사고전서〉에 수록되어 있음. 《국조선정사략國祖先正事略》(27)에 그의 사적이 전함.

4) 왕불(汪紱: 1692~1759)

청淸나라 안휘安徽 무원婺源 사람으로 어릴 때 이름은 훤烜, 자는 찬인燦人, 호는 쌍지雙池. 집이 가난하여 고학으로 그림을 배워 경덕진景德鎭에서 도자기 그림을 그리는 것으로 생업을 삼기도 하였음. 뒤에 복건福建 포성浦城에 이르러 교육과 독서에 힘써 점차 이름이 알려지기 시작하였음. 이에 절浙, 민閩, 감贛 일대의 학자들이 추종하기 시작하였고, 주돈이周敦頤, 정호程顥, 정이程頤, 장재張載, 주희朱熹의 성리학을 종지로 하였으나 너무 많은 범위에 관심을 가져 깊이가 없다는 혹평을 받기도 함. 《춘추집전春秋集傳》, 《이학봉원理學逢源》, 《시운석詩韻析》, 《산해경존山海經存》 등과 《쌍지문집雙池文集》이 있으며 그 외 30종의 저술과 주석서들이 있음.

5) 왕념손(王念孫: 1744~1832)

청나라 때 유명한 경학가이며 동시에 교감학자. 강소江蘇 고우高郵 사람으로 자는 회조懷祖, 호는 석구石臞. 어려서 대진戴震에게 수업하여 건륭乾隆 40년(1775)에 진사에 올라 공부주사工部主事가 됨. 다시 가경嘉慶 연간에 영정하도永定河道라는 직책에 올라 치수에 관심을 가져 《도하의導河議》 상하편을 저술하기도 함. 평생을 학문에 전념하여 음운학, 문자학, 훈고학, 교수학校讎學에 큰 업적을 남겼으며 10년에 걸쳐 《광아소증廣雅疏證》을 완성하였고, 다시 《독서잡지讀書雜志》를 남김. 아들 왕인지王引之가 그 학문을 이어받아 《경의술문經義述聞》을 지어 고우왕씨학高郵王氏學의 가학을 이루기도 함. 그 외 《왕석구선생유문王石臞先生遺文》, 《정해시초丁亥詩抄》 등이 있으며, 《비전집보碑傳集補》(39)와 《청사고淸史稿》 열전(68)에 그의 전기가 실려 있음.

6) 왕숭경(王崇慶: 1484~1565)

명明나라 때 대명부大名府 개주開州 사람으로 자는 덕징德徵, 호는 해초자海樵子. 정덕正德 3년(1508) 진사進士에 급제하여 남경南京의 이부吏部와 예부禮部의 상서尙書를 역임함. 《주역의괘周易議卦》와 《오경심의五經心義》, 《해초자海樵子》, 《산해경석의山海經釋義》 등을 남김. 《조준곡문집趙浚谷文集》(5)에 사적이 실려 있음.

7) 양신(楊愼: 1488~1559)

명明나라 때 사천四川 신도新都 사람으로 자는 용수用修, 호는 승암升庵. 양정화楊廷和의 아들로 정덕正德 6년(1511) 진사에 올라 한림수찬翰林修撰을 역임함. 가정嘉靖 초에 경연강관經筵講官을 거쳐 한림학사翰林學士에 오름. 상소를 올리다가 죄를 입어 운남雲南 영창위永昌衛로 좌천되었으며 그곳에서 죽음. 30여 년을 학문에 정진하여 많은 저술을 남겼으며 시詩, 사詞, 산곡散曲 등에도 특장을 보임. 잡저 백 여 종이 있으며 《승암문집升庵文集》이 있음. 《열조시집소전列朝詩集小傳》(丙集)에 그의 전기가 실려 있음.

8) 필원(畢沅: 1730~1797)

청대의 유명한 학자. 청나라 강소江蘇 진양鎭洋 사람으로 자는 양형纕蘅, 혹은 추범秋帆. 어릴 때의 자는 조생潮生. 자호는 영암산인靈巖山人. 건륭乾隆 25년(1760) 갑과甲科에 장원으로 진사에 올라 수찬修撰을 제수받음. 관직이 호광총독湖廣總督에 올랐으며 경학, 사학, 소학(문자학)과 금석, 지리 등에 밝아 통하지 않은 것이 없었다 함. 많은 저술을 남겼으며 특히 사마광司馬光의 《자치통감資治通鑑》을 이어 《속자치통감續資治通鑑》을 지음. 그 외에 《전경표傳經表》, 《경전변정經典辨正》, 《영암산인시문집靈巖山人詩文集》 등이 있으며 이들은 《경훈당총서經訓堂叢書》에 수록되어 있음. 《청사고淸史稿》 열전(30)에 전이 있음.

9) 학의행(郝懿行: 1755~1823)

청대淸代 산동山東 서하棲霞 사람으로 자는 순구恂九, 호는 난고蘭皐. 가경嘉慶 4년(1799) 진사에 올라 호부주사戶部主事를 제수받았으나 21년 동안 낭서郞署의 낮은 직책을 벗어나지 못한 채 학문에 힘써 명물名物, 훈고訓詁, 고거考據 등의 학술에 뛰어난 업적을 남김. 특히 아내 왕조원王照圓 역시 학문에 뛰어난 여성 학자였음. 《이아의소爾雅義疏》와 《산해경전소山海經箋疏》, 《죽서기년교정竹書紀年校正》, 《진송서고晉宋書故》, 《춘추설략春秋說略》 등은 아주 널리 알려져 있으며, 문집으로 《쇄서당집曬書堂集》 등이 있음. 《속비전집續碑傳集》(72)에 그의 전기가 실려 있음.

10) 원가(袁珂: 1916~2001)

사천四川 신도新都 사람으로 1941년 성도화서협화대학成都華西協合大學을 졸업하고 1949년 허수상許壽裳 선생을 따라 대만臺灣으로 이주, 대만성臺灣省 편역관編譯館 편집編輯, 편심위원編審委員 등을 지냄. 중국 신화 연구에 깊이 잠심하여 사천성四川省 사회과학원社會科學院 연구생研究生을 거쳤으며 1984년 중국신화학회中國神話學會를 사천성 아미산峨眉山에서 창립하고 주석主席을 맡기도 하였음. 저술로 《중국고대신화中國古代神話》, 《고신화선석古神話選釋》, 《산해경교주山海經校注》, 《신화논문집神話論文集》, 《중국신화전설사전中國神話傳說詞典》, 《중국신화사中國神話史》 등이 있음.

山海經箋疏

十八卷圖讚

一卷

阮氏琅嬛僊館開雕

낭현선(琅嬛僊)본《山海經》표지

南山經

南山經之首曰䧿山。其首曰招搖之山，臨于西海之上，多桂，多金玉。有草焉，其狀如韭而青華，其名曰祝餘，食之不飢。有木焉，其狀如穀而黑理，其華四照，其名曰迷穀，佩之不迷。有獸焉，其狀如禺而白耳，伏行人走，其名曰狌狌，食之善走。麗麂之水出焉，而西流注于海，其中多育沛，佩之無瘕疾。

又東三百里，曰堂庭之山，多棪木，多白猿，多水玉，多黃金。

《山海經箋疏》완씨(阮氏) 낭현선관(琅嬛僊館) 개조본(開雕本)

南山經

晉　郭璞　撰

南山經之首曰䧿山其首曰招搖之山臨于西海之上
多桂多金玉有草焉其狀如韭而青花其名曰祝餘或作茶
餘食之不飢有木焉其
狀如穀而黑理其花四照其名曰迷穀佩之不迷有
獸焉其狀如禺而白耳伏行人走其名曰狌狌食之
善走麗𪕩之水出焉而
西流注于海其中多育沛佩之無瘕疾
又東三百里曰堂庭之山多棪木多白猿多水玉多黃金

（小注）在蜀伏山南汶江所出今江源縣

（小注）桂葉似枇杷長二尺餘廣數寸間而雜生山峰冬夏常青間而雜木品或春秋日招搖遙之桂

（小注）九眞雅云

（小注）穀楮也皮作紙璥曰榖亦名構也

（小注）言有光焰也若木華赤其光照地也見離騷經

（小注）禺似獼猴而大赤目長尾今江南山中多有說者不了此物名周作牲字圖亦作牛字音遇或作

（小注）狌狌或作猩猩狀如獾豘聲如小兒京房易傳詳佩之無瘕疾瘕蟲病也作几而

（小注）麗音鹿𪕩音幾

（小注）棪實似柰赤可食其子

（小注）今猿似獼猴而大臂腳長便捷色有黑有黃鳴其聲哀

（小注）水玉水精也今

相如上林賦曰水玉磊砢
赤松子所服見列仙傳　多黃金

又東三百八十里曰猨翼之山其中多怪獸水多怪魚
多白玉多蝮虫多怪蛇
多怪木不可以上
又東三百七十里曰杻陽之山其陽多赤金其陰
多白金有獸焉其狀如馬而白首其
文如虎而赤尾其音如謠其名曰鹿蜀佩之宜子
孫怪水出焉而東流注于憲翼之水其中多玄
龜其狀如龜而鳥首虺尾其名曰旋龜其音如判
木如破佩之不聾可以為底
又東三百里曰柢山多水無草木有魚焉其狀如牛
陵居蛇尾有翼其羽在𩼀下亦作其音如留牛其名曰鯥
音陸冬死而夏生
食之無腫疾

（小注）蝮虫色如綬文鼻上有針大者百餘斤一名反鼻虫古虺字

（小注）音紐　銅也　銀也

（小注）如人歌謠

（小注）佩帶其皮毛令人宜子孫

（小注）孫其皮尾怪水出焉而東流注于憲翼之水其中多玄

（小注）𩼀音加亦作魼

（小注）留牛未詳或作牛犁

（小注）狗謂此牛也穆天子傳之狗執虎豹曰天子之狗言其死者言食之無腫疾

山海經卷一

晉 郭璞 註

南山經

南山經之首曰䧿山。其首曰招搖之山，臨于西海之上，多桂，多金玉。有草焉，其狀如韭而青花，其名曰祝餘，食之不飢。有木焉，其狀如榖而黑理，其花四照，其名曰迷榖，佩之不迷。有獸焉，其狀如禺而白耳，伏行人走，其名曰狌狌，食之善走。麗𪊧之水出焉，而西流注于海，其中多育沛，佩之無瘕疾。

又東三百里，曰堂庭之山，多棪木，多白猿，多水玉，多黃金。

又東三百八十里，曰猨翼之山，其中多怪獸，水多怪魚，多白玉，多蝮虫，多怪蛇，多怪木，不可以上。

又東三百七十里，曰杻陽之山。其陽多赤金，其陰多白金。有獸焉，其狀如馬而白首，其文如虎而赤尾，其音如謠，其名曰鹿蜀，佩之宜子孫。怪水出焉，而東流注于憲翼之水。其中多玄龜，其狀如龜而鳥首虺尾，其名曰旋龜，其音如判木，佩之不聾，可以為底。

又東三百里，柢山，多水，無草木。有魚焉，其狀如牛，陵居，蛇尾有翼，其羽在魼下，其音如留牛，其名曰鯥，冬死而夏生，食之無腫疾。

《山海經》四庫全書薈要本

山海經第一

晉　郭璞傳

棲霞郝懿行箋疏

南山經

南山經之首曰䧿山。其首曰招搖之山，臨于西海之上，多桂，多金玉。有草焉，其狀如韭而青華，其名曰祝餘，食之不飢。有木焉，其狀如穀而黑理，其華四照，其名曰迷穀，佩之不迷。有獸焉，其狀如禺而白耳，伏行人走，其名曰狌狌，食之善走。麗𪊨之水出焉，而西流注于海，其中多育沛，佩之無瘕疾。

又東三百里曰堂庭之山，多棪木，多白猿，多水玉，多黃金。

又東三百八十里曰猨翼之山，其中多怪獸，水多怪魚，多白玉，多蝮虫，多怪蛇，多怪木，不可以上。

又東三百七十里曰杻陽之山，其陽多赤金，其陰多白金。有獸焉，其狀如馬而白首，其文如虎而赤尾，其音如謠，其名曰鹿蜀，佩之宜子孫。怪水出焉，而東流注于憲翼之水，其中多玄龜，其狀如龜而鳥首虺尾，其名曰旋龜，其音如判木，佩之不聾，可以為底。

又東三百里曰柢山，多水無草木。有魚焉，其狀如牛，陵居，蛇尾有翼，其羽在

《山海經》四部備要本

山海經廣注卷一

山海經

南山經

仁和吳任臣注

南山經之首曰䧿山 任臣案今本此山即鵲山也仲尼子遊訪道太山遇鵲山汝寧有太山鵲山 三才會有鵲山在濟南汝寧之西海汜水南屬鵲山汝寧亦以此山名之又防鵲山蓋淮南子所謂崇山也任臣案王崇慶曰招搖招搖之山亦名招搖山

原順德邢山揆神之即此山也

通鑑唐世民與竇建德戰西海汜水南屬鵲山

其首曰招搖之山臨于西海之上 郭曰在蜀伏山

多桂 郭曰桂葉似枇杷長二尺餘廣數寸味辛白花叢生山峯冬夏常青間無雜木呂氏春秋曰招搖之桂注自深山春秋曰桂生南商州之炎帝分壐桂樹之玉皇圖云桂生南裔華頳雲霜津挺廣百藥森然

多金玉

有草焉其狀如韭而青華其名曰祝餘 郭曰或作桂荼任臣案雅曰米石韭𪓰餘修賦餓草祝餘以竈餘以籧篨注自山海經韭園贊云凌冬頳津百藥森然雲霜挺廣莫熙𪓰凌凌音九

食之不饑 仕臣案賦云餓食之不饑修賦云祝喜有木爲其狀如穀而黑理 郭曰穀楮也皮作紙仕臣案賦云赤其言也雅曰榖善紙雅云米石單以以簿夕春益餘食以竈春

其華四照 郭曰言有光炎也其光或作華言其地亦照若華赤其光照地赤亦兒也又啟云昔住汾

或作榮 仕臣案賦云榮搆也構或作穀任臣案餚食花園贊云其草茶嘉脩賦云祝喜有木

其名曰迷穀 郭曰言光映也迷穀或作麻谷言其華映眩自招貌厭光迷穀之珠琅在弓毛圖贊不惑有嘉樹潛庭標之

佩之不迷 郭曰佩挂之令人不迷迷或作眯音謎遇

述異記云鵲山有鵲樹四照開花不落惟其榮又詩五衡辭王崇慶日四照之花晉書杜預戲條術

有獸爲其狀如禺而白耳 郭曰禺似獼猴而大赤目長尾即令江南山中多有說者不了此物名禺禺作牛守人音遇作猴皆失之也禺似獼猴而大赤目長尾似人

伏行人走其名曰狌狌 郭曰狌生京房易傳曰狌狌知人名今交阯封溪出狌狌如婦人被髮可以汲水又似豬狌狌知往狌狌如太微狌狌人行伏狌狌人走

食之善走 郭曰所以善走郭曰狌狌足亦此術即似獼狌即生京房易曰狌狌知太微郭曰往狌王會解曰酒泉少取南裔萬畢術狌生麗𪊨之水出焉 郭曰麗𪊨音几麗𪊨

而西流注于海其中多育沛 郭曰未詳佩之無瘕疾 郭曰瘕病也

又東三百里曰堂庭之山 郭曰堂一作常

多棪木 郭曰棪實如梬其子似柰赤可食任臣案爾雅棪椵其于似柰經藏瘕之疾

多白猿 郭曰猿似獼猴而大臂脚長便捷色有黑有黃鳴其聲哀任臣案爾雅猱猨善援禺屬多白猿

多水玉 郭曰水玉今水精也赤松子所服見列仙傳亦曰石瑛此水玉也又啟曰昔住汾五衡異色九帝集崔飢九衡花含四照又啟曰昔住汾

南山經

南山經之首曰䧿山。招搖之山臨于西海之上，多桂，多金玉。有草焉，其狀如韭而青華，其名曰祝餘，食之不飢。有木焉，其狀如穀而黑理，其華四照，其名曰迷穀，佩之不迷。有獸焉，其狀如禺而白耳，伏行人走，其名曰狌狌，食之善走。麗麐之水出焉，而西流注于海，其中多育沛，佩之無瘕疾。

又東三百里，曰堂庭之山，多棪木，多白猿，多水玉，多黃金。

又東三百八十里，曰猨翼之山，其中多怪獸，水多怪魚，多白玉，多蝮虫，多怪蛇，多怪木，不可以上。

又東三百七十里，曰杻陽之山，其陽多赤金，其陰多白金。有獸焉，其狀如馬而白首，其文如虎而赤尾，其音如謠，其名曰

《山海經》續修四庫全書本

山海經訂譌一卷

棲霞郝懿行撰

南山經

南山經之首曰䧿山。臨于西海之上，多桂。有草焉，其狀如韭，其名曰祝餘。

堂庭之山，多棪木。

又東三百里柢山。

又東三百七十里曰杻陽之山。

英水，其中多赤鱬。

有鳥焉，其名曰鵸鵌。

基山，有獸，其名曰猼訑。

凡䧿山之首，自招搖之山以至箕尾之山，凡十山，二千九百五十里。

其祠之禮，毛用。

其中多梓枏。

糈用稌米。

僕勾之山。

其上多玉。

凡南次二經之首，自柜山至于漆吳之山，凡十七山，七千二百里。

糈用稌。

禱過之山，其下多犀兕，多怪鳥。

其汗如漆。

有穴焉，水出輒入。

凡南次三經之首，自天虞之山以至南禺之山，凡一十四山，六千五百三十里。

右南經之山志，大小凡四十山，萬六千三百八十里。

西山經

西山經之首曰錢來之山，有獸名曰羬羊。

小華之山，鳥多赤鷩。

其木多楢枏。

食之已癉。

大如鴇而黑。

浮山，多盼木。

嶓冢之山，漢水出焉，而東流注于沔。

有草焉，其名曰薲蓉。

天帝之山，有鳥名曰䳩。

皋塗之山，有獸名曰嬰如。

黃山，盼水出焉。

其鳥多鸚鵡。

騩山，是錞于西海。

凡西經之首，自錢來之山至于騩山，凡十九山，二千九百五十七里。

泰冒之山，浴水出焉。

高山，其下多青碧。

鹿臺之山。

宏陽之山。

其木多櫄枏豫章。

《山海經訂譌》四部備要本

山海經訂譌一卷　　棲霞郝懿行撰

南山經

誰山臨于西海之上（杻蜀伏山山南之／西頭　伏當為汝）

有草焉其狀如韭（顧雅云霍／霍當為靃）

其名曰祝餘（或作桂荼／桂疑當為柱）

堂庭之山多棪木（棪別名連其／連當名速）

又東三百七十里曰枏陽之山（枏注紐當為／音紐　經枏當為／紐注紐當為細）

又東三百里柢山（柢上疑／股曰字）

基山有獸其名曰猼訑（施一作陁／施當為訑）

有鳥名曰鵸鵌（鵸鵌急性敝乎二音／鵸鵌注文　經文鵸當為／鵸鵌當為慼恧敝當為敝）

山海經匜丁焉

山海經圖讚一卷　晉郭璞撰　隋書經籍志竝云圖讚二卷郭璞撰中興
　書目山海經十八卷郭璞傳凡二十三篇每
卷有讚　案今本並無圖讚唯明成經本有之茲據補
　其文字并誤今略訂正及臧氏校正竝著之疑則闕焉

南山經

桂

桂生南裔　枝華岑嶺　廣莫熙葩　凌霜津穎　氣王百藥　森然雲挺

迷穀

爰有奇樹　産自招搖　厥華流光　上映垂霄　佩之不惑　潛有靈標

狌狌

狌狌似猴　走立行伏　懷木挺力　少辛明目　飛廉迅足　豈食斯肉

水玉

山海經圖讚　　　　　　　　　　　一　　　　還讀樓叢刊

水玉沐浴　潛映洞淵　赤松是服　靈蛻乘煙　吐納六氣　昇降九天

白猿

白猿肆巧　由基撫弓　應聲而號　神有先中　數如循環　其妙無窮

鹿蜀

鹿蜀之獸　馬質虎文　驤首吟鳴　矯足騰羣　佩其皮毛　子孫如雲

鮭

魚號曰鮭　處不枉水　厥狀如牛　鳥翼蛇尾　隨時隱見　倚乎生死

類

類之爲獸　一體兼二　近取諸身　用不假器　窈窕是佩　不知妬忌

猾褢

南山經

桂

桂生南裔　枝華岑嶺　廣莫熙苞　凌霜津穎　氣王百藥　森然雲挺

迷縠

爰有奇樹　產自招搖　厥華流光　上映垂霄　佩之不感　潛有靈標

狌狌

狌狌似猴　走立行伏　懷木挺力　少辛明目　飛廉迅足　豈食斯肉

水玉

水玉沐浴　潛映洞淵　赤松是服　靈蛻乘煙　吐納六氣　昇降九天

白猿

白猿肆巧　由基撫弓　應聊而號　神有先中　數如循環　其妙無窮

鹿蜀

鹿蜀之獸　馬質虎文　驤首吟鳴　矯足騰羣　佩其皮毛　子孫如雲

魚號曰鮭　處不在水　厥狀如牛　鳥翼蛇尾　隨時隱見　倏乎生死

類之為獸　一體兼二　近取諸身　用不假器　竅是佩不知妒忌

猼訑

猼訑似羊　眼反在背　視之則奇　推之無怪　若欲不恐　厥皮可佩

祝荼草　音杂行案經作秋荼蘇

祝荼草食之不飢　鳥首蚖　音行案經作桂蚖　旋龜鶹鵃鳥

龜鶹鵃六足三翅並聲

灌灌鳥赤繻　尾其名旋

狀如鳩形　如鳩佩之　辨惑出自青丘赤繻之

鴷鳥

厥聲如訶　厥身人頭

彗星橫天　鯨魚死浪　鴷鳴于邑　賢士見放　厥理至微　言之無況

猾裹

猾裹之獸　見則與役　厥政而出匪亂　不適天下有道　幽形匿跡

長右麂

長右四耳　厥狀如猴　實為水祥　見則橫流　麂虎其身　厥尾如牛

會稽山

禹徂會稽　爰朝羣臣　不度是討　乃戮長人　玉贛　行讚　案藝文類聚作體文表夏羊石勒素

惠蛩

有獸無口　其名曰患　害氣不入　厥體無間　至理之盡　出乎自然

犀

山海經圖讚一卷　隋唐書經籍志局云圖讚二卷郭璞撰中興
書目山海經十八卷郭璞傳几二十三篇每
卷有讚　案今本並無圖讚唯圖讚經本有之兹据補
其文字肸誤今略訂正及藏氏校正益著之疑則闕焉

南山經

桂

桂生南裔枝華岑嶺廣莫熙芘凌霜頻氣百藥森然雲挺

迷穀

爰有奇樹産自招搖摛華流光上映垂霄佩之不惑潛有靈標

狌狌

狌狌似猴走行伏立楼木挺力少辛明目飛廉迅足豈食斯肉

水玉

水玉沐浴潛映洞淵赤松是服靈蛻乘煙吐納六氣昇降九天

白猿

白猿肆巧由基撫弓應聲而號神有先中數如循環其妙無窮

鹿蜀

鹿蜀之獸馬質虎文驤首吟鳴矯足騰羣佩其皮毛子孫如雲

鯥

魚號曰鯥處不在水厥狀如牛鳥翼蛇尾隨時隱見平生乎死

類

類之為獸一體兼二近取諸身用不假器翹翹是佩不知妒忌

猼訑

《山海經圖讚》琅嬛僊館本

晉　河東郭璞

明　大倉張溥　閱

南山經圖讚

鮭

魚號曰鮭處不在水。厥狀如牛鳥翼蛇尾鹿時

隱見倚乎生次、

類

頖之爲獸、一體兼二近取諸身用不假器窮窕

晉　郭璞《晉郭弘農集》의《山海經圖讚》

차 례

- 책머리에
- 일러두기
- 해제
  1. 《산해경》 개설
  2. 산해경의 몇 가지 문제들
  3. 《산해경》 주석, 전소, 교정 등에 관련된 인물들

山海經 下

〈海經〉

卷十一 〈海內西經〉

卷十二 〈海內北經〉

卷十三 〈海內東經〉

卷十四 〈大荒東經〉

卷十五 大荒南經

卷十六 〈大荒西經〉

卷十七 〈大荒北經〉

卷十八 〈海內經〉

◉ 부록

山海經 上

卷一 南山經

1-1. 南山經

1-2. 南次二經

1-3. 南次三經

卷二 西山經

2-1. 西山經

2-2. 西次二經

2-3. 西次三經

2-4. 西次四經

卷三 北山經

3-1. 北山經

3-2. 北次二經

卷四 東山經

4-1. 東山經

4-2. 東次二經

4-3. 東次三經

山海經 上

卷五 中山經

5-1. 中山經

5-2. 中次二經

5-5. 中次五經

5-6. 中次六經

5-7. 中次七經

5-9. 中次九經

5-10. 中次十經

5-11. 中次十一經

⟨海經⟩

卷六 海外南經

卷七 〈海外西經〉

卷八 〈海外北經〉

卷九 〈海外東經〉

卷十 〈海內南經〉

卷十一 海內西經

〈昆侖山一帶〉明 蔣應鎬 圖本

586(11-1) 바다 안의 서쪽

바다 안쪽은 서남쪽 귀퉁이 그 북쪽이다.

海內西南陬以北者.

【西南陬以北】袁珂는 "按: 此經方位與〈海內西經〉方位相同"이라 함.

587(11-2) 이부貳負의 신하 위危

이부貳負의 신하로서 이름이 위危인 자가 있었다. 위와 이부가 함께 알유窫窳를 죽였다.

천제天帝가 이에 이들을 곡梏을 채워 소속산疏屬山에 가두고, 질桎로 그 오른쪽 발을 채웠다. 그리고 두 손을 뒤로 하여 머리채와 함께 묶어 이를 소속산 위의 나무에 매어버렸다.

그 산은 개제국 서북쪽에 있다.

貳負之臣曰危, 危與貳負殺窫窳.

帝乃梏之疏屬之山, 桎其右足, 反縛兩手與髮, 繫之山上木.

在開題西北.

【貳負】袁珂는 "按: 貳負, 古天神. 〈海內北經〉(612)云:「貳負神在其(歸國)東, 其爲物人面蛇身"이라 함. 그의 신하 이름이 '危'였음. 곽박《圖讚》에 "漢擊 盤石, 其中則危. 劉生是識, 羣臣莫知. 可謂博物, 山海乃奇"라 함.

【窫窳】본래는 蛇身人面의 天神 이름. 그러나 피살된 뒤 다시 살아나 龍首의 모습에 사람을 잡아먹는 怪物로 바뀌었다 함. 雙聲連綿語로 이름이 지어짐. 郭璞은 "《爾雅》云:「窫窳似貙, 虎爪.」與此錯. 軋臾二音"이라 하였으며, 郝懿行은 "〈海內南經〉(580)云:「窫窳龍首, 居弱水中.」〈海內西經〉(604)云: 「窫窳蛇身人面.」又與此及《爾雅》不同"이라 하여 窫窳는 그 형상이 여러 가지 임을 알 수 있음. 郭璞은 "窫窳, 本蛇身人面, 爲貳負臣所殺, 復化爲成此物也"

라 하였고, 袁珂는 "按: 貳負臣殺窦寙事見〈海內西經〉(604)"이라 함. 袁珂는
"按: 窦寙之名, 古書無定.《文選》〈吳都賦〉劉逵注引作'猰貐'. 張協〈七命〉李善
注引作'猰貐',《爾雅》釋獸作'猰貐',《淮南子》本經篇作'猰貐', 其實一也"라 함.

【帝乃梏之疏屬之山】梏은 刑具의 이름. 郭璞은 "梏, 猶繫縛也. 古沃切"이라
하였고, 吳任臣은 "劉孟會曰:「疏屬山在今陝西省延安府綏德縣.」"이라 함.
한편 郝懿行은 "李善注張協〈七命〉引此經作'黃帝', '黃'字延"이라 하였으나
袁珂는 "按: '黃'字其實不衍, 此'帝'字應是'黃帝'. 疏屬山附近之開題, 畢沅說
「疑卽笄頭」, 笄頭又卽雞頭.《史記》五帝本紀有「黃帝西至崆峒, 登雞頭」語,
可見雞頭(開題)附近. 爲黃帝神話傳說所及之地, 故'黃'字其實不衍也"라 함.

【桎其右足】郭璞은 "桎, 械也"라 하였고, 郝懿行은 "《說文》云:「桎, 足械也;
梏, 手械也.」"라 함. 흔히 '桎梏'을 묶어 하나의 의미로 널리 쓰임. 郝懿行의
주에서처럼 '桎'은 발을 채우는 차꼬이며 '梏'은 손을 채우는 것이라 함.

【反縛兩手與髮】郭璞은 "幷髮合縛之也"라 함.

【開題】畢沅은 "開題, 疑卽笄頭山也. 音皆相近"이라 하였고, 袁珂는 "按:《漢唐
地理書抄》輯《顧野王輿地志》云:「笄頭山卽雞頭山」又《漢學堂叢書》輯唐李泰
《括地志》云:「雞頭山, 一名崆峒山. 黃帝問道於廣成子, 蓋在此.」開題, 笄頭,
雞頭, 崆峒, 均一音之轉也"라 하여 '笄頭', '雞頭', '崆峒', '開題' 등의 이름이
轉化된 것이라 하였음.

이부지신(貳負之臣)

588(11-3) 대택大澤

대택大澤은 사방 1백 리이며 새들 무리가 태어나 깃털을 가는 곳으로
안문산鴈門山의 북쪽에 있다.
안문산鴈門山은 기러기가 그 산 사이에서 날아 나온다.
고류高柳의 북쪽에 있다.
고류高柳는 대代의 북쪽에 있다.

大澤方百里, 羣鳥所生及所解, 在鴈門北.

鴈門山, 鴈出其閒.

在高柳北.

高柳在代北.

【大澤方百里】郝懿行은 "〈大荒北經〉(806)作「大澤方千里」, 郭注《穆天子傳》引
此經亦云: 「大澤方千里. 群鳥之所生及所解」 然郭注又引此經云: 「群鳥所集
澤有兩處: 一方百里, 一方千里.」 是又以爲非一地, 所未詳也"라 하였음. 이에
대해 袁珂는 "按: 此經所說大澤, 實有兩處. 〈大荒北經〉(806)云: 「有大澤, 方
千里, 群鳥所解.」 此千里大澤也, 位在西北方, 下文夸父追日所走者即此大澤.
至于此處大澤, 實〈海內北經〉(628)所記「舜妻登比氏, 生宵明燭光, 處河大澤,
二女之靈能照此所方百里」之大澤, 位在北方, 或即今河套附近之地"라 하여
大澤은 두 곳으로 각기 다른 곳이라 하였음. 곽박《圖讚》에 "地號積羽, 厥方
百里. 羣鳥雲集, 鼓翅雷起. 穆王旋軫, 爰策騄耳"라 함.

【羣鳥所生及所解】온갖 철새들이 모여들어 짝짓기, 부화, 털갈이 등을 함. 郭璞은 "百鳥於此生乳, 解之毛羽"라 하였고, 郝懿行은 "此地卽翰海(瀚海)也" 라 함. 袁珂는 "按: '海之毛羽', 不成文. 〈宋本〉·〈藏經本〉作'海旣毛羽', 是也" 라 함.

【鴈門山】郝懿行은 "《淮南子》地形訓云: 「燭龍在鴈門北, 蔽于委羽之山」 疑委 羽山卽鴈門山之連麓, '委羽'亦卽'解羽'之義"라 함.

【鴈出其閒】'閒'의 '間'과 같음. 郝懿行은 "《水經注》及《初學記》(30)引此經 竝作: 「鴈出其門.」"이라 하였고, 袁珂는 "按: 《水經注》固引作'鴈出其門', 今本《初學記》仍作'鴈出其間'"이라 함.

【在高柳北】郝懿行은 "高柳山在今山西代州北三十五里"라 함.

【高柳在代北】袁珂는 "按: 《水經注》引此經'北'作'中'"이라 함. 한편 원본에는 이 구절이 독립되어 분리되어 있음.

589(11-4) 후직后稷의 장지

후직后稷의 장지는 산과 물이 둘러쳐져 있으며 그곳은 저국氐國의 서쪽
이다.

后稷之葬, 山水環之. 在氐國西.

【后稷之葬, 山水環之】郭璞은 "在廣都之野"라 하였고, 袁珂는 "按:〈海內經〉
(836)(云:「西南黑水之間, 有都廣之野, 后稷葬焉.」 卽此. 有經文作'都廣之野', 郭注
卽作'廣都之野', 夷考古籍所引, 或作'都廣', 或作'廣都'不一, 詳〈海內經〉(836)都廣
之野節注"라 함.
【在氐國西】袁珂는 "按:〈海內南經〉(582)云:「氐人國在建木西.」《淮南子》地形
篇云:「后稷壟在建木西.」則后稷壟與氐人國俱在建木之西. 此復云:「后稷之葬,
……在氐國西.」'氐國'當卽'氐人國'也, 脫'人'字"라 함.

590(11-5) 유황풍씨국流黃酆氏國

유황풍씨국流黃酆氏國은 방원이 3백 리이다.
도로가 사방으로 통하며 중앙에 산이 있다.
이 나라는 후직의 장지 서쪽에 있다.

流黃酆氏之國, 中方三百里.
有塗四方, 中有山.
在后稷葬西.

【流黃酆氏之國】 袁珂는 "按: 〈海內經〉(844)云: 「有國名流黃辛氏, 其域中方
　三百里.」 卽此國. 《淮南子》地形篇云: 「流黃沃民在其北, 方三百里.」 亦卽此國,
　'民'字當是'氏'字之訛"라 함. 곽박 《圖讚》에 "城圍三百, 連河比棟. 動是塵昏,
　烝氣霧重. 焉得遊之, 以赦以縱"이라 함.
【中方三百里】 郭璞은 "言國城內"라 하였으나 袁珂는 "按: 此經所謂'中方
　三百里'者, 卽〈海內經〉(844)所謂'其域中方三百里'也. 郭注'城'字應是'域'字之訛"
　라 함.
【塗】 道路. 길. '塗'는 '道'와 같음.
【中有山】 袁珂는 "按: 卽〈海內經〉(844)所謂'巴遂山'也"라 함.

591(11-6) 유사流沙

유사流沙가 종산鍾山에서 발원한다. 서쪽으로 흘렀다가 다시 남쪽으로
곤륜산昆侖山으로 흘러들어 간다. 그리고 다시 서남쪽 바다로 들어가
흑수산黑水山으로 들어간다.

流沙出鍾山. 西行又南行昆侖之虛, 西南入海黑水之山.

【流沙出鍾山】郝懿行은 "《楚辭》招魂云:「西方之害, 流沙千里.」王逸注云:
「流沙, 沙流而行也.」高誘注《呂氏春秋》本味篇云:「流沙在敦煌郡西八百里.」
《水經》云:「流沙地在張掖居延縣東北.」注云:「流沙, 沙本水流行也.」亦言
出鍾山, 西行, 積崦嵫之山, 在西海郡北"이라 함. 곽박《圖讚》에 "天限內外,
分以流沙. 經帶西極, 頹唐委蛇. 注于黑水, 永溺餘波"라 함.

【昆侖】袁珂는 "按:〈宋本〉作'昆侖墟', 下同"이라 함. '崑崙'으로도 표기하며
중국 신화 속에 가장 많이 등장하는 상상 속의 산 이름. 실제 중국 대륙
서쪽의 끝 히말라야, 힌두쿠시, 카라코룸의 3대 산맥의 하나인 카라코룸
산맥이 主山을 疊韻連綿語 '昆侖·崑崙(Kūnlún)'으로 비슷하게 音譯하여 표기
하였다고도 함. 본《山海經》에는 '昆侖山', '昆侖丘', '昆侖虛', '昆侖墟' 등으로
표기되어 있음.

592(11-7) 동호東胡

동호東胡가 대택의 동쪽에 있다.

東胡在大澤東.

【東胡】郝懿行은 "國名也.《伊尹四方令》云:「正北東胡.」詳《後漢書》烏桓鮮卑傳.《廣韻》引《前燕錄》云:「昔高辛氏游于海濱, 留少子厭越而居北夷, 邑于紫蒙之野, 號曰東胡.」云云. 其後爲慕容氏"라 하여 鮮卑族 慕容氏의 전신이라 하였으며, 혹 퉁구스(Tungus)는 이 '東胡'의 譯音이라고도 함.

593(11-8) 이인夷人

이인夷人이 동호의 동쪽에 있다.

夷人在東胡東.

594(11-9) 맥국貊國

맥국貊國이 한수漢水의 동북에 있다. 그 땅은 연燕나라에 가까워 연나라가 그 나라를 멸망시켰다.

貊國在漢水東北, 地近于燕, 滅之.

【貊國】郭璞은 "今扶餘國卽濊貊故地, 在長城北, 去玄菟千里, 出名馬·赤玉·
貂皮·大珠如酸棗也"라 하였으며, 郝懿行은 "《魏志》東夷傳說夫餘與此注同,
卽郭所本也. 唯'貂皮'作'貂狖', 《後漢書》東夷傳又作'貂豽'. 《藝文類聚》(83)引
《廣志》曰:「赤玉出夫餘.」"라 함.
【地近于燕, 滅之】郝懿行은 "〈大雅〉韓奕篇云「其追其貊.」謂此"라 함.

595(11-10) 맹조孟鳥

맹조孟鳥가 맥국의 동북쪽에 있다. 그곳의 새는 무늬가 붉은색, 노란색,
푸른색이며 동쪽을 향하고 있다.

孟鳥在貊國東北, 其鳥文赤·黃·靑, 東鄕.

【孟鳥】새 이름. 滅蒙鳥. '孟'은 '滅蒙'을 合音하여 새롭게 만든 이름으로 보임.
  郭璞은 "亦鳥名也"라 하였고, 郝懿行은 "〈海外西經〉(507)有「滅蒙鳥在結匈國北」,
  疑亦此鳥也. '滅蒙'之聲近'孟'"이라 함. 袁珂는 "按: 郝說是也"라 함.
【赤·黃·靑】〈藏經本〉에는 '赤'자가 없음.
【東鄕】'鄕'은 '向'과 같음. 동쪽을 향하고 있음.

596(11-11) 바다 안쪽의 곤륜산昆侖山

　바다 안쪽의 곤륜산昆侖山은 서북쪽에 있으며 천제天帝의 하도下都이다.
곤륜산은 사방이 8백 리이며 높이는 만 길이나 된다. 산 위에는 목화
木禾라는 나무가 있어 그 키는 다섯 길이며 굵기는 다섯 아름이나 된다.
　산의 네 방향 면에는 아홉 개의 우물이 있다. 옥으로 그 난간이 만들
어져 있다. 그리고 각 면마다 아홉 개의 문이 있으며 문은 개명수開明獸라는
신수神獸가 지키고 있다.
　온갖 신들이 팔우암八隅巖에 있다. 이곳은 적수赤水 가로써 만약 예羿가
아니었더라면 그 바위의 암벽에 오를 수 없었을 것이다.

　海內昆侖之虛, 在西北, 帝之下都.
　昆侖之虛, 方八百里, 高萬仞. 上有木禾, 長五尋, 大五圍.
　面有九井, 以玉爲檻. 面有九門, 門有開明獸守之.
　百神之所在, 在八隅之巖, 赤水之際, 非仁羿莫能上岡
之巖.

【海內昆侖之虛】郭璞은 "言'海內'者, 明海外復有昆侖山"이라 하였고, 郝懿行은
"荒外之山, 以'昆侖'名者蓋多焉. 故《水經》·《禹本經》竝言'昆侖去嵩高五萬里'.
《水經注》又言'晉去昆侖七萬里'. 又引《十洲記》'昆侖山在西海之戌地, 北海之
亥地, 去岸十三萬里', 似皆別指一山. 然則郭云'海外復有昆侖', 其不信哉!"라
함. 이처럼 '崑崙'으로도 표기하며 중국 신화 속에 가장 많이 등장하는 상상

속의 산 이름이며, 여러 곳에 그 산이 있는 것으로 나옴. 실제 중국 대륙 서쪽의 끝 히말라야, 힌두쿠시, 카라코룸의 3대 산맥의 하나인 카라코룸 산맥이 主山을 疊韻連綿語 '昆侖·崑崙'(Kūnlún)으로 비슷하게 音譯하여 표기하였다고도 함. 본《山海經》에는 '昆侖山', '昆侖丘', '昆侖虛' 등으로 표기되어 있음.

【下都】天帝가 지상에 세운 도읍. 袁珂는 "按:〈西次三經〉(089)云:「昆侖之丘, 實惟帝之下都.」郭璞云:「天帝都邑之在下者」《穆天子傳》(2)云:「吉日辛酉, 天子升于昆侖之丘, 以觀黃帝之宮.」則此天帝, 實黃帝也"라 함.

【方八百里, 高萬仞】郭璞은 "皆謂其虛基廣輪之高庫耳. 自此以上二千五百餘里, 上有醴泉·華池, 去嵩高五萬里, 蓋天地之中也. 見《禹本紀》"라 하였고, 袁珂는 "按:《史記》大宛列傳引《禹本紀》云:「河出昆侖. 昆侖其高二千五百餘里, 日月所相避隱爲光明也, 其上有醴泉·瑤池.」"라 함.

【木禾】穀類의 식물. 郭璞은 "木禾, 穀類也. 生黑水之阿, 可食, 見《穆天子傳》"이라 하였고, 袁珂는 "按: 見《穆天子傳》卷四"라 함. 곽박《圖讚》에 "昆侖之陽, 鴻鷺之阿. 爰有嘉穀, 號曰木禾. 匪植匪蓺, 自然靈播"라 함.

【面有九井】아홉 개의 우물. 袁珂는 "按:《初學記》卷七引此經'面'作'上'"이라 함.

【以玉爲檻】郭璞은 "檻, 欄"이라 함.

【面有九門】네 면마다 아홉 개의 문이 있음. 袁珂는 "按:《史記》司馬相如列傳引此經作'旁有五門',《太平御覽》(38)作'面有五門'"이라 함.

【開明】신의 이름. 곽박《圖讚》에 "開明天獸, 稟玆金精. 虎身人面, 表此桀形. 瞪視崑山, 威懾百靈"이라 함.

【百神之所在】袁珂는 "按:《水經注》河水引《遁甲開山圖》榮氏注云:「天下仙聖, 治在柱州昆侖之上.」《十洲記》亦云:「(昆侖)眞官仙靈之所宗.」是神話仙話, 其辭俱同也"라 함.

개명수(開明獸)

【八隅之巖】팔방의 산과 암석 사이. 郭璞은 "在巖間也"라 하였고, 袁珂는 "按: 謂百神居處昆侖八隅巖穴之間.〈大荒西經〉(781)云:「有人戴勝, 虎齒, 豹尾, 穴處, 名曰西王母.」可見神處巖穴, 在古人質樸的思想觀念中, 非不足異"라 함.

【非仁羿莫能上岡之巖】郭璞은 "言非仁人及有才藝如羿者, 不能登此山之岡嶺巉巖也. 羿嘗請藥西王母, 亦言其得道也. 羿一或作聖"이라 함. 그러나 羿를 仁人의 범위에 넣는 것은 문제가 있으며 여기서 '仁羿'는 '夷羿'라 주장하기도 함.

597(11-12) 적수赤水

적수赤水가 동남쪽 귀퉁이에서 발원하여 동북쪽으로 흘렀다가 다시 서남쪽으로 남해南海 염화국厭火國의 동쪽으로 흐른다.

赤水出東南隅, 以行其東北. 西南流注南海厭火東.

【赤水出東南隅】袁珂는 "按: 宋本此下有「西南流注南海厭火東」九字, 明〈藏本〉·吳寬〈抄本〉·淸〈吳任臣本〉·〈汪紱本〉·畢沅〈校本〉·〈百子全書本〉竝有之, 當系脫文"이라 하여 지금의 藝文〈箋疏〉本 원문에는 이 9자가 없음.

598(11-13) 하수河水

하수河水가 동북쪽 귀퉁이에서 발원하여 동북쪽으로 가다가 서남쪽으로 흘러 다시 발해渤海로 들어간다. 그리고 다시 바다 밖으로 흘러, 서쪽으로 향하다가 북쪽으로 흘러 우禹가 물을 소통시킨 적석산積石山으로 간다.

河水出東北隅, 以行其東北, 西南又入渤海, 又出海外, 卽西而北, 入禹所導積石山.

【入禹所導積石山】郭璞은 "禹治水復決疏之, 故云「導河積石」"이라 하였으나 袁珂는 "按: 〈西次三經〉(094)云: 「積石之山, 其下有石門, 河水冒以西流.」卽此. 郝懿行以此爲〈海內北經〉(540)禹所積石之山, 非也, 說詳該節注"라 함.

599(11-14) 상수洋水와 흑수黑水

상수洋水와 흑수黑水가 서북쪽 귀퉁이에서 발원하여 동쪽으로 가서
계속 동쪽으로 가다가 다시 동북쪽으로 가며, 남쪽으로 향하여 바다로
들어가 우민국羽民國 남쪽으로 간다.

洋水·黑水出西北隅, 以東, 東行, 又東北, 南入海, 羽民南.

【洋水】郭璞은 "洋, 音翔"이라 하여 '상'으로 읽도록 하였으며, 郝懿行은
《水經注》引闞駰云:「漢或爲漾, 漾水出昆侖西北隅, 至氐道, 重源顯發而爲漾水.」
是洋水卽漾水, 字之異也"라 하였고, 袁珂는 "按:《書》禹貢云:「嶓冢導漾,
東流爲漢.」卽此洋水也"라 함.
【黑水】袁珂는 "按:《書禹》貢云:「黑水西河惟雍州.」又云:「導黑水至于危,
入于南海.」卽此"라 함.
【羽民】袁珂는 "按: 羽民已見〈海外南經〉(487)"이라 함.

600(11-15) 약수弱水와 청수青水

약수弱水와 청수青水가 그 산 서남쪽 귀퉁이에서 발원하여 동쪽으로 가다가 다시 북쪽으로, 다시 서남쪽으로 흘러 필방조畢方鳥의 동쪽을 경유한다.

弱水·青水出西南隅, 以東, 又北, 又西南, 過畢方鳥東.

【弱水】郭璞은 "〈西域傳〉：「烏弋國去長安萬五千餘里, 西行可百餘日, 至條枝國, 臨西海, 長老傳聞, 有弱水西王母云」〈東夷傳〉亦曰：「長城外數千里, 亦有弱水」 皆所未見也"라 하였고, 袁珂는 "按：郭注引〈西域傳〉, 謂《漢書》西域傳也. 引 〈東夷傳〉, 謂《三國志》魏志東夷傳也"라 함.
【畢方鳥】袁珂는 "按：〈海外南經〉(489)云：「畢方鳥在青水西.」"라 함.

601(11-16) 곤륜산 남쪽의 못

곤륜산 남쪽에 있는 못은 깊이가 3백 길이나 된다. 개명수開明獸의 몸 크기는 호랑이만 하며 아홉 개의 머리가 달려 있다. 모두가 사람의 얼굴에 동쪽 곤륜산 산상을 향하여 서 있다.

昆侖南淵深三百仞. 開明獸身大類虎而九首, 皆人面,
東嚮立昆侖上.

【昆侖】'崑崙'으로도 표기하며 중국 신화 속에 가장 많이 등장하는 상상 속의 산 이름. 실제 중국 대륙 서쪽의 끝 히말라야, 힌두쿠시, 카라코룸의 3대 산맥의 하나인 카라코룸 산맥이 主山을 疊韻連綿語 '昆侖·崑崙'(Kūnlún)으로 비슷하게 音譯하여 표기하였다고도 함. 본 《山海經》에는 '昆侖山', '昆侖丘', '昆侖虛' 등으로 표기되어 있음.

【昆侖南淵深三百仞】여기서의 南淵은 靈淵, 從極淵을 가리킴. 郭璞은 "靈淵"이라 하였고, 郝懿行은 "卽〈海內北經〉(625)云「從極之淵, 深三百仞」者也"라 함.

【開明獸身大類虎而九首】袁珂는 "按: 開明獸卽 〈西次三經〉(089)昆侖之丘神陸吾, 不過此之'九首', 彼作'九尾'耳. 又〈大荒西經〉(781)云:「昆侖之丘, 有神, 人面虎身」云云, 卽神陸吾, 亦卽開明獸也"라 하여 開明獸는 곧 神陸吾라 함.

개명수(開明獸)

602(11-17) 봉황鳳皇과 난조鸞鳥

개명수開明獸의 서쪽에 봉황鳳皇, 난조鸞鳥가 있으며, 모두가 뱀을 머리에 이고 뱀을 발로 밟고 있다. 그리고 가슴에는 붉은 뱀을 걸치고 있다.

開明西有鳳皇·鸞鳥, 皆戴蛇踐蛇, 膺有赤蛇.

【開明西有鳳皇】鳳皇은 鳳凰과 같으며 鶉鳥를 가리킴. 袁珂는 "按:〈西次三經〉
(089)云:「昆侖之丘有鳥焉, 其名曰鶉鳥, 是司帝之百服.」郝懿行云:「鶉鳥,
鳳也.〈海內西經〉云, 昆侖開明西北皆有鳳皇, 此是也. 埤雅引師曠禽經云:
「赤鳳謂之鶉.」卽此"라 하여 '鶉鳥'가 곧 여기서의 '鳳皇'이라 하였음.
【鸞鳥】봉황새의 일종.
【膺】가슴. 胸部.

603(11-18) 개명수開明獸의 북쪽

개명수開明獸의 북쪽에는 시육視肉, 주수珠樹, 문옥수文玉樹, 우기수玗琪樹, 불사수不死樹가 있다.

봉황과 난조는 모두가 머리에 방패를 쓰고 있다. 다시 이주離朱, 목화木禾, 백수柏樹, 감수甘水, 만태曼兌라 부르는 성목聖木이 있다.

일설에는 성목만태를 정목아교挺木牙交라고도 한다.

開明北有視肉·珠樹·文玉樹·玗琪樹·不死樹.

鳳皇·鸞鳥皆戴瞂. 又有離朱·木禾·柏樹·甘水·聖木曼兌.

一曰挺木牙交.

【珠樹】珠玗樹. 전설에 이 나무의 꽃과 잎을 먹으면 不老長生한다고 하였음.
袁珂는 "按:〈海外南經〉(492)云:「三珠(株)樹生赤樹上.」疑卽此.《淮南子》地形
篇云:「增城九重, 珠樹在其(昆侖)西.」卽此珠樹也"라 함.

【文玉樹】다섯 가지 채색의 옥 무늬가 있는 나무. 郭璞은 "五彩玉樹"라
하였고, 袁珂는 "按:《淮南子》地形篇云:「玉樹在其(昆侖)西.」《楚辭》離騷
王逸注引《河圖括地象》云:「昆侖上有瓊玉之樹.」卽此之屬"이라 함.

【玗琪樹】붉은색을 띤 玉樹라 함. 郭璞은 "玗琪, 赤玉屬也"라 함. 곽박《圖讚》
에 "文玉玗琪, 方以類叢. 翠葉猗萋, 丹柯玲瓏. 玉光爭煥, 彩豔火龍"이라 함.

【不死樹】전설에 이 나무의 열매를 먹으면 장수한다고 믿었음. 郭璞은 "言長
生也"라 하였고, 袁珂는 "按: 不死樹已見〈海外南經〉(497)郭注:「員邱山上有

不死樹, 食之乃壽.」《呂氏春秋》本味篇云「菜之美者, 壽木之華」, 高誘注云:
「壽木, 昆侖山上木也. 華, 實也. 食其實者不死, 故曰壽木.」是壽木卽不死樹也.
《淮南子》地形篇亦云:「不死樹在其(昆侖)西.」라 함. 곽박《圖讚》에 "萬物暫見,
人生如寄. 不死之樹, 壽蔽天地. 請藥西姥, 鳥得如翼"이라 함.

【戴胈】胈은 '盾'과 같음. 방패. 郭璞은 "音伐, 盾也"라 함.

【離朱】袁珂는 "離朱, 卽踆鳥"라 함. 〈海外南經〉(504)을 참조할 것.

【甘水】샘 이름. 郭璞은 "卽醴泉也"라 하였고, 袁珂는 "按:《史記》大宛傳云:
《禹本紀》言昆侖上有醴泉.」"이라 함.

【聖木】郭璞은 "食之令人智聖也"라 함. 곽박《圖讚》에 "醴泉璿木, 養齡盡性.
增氣之和, 祛神之冥. 何必生知, 然後爲聖"이라 함.

【曼兌】曼兌라 부르는 나무 이름. 聖木의 일종으로 사람에게 총명과 지혜를
준다고 함. 郭璞은 "미상"이라 하였고, 袁珂는 "按: 聖木曼兌, 當是一物, 曼兌
卽聖木之名也. 郭分而釋之, 或有未諦"라 하여 성목만태라는 나무 이름이라
하였음.

【一曰挺木牙交】郭璞은 "《淮南》作璇樹, 璇, 玉類也"라 하였고, 袁珂는 "按:
據《淮南子》地形篇, 郭注'璇'當爲'琁'"이라 함.

604(11-19) 개명수開明獸의 동쪽

개명수開明獸의 동쪽에는 무팽巫彭, 무저巫抵, 무양巫陽, 무리巫履, 무범巫凡, 무상巫相이 있으며 그들은 알유窫窳의 시신을 끼고 있다. 모두가 불사약不死藥을 들고 그들을 구제하고 있다.

알유는 뱀의 몸에 사람의 얼굴을 하고 있으며 이부貳負의 신하에 의해 죽임을 당하였다.

開明東有巫彭·巫抵·巫陽·巫履·巫凡·巫相, 夾窫窳之尸,
皆操不死之藥以距之.

窫窳者, 蛇身人面, 貳負臣所殺也.

【巫彭·巫抵·巫陽·巫履·巫凡·巫相】郭璞은 "皆神醫也.《世本》曰:「巫彭作醫.」《楚辭》曰:「帝告巫陽.」"이라 하였고, 袁珂는 "按: 郭注'皆神醫', 無寧謂'皆神巫'之爲愈也. 古'醫'字作'毉', 從巫, 是原本巫職而兼醫職也. 羣巫之職任, 乃在上下于天, 宣達神旨人情, 採藥療死, 不過是其餘技耳, 詳〈大荒西經〉(760)'靈山十巫'節注"라 함.

【窫窳】본래는 蛇身人面의 天神 이름. 그러나 피살된 뒤 다시 살아나 龍首의 모습에 사람을 잡아먹는 怪物로 바뀌었다 함. 雙聲連綿語로 이름이 지어짐. 郭璞은 "《爾雅》云:「窫窳似貙, 虎爪.」與此錯. 軋臾二音"이라 하였으며, 郝懿行은 "〈海內南經〉(580)云:「窫窳龍首, 居弱水中.」〈海內西經〉(604)云:「窫窳蛇身人面」又與此及《爾雅》不同"이라 하여 窫窳는 그 형상이 여러 가지

임을 알 수 있음. 郭璞은 "窫窳, 本蛇身人面, 爲貳負臣所殺, 復化爲成此物也"
라 하였고, 袁珂는 "按: 貳負臣殺窫窳事見〈海內西經〉(587)"이라 함. 곽박
《圖讚》에 "窫窳無罪, 見害貳負. 帝命羣巫, 操藥夾守. 遂淪溺淵, 變爲龍首"라 함.
【操不死之藥以距之】距之는 袪之와 같음. 사악한 기운을 없애고 소생하도록
함. 郭璞은 "謂距却死氣, 求更生"이라 함.
【貳負】고대 天神 이름. 人面蛇身이라 함.

605(11-20) 복상수服常樹

복상수服常樹가 있다. 그 나무 위에는 머리가 셋 달린 사람이 있다.
그는 낭간수琅玕樹를 엿보고 있다.

服常樹, 其上有三頭人, 伺琅玕樹.

【服常樹】郭璞은 "服常樹, 未詳"이라 하였고, 吳任臣은
"《淮南子》「沙棠琅玕在昆侖東」, 服常疑是沙棠"이라 하여
沙棠樹가 바로 이 服常樹가 아닌가 하였음. 곽박《圖讚》
에 "服常琅玕, 崑山奇樹. 丹實珠離, 綠葉碧布. 三頭是伺,
遞望遞顧"라 함.

복상수(服常樹)

【三頭人】郝懿行은 "〈海外南經〉(501)云:「三首國, 一身
三首.」亦此類也"라 함.

【伺琅玕樹】郭璞은 "琅玕子似珠.《爾雅》曰:「西北之美者, 有昆侖之琅玕焉.」
莊周曰:「有人三頭, 遞臥遞起, 以伺琅玕與琅琪者」謂此也"라 하였고, 袁珂는
"按:《太平御覽》(915)引《莊子》曰:「南方有鳥, 其名爲鳳, 所居積石千里. 天爲
生食, 其樹名瓊枝, 高百仞, 以璆琳琅玕爲實. 天又爲生離珠, 一人三頭, 遞臥
遞起, 以伺琅玕.」卽郭注所引也. '與琅琪子'四字, 當系衍文.《莊子》佚文中「一人
三頭」之離珠, 卽離朱, 黃帝時明目人, 亦卽此于昆侖山服常樹上'伺琅玕樹'之
三頭人, 蓋又爲日中三足神禽離朱演變而成者"라 함.

606(11-21) 수조樹鳥

개명수開明獸의 남쪽에 수조樹鳥가 있다. 머리가 여섯이다. 그리고 그곳
에는 교蛟, 복蝮, 사蛇, 유蜼, 표豹, 조질수鳥秩樹가 있다. 그 조질수는 못의
주위에 나무로써 자라고 있다. 그 외에 송조誦鳥, 순鶽, 시육視肉이 있다.

開明南有樹鳥, 六首. 蛟·蝮·蛇·蜼·豹·鳥秩樹, 于表池
樹木, 誦鳥·鶽·視肉.

【樹鳥, 六首】袁珂는 "按:〈大荒西經〉(793)云:「有青鳥, 身黃, 赤足, 六首, 名曰
　鸀鳥.」郭璞云:「音觸.」疑卽此六首之樹鳥"라 함.
【蛟】蛟龍. 그러나 구체적으로 발이 넷이며 머리가 작고 허리가 가는 뱀의
　일종으로 사람을 해치기도 한다 함. 열대지방의 큰 뱀. 郭璞은 "似蛇而四脚,
　小頭細頸, 頸有白癭, 大者十數圍, 卵如一二石甕, 能吞人"이라 하였고, 본장
　에서는 "蛟似蛇, 四脚, 龍類也"라 함.
【蝮】큰 뱀. 袁珂는 "按:《楚辭》招魂云:「蝮蛇蓁蓁.」王逸注:「蝮, 大蛇也.」"
　라 함.
【鳥秩樹】郭璞은 "木名, 未詳"이라 함.
【于表池樹木】못 주위에 수목이 가득하여 더욱 아름답게 꾸며져 있음.
　郭璞은 "言列樹而表池, 卽華池也"라 함.
【誦鳥】郭璞은 "鳥名, 形未詳"이라 함.
【鶽】郭璞은 "鵰也.《穆天子傳》曰:「爰有白鶽·青鵰.」音竹笋之笋"이라 하여
　'순'으로 읽도록 하였으며, 郝懿行은 "今《穆天子傳》作白鳥·靑鵰, 已見〈西次

三經〉(086)鍾山注"라 함. 袁珂는 "按: 〈西次三經〉鍾山郭注人《穆天子傳》亦作
'白鳥·靑鵰', 可見今本《穆天子傳》不誤, 郭注自誤"라 함.

【視肉】聚肉. 전설 속의 짐승 이름. 郭璞은 "聚肉, 形如牛肝, 有兩目也. 食之
　無盡, 尋復更生如故"라 하였고, 郝懿行은 "《北堂書鈔》(145)引此經作'食之盡',
　今本'無'字衍也"라 함. 아무리 잘라먹어도 다시 돋는 소의 간과 같은 것
　이라 함.

卷十二 海內北經

〈蛇巫山一帶〉明 蔣應鎬 圖本

607(12-1) 바다 안의 북쪽

바다 안쪽은 서북쪽 귀퉁이의 그 동쪽이다.

海內西北陬以東者.

【海內西北陬以東者】袁珂는 "按: 此經方位與〈海內北經〉方位似相反實相同, 見〈海外北經〉(529)卷首注"라 함.

608(12-2) 사무산蛇巫山

사무산蛇巫山은 그 위에 어떤 사람이 곤봉을 잡고 동쪽을 향해 서 있다.
일설에는 그 산은 구산龜山이라고도 한다.

蛇巫之山. 上有人操柸而東向立.

一曰龜山.

【蛇巫山】郭璞《圖讚》에 "蛇巫之山, 有人操杯. 鬼神蝐犬, 主爲妖災. 大蜂朱蛾,
羣帝之臺"라 함.
【柸】지팡이나 棍棒. 큰 막대기. 郭璞은 "柸, 或作棓, 字同"이라 하였고, 郝懿行은
"柸, 卽'棓'字之異文.《說文》云:「棓, 梲也.」《玉篇》云:「棓與棒同, 步項切.」
《太平御覽》(357)引服虔《風俗通》文曰:「大杖曰棓.」"라 함.

609(12-3) 서왕모西王母

　　서왕모西王母가 안궤案几에 기대어 머리에 옥승玉勝을 얹고 있다. 그 남쪽
에는 삼청조三靑鳥가 있다. 이 새는 서왕모를 위하여 먹을 것을 물어다
나른다.

　　그곳은 곤륜산 북쪽이다.

西王母梯几而戴勝, 其南有三靑鳥, 爲西王母取食.

在昆侖虛北.

【西王母梯几】 郭璞은 "梯爲憑也"라 함.

【戴勝】 玉勝을 머리에 장식하고 있음. 원본은 "戴勝杖"으로 되어 있으며,
　　郝懿行은 "如淳注《漢書》司馬相如〈大人賦〉引此經無'杖'字"라 하였고, 袁珂는
　　"按: 無'杖'字, 是也.《太平御覽》(710)引此經亦無'杖'字.〈西次三經〉(092)與
　　〈大荒西經〉(781)亦俱止作'戴勝', '杖'字實衍"이라 하여 '杖'자는 잘못 들어간
　　것이라 함.

【三靑鳥】 힘이 센 猛禽類. 袁珂는 "按:〈西次三經〉(099)云:「三危之山, 三靑鳥
　　居之. 是山也, 廣員百里.」〈大荒西經〉(762)云:「有三靑鳥, 赤首黑目, 一名大鵹,
　　一名少鵹, 一名靑鳥.」從其居地及其形貌觀之, 此三靑鳥者, 絶非宛轉依人之
　　小鳥, 乃多力善飛之猛禽也"라 함.

【爲西王母取食】 郭璞은 "又有三足鳥主給使"라 하였고, 袁珂는 "按: 郭注
　　'三足鳥',〈宋本〉·〈藏經本〉作'三足鳥'.《史記》司馬相如〈大人賦〉云:「亦幸有
　　三足鳥爲之(西王母)使.」〈玉函山房輯佚書〉輯《河圖括地象》亦云:「有三足
　　神鳥, 爲西王母取食.」卽作'三足鳥'是也"라 함.

【昆侖】‘崑崙’으로도 표기하며 중국 신화 속에 가장 많이 등장하는 상상 속의 산 이름. 실제 중국 대륙 서쪽의 끝 히말라야, 힌두쿠시, 카라코룸의 3대 산맥의 하나인 카라코룸 산맥이 主山을 疊韻連綿語 ‘昆侖·崑崙’(Kūnlún)으로 비슷하게 音譯하여 표기하였다고도 함. 본《山海經》에는 ‘昆侖山’, ‘昆侖丘’, ‘昆侖虛’ 등으로 표기되어 있음.

서왕모(西王母)와 삼청조(三靑鳥)

610(12-4) 대행백大行伯

어떤 사람이 있어 대행백大行伯이라 부른다. 그는 손에 창을 잡고 있다.
그의 동쪽에 견봉국犬封國이 있다.
이부貳負의 시신이 대행백의 동쪽에 있다.

有人曰大行伯, 把戈.
其東有犬封國.
貳負之尸在大行伯東.

【有人曰大行伯, 把戈】共工의 아들 脩가 아닌가 여김. 袁珂는 "按: 今本《風俗
通義》引《禮傳》云: 「共工之子曰脩, 好遠游, 舟車所至, 足迹所達, 靡不窮覽,
故祠以爲祖神.」 此巴戈而爲居西北之大行伯, 其共工好遠游之子脩乎?"라 함.
【犬封國】盤瓠의 후손이 고신씨로부터 봉지로 받아 개를 아들을 낳은 종족.
郭璞은 "昔盤瓠殺戎王, 高辛以美女妻之. 不可以訓, 乃浮之會稽東海中,
得三百里地封之, 生男爲狗, 女爲美人, 是爲狗封之國也"라 함.《搜神記》(14)
「盤瓠子孫」을 참조할 것.
【貳負之尸】'尸'는 대체로 참혹하게 刑戮을 당한 이후의 모습을 일컫는 말.
袁珂는 "按: 〈海內西經〉(587)云: 貳負之臣曰危, 危與貳負殺窫窳, 帝乃梏之
疏屬之山, 桎其右足, 反縛兩手(與髮), 系之山上木.」 帝之處罰似僅及危. 此言
'貳負之尸',《山海經》所謂'尸'者, 大都慘遭殺戮以後之景象, 則幷貳負亦受刑
戮矣"라 함.

611(12-5) 견봉국犬封國

견봉국犬封國은 견융국犬戎國이라고도 부르며, 그곳 사람들은 모습이 개와 같다.

한 여자가 있어 바르게 꿇어앉아 남편을 향해 술잔을 올리고 있다.

무늬 나는 말이 있어 그 몸에 비단을 둘렀으며 붉은 갈기가 있다. 눈은 마치 황금과 같으며 이름을 길량吉量이라 한다. 이 말을 타면 천세의 수명을 누릴 수 있다.

견융국(犬戎國)

犬封國曰犬戎國, 狀如犬.

有一女子, 方跪進杯食.

有文馬, 縞身朱鬣, 目若黃金, 名曰吉量,

乘之壽千歲.

【犬封國曰犬戎國】袁珂는 "按: 封·戎音近, 故'犬封國' 得稱'犬戎國'. 又'犬封國'者, 蓋以神犬立功受封以得國, 卽郭注所謂'狗封之國'也.《伊尹四方令》云:「正西昆侖狗國」《淮南子》地形篇云: 「狗國在其(建木)東」則狗國之傳說實起源於西北然後始漸于東南也"라 함.

【狀如犬】郭璞은 "黃帝之後卜明生白犬二頭, 自相牝牡, 遂爲此國, 言狗國也"라 하였고, 袁珂는 "按: 郭注本〈大荒北經〉(819), '卜明'作'弄明'. 白犬自相牝牡而 傳, 是又此一神話之異聞也"라 함.

【方跪進杯食】酒食의 다른 말. '杯'는 '杯'와 같으며 술잔을 가리키며 대신하여 술을 뜻함. 郭璞은 "與酒食也"라 하였고, 郝懿行은 "《藝文類聚》(73)引此經

'杯'上有'玉'字, 明〈藏本〉'杯'作'桮', 注'酒'字作'狗'"라 하였고, 袁珂는 "按:〈宋本〉 '杯'亦作'桮', 作'桮'是也. 古'杯'字作'桮', '杯'或'桮'之譌也"라 함.

【吉量】'吉良'과 같음. 郭璞은 "量, 一作良"이라 하였고, 袁珂는 "按:《文選》 東京賦李善注引此經正作'吉良'"이라 함. 곽박《圖讚》에 "金精朱鬣, 龍行駿時. 拾節鴻鷟, 塵下及起. 是謂吉黃, 釋聖牖里"라 함.

길량(吉量)

612(12-6) 귀국鬼國

귀국鬼國이 이부貳負의 시신 북쪽에 있다. 그곳의 물체들은 사람 얼굴에 눈이 하나이다.

일설에는 이부신貳負神이 그 동쪽에 있으며 그곳 물체들은 사람 얼굴에 뱀의 몸을 하고 있다고도 한다.

鬼國在貳負之尸北, 爲物人面而一目.
一曰貳負神在其東, 爲物人面蛇身.

이부신(貳負神)

【鬼國】袁珂는 "按: 卽一目國. 已見〈海外北經〉(532). 〈大荒北經〉(821)亦云: 「有人一目, 當面中生. 一曰是威姓, 少昊之子, 食黍.」威・鬼音根, 卽此國也. 《伊尹四方令》云: 「正西鬼親.」魏志東夷傳云: 「女王國北有鬼國.」則傳說中 此國之所在非一也"라 하여 일목국을 가리키며 여러 곳에 그 나라가 있었다 하였음.

【一曰貳負神~人面蛇身】袁珂는 "按: 爲貳負神所殺之窫窳亦人面蛇身, 蓋均 古天神之狀也"라 함.

613(12-7) 도견蛕犬

도견蛕犬은 개와 같으며 푸른색이다. 사람을 잡아먹으며 머리부터
먹는다.

蛕犬如犬, 青, 食人從首始.

【蛕犬】郭璞은 "(蛕), 音陶. 或作蚼, 音鉤"라 함. 袁珂는 "按:《說文》(13)云:
「北方有蚼犬, 食人.」本此"라 함. 郭璞《圖讚》에 "蛇巫之山, 有人操杯. 鬼神
蛕犬, 主爲妖災. 大蜂朱蛾, 羣帝之臺"라 함.
【如犬, 青】王念孫은 "《御覽》獸部十六作'如犬而青'.《類聚》獸部四作'如犬
青色'"이라 함.

도견(蛕犬)

614(12-8) 궁기窮奇

궁기窮奇는 그 형상이 호랑이와 같으며 날개가 있다. 사람을 잡아먹으며 머리부터 먹는다. 그에게 잡혀 먹은 사람의 머리카락은 도견의 북쪽에 있다.

일설에는 발부터 먹는다고도 한다.

窮奇狀如虎, 有翼, 食人從首始, 所食
被髮. 在蚼犬北.

一曰從足.

궁기(窮奇)

【窮奇狀如虎, 有翼】郭璞은 "毛如蝟"라 하였고, 孫星衍은 "'毛如蝟'三字亦疑是
經文"이라 하여 '毛如蝟'가 경문이 아닌가 하였음. 袁珂는 "按:〈西次三經〉
(121)云:「邽山, 其上有獸焉, 其狀如牛, 蝟毛, 名曰窮奇, 音如獋狗, 是食人.」
卽郭注所本, 不必如孫所說也"라 함.
【一曰從足】袁珂는 "按: '從首或從足'者. 均圖象不同而異其說也"라 하여 圖象이
각기 달라 그렇게 설명한 것이라 하였음.

615(12-9) 제요대帝堯臺

제요대帝堯臺, 제곡대帝嚳臺, 제단주대帝丹朱臺, 제순대帝舜臺는 각기 두 개씩의 대가 있으며 대의 네 귀퉁이는 모가 나 있다. 곤륜산 동북쪽에 있다.

帝堯臺·帝嚳臺·帝丹朱臺·帝舜臺, 各二臺, 臺四方, 在昆侖東北.

【帝堯臺~在昆侖東北】郭璞은 "此蓋天子巡狩所經過 夷狄慕聖人恩德, 輒共爲蓄立臺觀, 以標顯其遺迹也. 一本云, 所殺相柳, 地腥臊, 不可種五穀, 以爲衆帝之臺"라 하였고, 袁珂는 "按: 郭注'夷狄慕聖人恩德'云云, 乃臆說無足取. 此'昆侖東北'帝堯·帝嚳·帝丹朱·帝舜之臺, 實〈海外北經〉(534)與〈大荒北經〉(813)所記'昆侖之北', '衆帝之臺', 乃禹殺相柳(相繇)所築臺以壓妖邪者也. 堯舜丹朱舜等卽所謂'衆帝', 注中引'一本云'是也"라 함. 郭璞《圖讚》에 "蛇巫之山, 有人操杯. 鬼神蜩犬, 主爲妖災. 大蜂朱蛾, 羣帝之臺"라 함.
【昆侖】'崑崙'으로도 표기하며 중국 신화 속에 가장 많이 등장하는 상상 속의 산 이름. 실제 중국 대륙 서쪽의 끝 히말라야, 힌두쿠시, 카라코룸의 3대 산맥의 하나인 카라코룸 산맥이 主山을 疊韻連綿語 '昆侖·崑崙'(Kūnlún)으로 비슷하게 音譯하여 표기하였다고도 함. 본《山海經》에는 '昆侖山', '昆侖丘', '昆侖虛' 등으로 표기되어 있음.

616(12-10) 대봉大蠭

대봉大蠭은 그 형상이 마치 누리와 같다. 주아朱蛾는 그 모습이 마치 나방과 같다.

大蠭其狀如螽. 朱蛾其狀如蛾.

【蠭】'蜂'자와 같음. 郝懿行은 "蠭有極桀大者, 僅曰'如螽', 似不足方之. 疑螽卽蠭字之譌, 與下句詞義相比"라 하여 '螽'은 '蠭'자여야 한다고 여겼음. 蠭은 큰 벌을 뜻함. 螽은 '螽斯', 즉 아주 작은 누리라는 곤충으로 이의 대비에 걸맞지 않음. 郭璞《圖讚》에 "蛇巫之山, 有人操杯. 鬼神蜩犬, 主爲妖災. 大蜂朱蛾, 羣帝之臺"라 함.
【螽】'螽斯', 즉 아주 작은 '누리'라는 곤충으로 이의 대비에 걸맞지 않음.
【朱蛾】붉은 나방. 郭璞은 "蛾, 蚍蜉也.《楚辭》曰:「玄蜂如壺, 赤蛾如象」謂此也"라 하였고, 袁珂는 "按: 郭引《楚辭》, 見〈招魂篇〉云:「赤蟻若象, 玄蠭若壺些.」蟻, 蟻本字, 卽蛾"라 함.

617(12-11) 교蟜

교蟜라는 인종은 그 모습이 호랑이 무늬가 있으며, 종아리에 강한
근육이 달려 있다. 궁窮이 동쪽에 있다.
　일설에는 그의 모습은 사람과 같으며 곤륜산의 북쪽에 있는 인종이
이렇다고도 한다.

蟜, 其爲人虎文, 脛有腎. 在窮其東.

一曰狀如人. 昆侖虛北所有.

【蟜】郭璞은 "蟜音橋. 言脚有腨腸也"라 하였고, 郝懿行은 "《廣韻》蟜字注引
　　此經云: 「野人身有獸文.」與今本小異. '腨'當爲'腨'. 《說文》云: 腨, 腓腸也.
　　腓, 脛腨也.」已見〈海外北經〉(530)無腎國"이라 하였고, 袁珂는 "按: 腨腸, 今俗
　　呼小腿肚"라 함.
【脛】종아리. 다리의 아랫부분. 정강이.
【腎】여기서의 '腎'는 '筋'과 같음.
【昆侖虛北所有】郭璞은 "此同上物事也"라 하였고, 郝懿行은 "郭意此已上物
　　事皆昆侖虛北所有也. 明〈藏本〉'同'作'目'"이라 함. 袁珂는 "按: 〈宋本〉·毛扆
　　〈校本〉'同'亦作'目', '目'疑原作'目', 古'以'字, 始誤爲'目', 再誤爲'同'"이라 함. 한편
　　'崑崙'으로도 표기하며 중국 신화 속에 가장 많이 등장하는 상상 속의 산
　　이름. 실제 중국 대륙 서쪽의 끝 히말라야, 힌두쿠시, 카라코룸의 3대 산맥의
　　하나인 카라코룸 산맥이 主山을 疊韻連綿語 '昆侖·崑崙'(Kūnlún)으로 비슷하게
　　音譯하여 표기하였다고도 함. 본 《山海經》에는 '昆侖山', '昆侖丘', '昆侖虛'
　　등으로 표기되어 있음.

618(12-12) 탑비闒非

탑비闒非는 사람 얼굴에 짐승 몸을 하고 있으며 온몸이 푸른색이다.

闒非, 人面而獸身, 青色.

【闒非】郭璞은 "闒音榻"이라 하였고, 郝懿行은 《伊尹四方令》云:「正西榻耳.」
疑即此, '非'·'耳'形相近"이라 함. 곽박 《圖讚》에 "人面獸身, 是謂闒非. 被髮
折頸, 據比之尸. 戎三其角, 袜豎其眉"라 함.

탑비(闒非)

619(12-13) 거비시據比尸

거비시據比尸는 그 모습이 목이 부러져 있으며 머리를 풀어헤치고 있다. 한쪽 팔이 없다.

據比之尸, 其爲人折頸被髮, 無一手.

【據比】郭璞은 "亦云掾比"라 하였고, 郝懿行은 "掾比, 一本作'掾北'"이라 함. 袁珂는 "按:《淮南子》地形篇云: 「諸比, 涼風之所生也.」高誘注: 「諸比, 天神也.」疑此 '諸比'卽'據比'·'掾比(北)'. '諸'·'據'·'掾'一聲之轉"이라 함. 곽박《圖讚》에 "人面獸身, 是謂闒非. 被髮折頸, 據比 之尸. 戎三其角, 袜豎其眉"라 함.

【其爲人折頸被髮】袁珂는 "按: 蓋亦神國內訌, 戰鬪不勝, 慘遭殺戮之象"이라 함.

거비시(據比尸)

620(12-14) 환구環狗

환구環狗는 그 사람 모습이 짐승 머리에 사람 몸이다.
일설에는 고슴도치 형상이며 개와 같고 누런색이라고도 한다.

環狗, 其爲人獸首人身.
一曰蝟狀如狗, 黃色.

【環狗】袁珂는 "按: 觀其形狀, 蓋亦犬戎·狗封之類"라 함.

환구(環狗)

621(12-15) 미魅

미魅는 그 모습이 사람 몸에 검은머리, 그리고 눈이 세로로 나 있다.

魅, 其爲物人身黑首從目.

【魅】'魅'의 假借字. 귀신, 도깨비. 郭璞은 "魅卽魅也"라
하였고, 郝懿行은 "魈魅漢碑作魈魅.《禮儀志》云:「雄伯
食魅.」《玉篇》云: 魅卽鬼魅也.」本此"라 함. 곽박《圖讚》
에 "人面獸身, 是謂闟非. 被髮折頸, 據比之尸. 戎三其角,
魅豎其眉"라 함.
【從目】'從'은 '縱'과 같음. 눈이 세로로 나 있음. 郝懿行은
"《楚辭》大招云:「豖首從目, 被髮鬖只, 疑卽此"라 함.

미(魅)

622(12-16) 융戎

융戎이라는 인종은 그 사람 모습이 사람 머리에 세 개의 뿔이 있다.

戎, 其爲人人首三角.

【戎】郝懿行은 《周書》史記篇云:「昔有林氏召離戎之君而
朝之.」 或單呼爲'戎'. 又與林氏國相比, 疑是也"라 함. 郭璞
《圖讚》에 "人面獸身, 是謂闒非. 被髮折頸, 據比之尸. 戎三
其角, 袾豎其眉"라 함.

융(戎)

623(12-17) 임씨국林氏國

임씨국林氏國에 진기한 짐승이 있다. 크기는 호랑이만 하며 다섯 가지 문채를 모두 갖추었고 꼬리가 몸보다 길다. 이름을 추오騶吾라 하며 이를 타면 하루에 천 리를 갈 수 있다.

林氏國有珍獸, 大若虎, 五采畢具, 尾長于身, 名曰騶吾, 乘之日行千里.

추오(騶吾)

【林氏國】郝懿行은 《周書》史記篇云: 「昔有林氏召離戎之君而朝之」 又云: 「林氏與上衡氏爭權, 俱身死國亡.」 卽此國也라 하였고, 袁珂는 "按: 〈史記篇〉云: 昔有林氏召離戎之君而朝之, 至而不禮, 留而不視, 離戎逃而去之, 林氏誅之, 天下叛林氏.」 二國之君關係如此"라 함.

【大若虎, 五采畢具】郝懿行은 《毛詩》傳云: 「騶虞白虎黑文, 不食生物」 與此異라 함.

【騶吾】'騶虞'와 같음. 郭璞은 《六韜》云: 「紂囚文王, 閎夭之徒詣林氏國求得此獸獻之, 紂大悅, 乃釋之」 《周書》曰: 「夾林酋耳, 酋耳若虎, 尾參于身, 食虎豹」 《大傳》謂之'侄獸'. '吾'宜作'虞'也라 하였고, 袁珂는 "按: '騶吾'又作'騶虞'. 郭引 《周書》'夾林酋耳', 今《周書》王會篇作'央林酋耳'. 郭引《大傳》'侄獸', 今《尙書大傳》作'怪獸', 竝字形之譌"라 함. 곽박 《圖讚》에 "怪獸五彩, 尾參於身. 矯足千里, 儵忽若神. 是謂騶虞, 詩歎其仁"이라 함.

624(12-18) 범림氾林

곤륜허昆侖墟의 남쪽에 범림氾林이 있으며, 사방이 3백 리이다.

昆侖虛南所, 有氾林方三百里.

【昆侖】 '崑崙'으로도 표기하며 중국 신화 속에 가장 많이 등장하는 상상 속의 산 이름. 실제 중국 대륙 서쪽의 끝 히말라야, 힌두쿠시, 카라코룸의 3대 산맥의 하나인 카라코룸 산맥이 主山을 疊韻連綿語 '昆侖·崑崙'(Kūnlún)으로 비슷하게 音譯하여 표기하였다고도 함. 본 《山海經》에는 '昆侖山', '昆侖丘', '昆侖虛' 등으로 표기되어 있음.

【氾林】 畢沅은 《淮南子》地形訓有'樊桐', 云在昆侖閶闔之中.《廣雅》云:「昆侖虛有'板桐'.」《水經注》云:「昆侖之山, 下曰'樊桐', 一名'板桐'.」按: 氾·樊·板聲相近, '林'·'桐'字相似, 當卽一也'라 하였고, 袁珂는 "按: 畢說近是. 則所謂'樊桐'或'板桐'之山, 蓋亦以'林木氾濫布衍'而得名, 其義則'氾林'也"라 함. 范林과 같음. 널리 퍼져 크게 자라 이루어진 숲. 그러나 수풀 이름으로도 볼 수 있음. 〈海外南經〉(504)에 "有范林方三百里"라 하였고, 〈海外北經〉(546)에는 "范林方三百里, 在三桑東, 洲環其下"라 함.

625(12-19) 종극연從極淵

종극연從極淵은 그 깊이가 3백 길이며 오직 수신水神 빙이冰夷 혼자서 항상 그곳에 있다.

빙이冰夷는 사람 얼굴을 하고 있으며 두 마리의 용을 타고 있다.

일설에는 그 못을 충극연忠極淵이라고도 한다.

從極之淵深三百仞, 維冰夷恒都焉.

冰夷人面, 乘兩龍.

一曰忠極之淵.

【從極之淵】袁珂는 "按:《文選》〈江賦〉李善注引此經作'從極之川'"이라 함.

【冰夷】郭璞은 "《淮南》云:「馮夷得道, 以潛大川.」卽河伯也.《穆天子傳》所謂 河伯'無夷'者.《竹書》作'馮夷', 字或作'冰'也"라 하였고, 袁珂는 "按: '冰'·'馮'· '無'音皆相近"이라 함. 곽박《圖讚》에 "稟華之精, 練食八石. 乘龍隱淪, 往來 海若. 是謂水仙, 號曰河伯"이라 함.

【冰夷人面】袁珂는 "按: 關于河伯形貌,《尸子》輯本卷下云:「禹理水, 觀于河, 見白面長人魚身出, 曰: '吾河精也.' 授禹〈河圖〉而還于淵中.」《繹史》卷十一引 《博物志》于述此故事後更爲之釋云:「蓋河伯也.」《韓非子》內儲說上略云: 「齊人有謂齊王曰: '河伯, 大神也. 臣請使王遇之.' 乃爲壇場大水之上. 有間, 大魚動, 因曰: '此河伯.'」 可見河伯之形, 實當是人面魚身, 故《酉陽雜俎》諾皐 記上云:「河伯人面, 乘兩龍. 又曰人面魚身.」是更參考說而爲《山海經》之補 充者也"라 함.

【乘兩龍】郭璞은 "畫四面各乘靈車, 駕二龍"이라 하였고, 郝懿行은 "郭注'靈'
蓋'雲'字之譌也. 《水經注》引《括地圖》雲: 「馮夷恒乘雲車, 駕二龍.」 是'靈'
當爲'雲'. 《太平御覽》(61)引此經正作'雲'"이라 함. 袁珂는 "按: 郝說是也,
王念孫校同"이라 함.

【忠極之淵】中極之淵. 袁珂는 "按: 《水經注》河水引此經作'中極之淵'"이라 함.

하백(河伯) 빙이(冰夷)

626(12-20) 양오산陽汙山

양오산陽汙山은 하수河水가 그 산중에서 발원하는 산이며, 능문산凌門山
역시 하수가 그 산에서 발원한다.

陽汙之山, 河出其中; 凌門之山. 河出其中.

【陽汙之山~河出其中】郭璞은 "皆河之枝源所出之處也"라 하였고 郝懿行은
"'陽汙'卽'陽紆', 聲相近.《穆天子傳》雲:「至于陽紆之山, 河伯無夷之都居.」
《水經注》云:「河水又出于陽紆·陵門之山, 而注于馮逸之山」蓋卽引此經之文.
'陵門'卽'凌門'. 或云卽'龍門', '凌'·'龍'亦聲相轉也"라 함. 袁珂는 "按: 郝引
《水經注》'馮逸之山', 當卽'馮夷之山', 是又以河伯之名而名山矣"라 함.

627(12-21) 왕자야시王子夜尸

왕자야王子夜의 시신은 두 손, 두 다리, 가슴, 머리, 이빨이 모두 해체
되어 각기 다른 곳에 흩어져 있다.

王子夜之尸, 兩手·兩股·胸·首·齒, 皆斷異處.

【王子夜】袁珂는 "按: 日本小川琢治《穆天子傳地名考》謂'夜'卽'亥'之形譌, 疑是,
果如此, 則此節亦王亥故事之片斷, 卽〈大荒東經〉(702)郭璞注引《古本竹書紀年》
所謂「殷王子亥賓于有易而淫焉, 有易之君綿臣殺而放之」·王亥慘遭殺戮而後之
景象夜. 詳該經'王亥'節"이라 함. 곽박《圖讚》에 "子夜之尸, 體分成七. 離不
爲疏, 合不爲密. 苟以神御, 形歸於一"이라 함.

【兩手·兩股·胸·首·齒】袁珂는 "按: 江紹原謂'齒'字與'首'字形近, 而衍'齒'字,
亦足供參考. 如此, 則王亥慘遭殺戮, 系尸分爲八, 合于'亥有二首六身'之古代
民間傳說(《左傳》襄公30年). 郭璞《圖讚》云:「子夜之尸, 體分成七」則所見本
已衍'齒'字也"라 함.

628(12-22) 소명宵明과 촉광燭光

　순舜의 처 등비씨登比氏가 소명宵明과 촉광燭光이라는 두 딸을 낳았다. 그들은 하수河水가의 대택大澤에 있다. 그 두 여자의 영靈이 내는 빛은 능히 이곳 사방 1백 리의 땅을 비춘다.
　일설에는 등비씨를 등북씨登北氏라고도 한다.

　舜妻登比氏生宵明·燭光, 處河大澤. 二女之靈能照此所方百里.
　一曰登北氏.

【舜妻登比氏】袁珂는 "按:《尸子》輯本卷下云:「(堯)妻之(舜)以媓, 媵之以娥.」 卽世所謂娥皇·女英者是也.《禮記》檀弓上云:「舜葬蒼梧, 蓋三妃未之從也.」 鄭玄注:「舜有三妃.」 則除上所說二妃而外, 另一蓋卽此登比氏也. 羅泌《路史》后記十一亦以三妃爲娥盲(娥皇)·女瑩(女英)·癸比(登比), 是也"라 하여 舜의 아내는 娥皇과 女英 외에 이 登比氏가 있어 三妃였다 함.
【宵明·燭光】郭璞은 "卽二女字也. 以能光照, 因名焉"이라 하여 娥皇과 女英의 字라 함. 곽박《圖讚》에 "水有佳人, 宵明燭光. 流耀河湄, 稟此奇祥. 維舜二女, 別處一方"이라 함.
【處河大澤】郭璞은 "澤, 河邊溢漫處"라 함.
【二女之靈能照此所方百里】郭璞은 "言二女神光所燭及者方百里"라 함.

629(12-23) 개국蓋國

개국蓋國이 거연鉅燕의 남쪽, 왜倭의 북쪽에 있다. 왜는 연燕나라에
속한다.

蓋國在鉅燕南, 倭北. 倭屬燕.

【蓋國】郝懿行은 "《魏志》東夷傳云:「東沃沮在高句麗蓋馬大山之東」《後漢書》
東夷傳同. 李賢注:「蓋馬, 縣名, 屬玄菟郡.」今按: 蓋馬疑本蓋國地"라 함.
'蓋馬'는 우리민족의 고대 토템 '곰'을 한자로 譯音한 것이며, '蓋馬大山'은
蓋馬高原의 가장 높은 백두산을 뜻하는 것으로 봄.

【倭】郭璞은 "倭國在帶方東大海內, 以女爲主. 其俗露紒, 衣服無針功, 李丹朱
塗身. 不妒忌, 一男子數十婦也"라 하였으며, 郝懿行은 "《魏志》東夷傳云:
「倭人在帶方東南大海之中, 依山島爲國邑, 舊百餘國. 其國本亦以男子爲王,
國亂相攻伐, 歷年乃共立一女子爲王, 名曰'卑彌呼'. 其俗男子皆露紒, 以木棉
招頭. 其衣橫幅, 但結束相連, 略無縫. 婦人被髮屈紒作衣, 如單被穿其中央貫
頭衣之, 皆徒跣, 以朱丹塗其身體, 如中國用粉也. 其俗國大人皆四五婦, 下戶或
二三婦, 婦人不淫, 不妒忌.」是皆郭注所本也. 〈地理志〉云:「樂浪海中有倭人,
分爲百餘國.」《魏志》亦云:「女王國東渡海千餘里, 復有國, 皆倭種, 是也. 其國
有靑玉.」《藝文類聚》(83)引《廣志》曰:「靑玉出倭國.」《史記》正義云:「武后
改倭國爲日本國.」經云'倭屬燕'者, 蓋周初事與?"라 함. 袁珂는 "按: 郭說本
《三國志》魏志東夷傳"이라 함.

630(12-24) 조선朝鮮

조선朝鮮이 열양列陽의 동쪽, 바다의 북쪽, 산의 남쪽에 있다. 열양은
연燕나라에 속한다.

朝鮮在列陽東, 海北山南, 列陽屬燕.

【朝鮮】郝懿行은 "《尙書大傳》云:「武王勝殷, 釋箕子之囚, 箕子不忍爲周之釋,
走之朝鮮. 武王聞之, 因以朝鮮封之.」《魏志》東夷傳云:「濊南與辰韓, 北與
高句麗·沃沮接, 東窮大海. 今朝鮮之東, 皆其地也. 釋箕子旣過朝鮮, 作八條
之敎, 以敎之無門戶之閉, 而民不爲盜」云云.《史記》正義云:「朝音潮, 鮮音仙」"
이라 함. 袁珂는 "按: 郭注見《漢書》地理志"라 함.

【列陽】郭璞은 "朝鮮, 今樂浪縣. 箕子所封也. '列'亦水名也. 今在帶方, 帶方有
列口縣"이라 하였고, 郝懿行은 "〈地理志〉云:「樂浪郡朝鮮. 又呑列分黎山,
列水所出, 西至黏蟬(碑의 誤記)入海.」又云:「含資大水, 西至帶方入海, 又帶
方列口竝屬樂浪郡.」《晉書》地理志:「列口屬帶方郡.」"이라 함.

631(12-25) 열고야列姑射

열고야列姑射가 해하海河의 섬 가운데에 있다.

列姑射在海河州中.

【列姑射】郭璞은 "山名也, 山有神人. 河州在海中, 河水所經者. 《莊子》所謂藐
姑射之山也"라 하였고, 袁珂는 "按:〈東次二經〉(240, 241, 242)有姑射之山·
北姑射之山·南姑射之山, 卽此經所謂'列姑射'也. 此節確當移海內東經始妥"
라 하여〈海內東經〉의 첫머리에 있어야 한다고 보았음. 이처럼 '列姑射'는
姑射山(藐姑射山)이 줄을 지어 있는 군산 형태의 산이며, '射'는 '야'로 읽음.
《列子》黃帝篇에 "列姑射山在海河洲中, 山上有神人焉, 吸風飮露, 不食五穀;
心如淵泉, 形如處女; 不偎不愛, 仙聖爲之臣; 不畏不怒, 愿慤爲之使; 不施
不惠, 而物自足; 不聚不斂, 而己無愆. 陰陽常調, 日月常明, 四時常若, 風雨常均,
字育常時, 年穀常豐; 而土無札傷, 人無夭惡, 物無疵癘, 鬼無靈響焉"라 하였고
《莊子》逍遙遊篇에는 "藐姑射之山, 有神人居焉. 肌膚若冰雪, 綽約若處子;
不食五穀, 吸風飮露; 乘雲氣, 御飛龍, 而遊乎四海之外. 其神凝, 使物不疵癘
而年穀熟"이라 함. 郭璞《圖讚》에 "姑射之山, 實西神人. 大蟹千里, 亦有陵鱗.
曠哉冥海, 含怪藏珍"이라 함.

632(12-26) 고야국姑射國

고야국姑射國이 바다 가운데에 있다. 이 나라는 열고야列姑射에 속한다.
서남쪽은 산들이 둘러쳐져 있다.

姑射國在海中, 屬列姑射. 西南, 山環之.

【姑射國】원전의 본문은 '射姑國'으로 되어 있음. 이에 대해 袁珂는 "按:
〈宋本〉・〈藏經本〉・吳寬〈抄本〉・〈吳任臣本〉・畢沅〈校本〉竝作姑射國, 始也"라
하여 '姑射國'이어야 함을 증명하였음.
【西南, 山環之】郭璞은 "山環西南, 海據東北也"라 함.

633(12-27) 대해大蟹

대해大蟹가 바다 가운데에 있다.

大蟹在海中.

【大蟹】전설상 천 리를 덮을 수 있는 크기의 큰 새우. 郭璞은 "蓋千里之蟹也"
라 하였고, 袁珂는 "按:〈大荒東經〉(703)云:「女丑有大海.」郭注云:「廣千里也.」
卽此大蟹也.《周書》王會篇云:「海陽大蟹.」孔晁注:「海水之陽, 一蟹盈車.」
此大蟹之見于先秦古籍者也"라 함. 郭璞《圖讚》에 "姑射之山, 實西神人. 大蟹
千里, 亦有陵鱗. 曠哉冥海, 含怪藏珍"이라 함.

대해(大蟹)

634(12-28) 능어陵魚

능어陵魚는 사람 얼굴에 손과 발이 있으며 물고기 몸이다. 바다 가운데에
있다.

陵魚人面, 手足, 魚身, 在海中.

【陵魚】龍魚라고도 함. 袁珂는 "按:〈海外西經〉(524): 「龍魚陵居在其(沃野)北」
卽此魚也. 說詳該節注.《楚辭》天問云:「鯪魚何所?」劉逵注〈吳都賦〉引作「陵魚
曷止.」卽人魚也. 龍·陵聲轉, 陵·人音近"이라 함. 郭璞《圖讚》에 "姑射之山,
實西神人. 大蟹千里, 亦有陵鱗. 曠哉冥海, 含怪藏珍"이라 함.

능어(陵魚)

635(12-29) 대편大鯾

대편大鯾이 바다 가운데에 살고 있다.

大鯾居海中.

【大鯾】鯾은 魴魚를 말함. 郭璞은 "鯾卽魴也. 音鞭"이라 하였고, 袁珂는 "按:
《爾雅》釋魚云:「魴, 魾」郭璞注云:「江東呼魴魚爲鯿」《說文》(11)云:「鯿, 鯾」
故郭此注云:「鯾卽魴」也"라 함.

636(12-30) 명조읍明組邑

명조읍明組邑이라는 부락이 바다 가운데에 있다.

明組邑居海中.

【明組邑】 바다 속 상상의 읍 이름. 郭璞은 "組音祖"라 하였고, 郝懿行은 "明組邑,
蓋海中聚落之名, 今未詳"이라 함.

637(12-31) 봉래산蓬萊山

봉래산蓬萊山이 바다 가운데에 있다.

蓬萊山在海中.

【蓬萊山】郭璞은 "上有仙人宮室, 皆以金玉爲之, 鳥獸盡白, 望之如雲, 在渤海
中也"라 하였고, 袁珂는 "按: 郭注本《史記》封禪書所記三神山神話.《列子》
湯問篇五種山神話亦有蓬萊.《太平御覽》(38)引此經作:「蓬萊山, 海中之神山,
非有道者不至.」當是隱括經文及郭注而言, 非經文也"라 함. 郭璞《圖讚》에
"蓬萊之山, 玉碧構林. 金臺雲館, 崵哉獸禽. 實維靈府, 玉主甘心"이라 함.

봉래산(蓬萊山)

638(12-32) 대인지시大人之市

대인大人의 시장이 바다 가운데에 있다.

大人之市在海中.

【大人之市】大人之堂. 登州 바다에 보이는 蜃氣樓라고도 함. 袁珂는 "按:
〈大荒東經〉(680)云:「有波谷山者, 有大人之國. 有大人之市, 名曰大人之堂.」
卽此. 楊愼·郝懿行等咸釋以登州海市蜃樓之幻象, 云:「今登州海中州島上,
春夏之交, 恒見城郭市廛, 人物往來, 有飛仙邀游, 俄頃變幻, 土人謂之海市.
疑卽此.」云云, 非也"라 함.

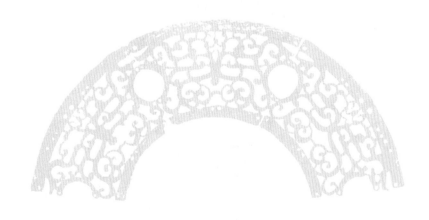

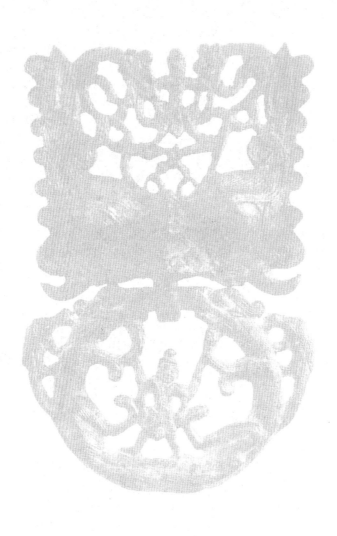

卷十三 海內東經

〈雷神, 四蛇〉 明 蔣應鎬 圖本

639(13-1) 바다 안 동쪽

바다 안쪽은 동북 귀퉁이에서 그 남쪽이다.

海內東北陬以南者.

【海內東北陬以南】袁珂는 "按: 此經方位與〈海外東經〉方位恰相反"이라 함.

640(13-2) 거연鉅燕

거연鉅燕이 동북쪽 귀퉁이에 있다.

鉅燕在東北陬.

【陬】귀퉁이, 구석. 모퉁이.

641(13-3) 돈단국埻端國과 새환국璽喚國

유사의 가운데에 있는 나라는 돈단국埻端國, 새환국璽喚國이 있으며 모두가 곤륜산 동남쪽에 있다.
일설에는 바다 안쪽에 설치한 군郡으로써 군현郡縣으로 여기지 않는 것은 모두 유사 안에 있는 것들이라고 한다.

國在流沙中者埻端·璽喚, 在昆侖虛東南.
一曰海內之郡, 不爲郡縣, 在流沙中.

【埻端】 郭璞은 "埻, 音敦"이라 함.
【璽喚】 郭璞은 "喚, 音喚, 或作繭唤"이라 하였고, 郝懿行은 "唤, 卽暖字也"라 함.
  郭璞 《圖讚》에 "竪沙居繇, 埻端璽喚. 沙漠之鄉, 絶地之館. 或羈于秦, 或賓于漢"
  이라 함.
【昆侖】 '崑崙'으로도 표기하며 중국 신화 속에 가장 많이 등장하는 상상 속의
  산 이름. 실제 중국 대륙 서쪽의 끝 히말라야, 힌두쿠시, 카라코룸의 3대
  산맥의 하나인 카라코룸 산맥이 主山을 疊韻連綿語 '昆侖·崑崙(Kūnlún)'으로
  비슷하게 音譯하여 표기하였다고도 함. 본 《山海經》에는 '昆侖山', '昆侖丘',
  '昆侖虛' 등으로 표기되어 있음.
【在流沙中】 郝懿行은 "〈海外東經〉之篇而說流沙內外之國, 下文又雜厠東南諸州
  及渚水, 疑皆古經之錯簡"이라 하였으며, 袁珂는 "按: 郝說是也, 此下三節俱
  當移在〈海內西經〉'流沙出鍾山'節後, 上'鉅燕在東北陬'節, 亦當將〈海內北經〉
  '蓋國在鉅燕南'以下十節文字, 移來與之銜接"이라 함.

642(13-4) 유사 밖의 나라들

유사 밖에 있는 나라들로는 대하국大夏國, 수사국豎沙國, 거요국居繇國, 월지국月支國 등이 있다.

國在流沙外者, 大夏·豎沙·居繇·月支之國.

【大夏】 郭璞은 "大夏國城方二三百里, 分爲數十國, 地和溫, 宜五穀"이라 하였고, 袁珂는 "按:《周書》王會篇云:「大夏玆白牛.」孔晁注云:「大夏, 西北戎.」《伊尹四方令》云:「正北大夏.」 卽此"라 함.

【豎沙】 郝懿行은 "《說文》云:「古者'宿沙'初作煮海鹽.」宿沙蓋國名, '宿'·'豎聲相近, 疑卽'豎沙'也.《三國志》引魏略作堅沙國"이라 하였으나, 袁珂는 "按: 宿沙炎帝臣, 其煮海鹽當在古齊地, 與豎沙東西之望絶不相侔, 郝說非是"라 함. 郭璞《圖讚》에 "豎沙居繇, 埠端墪晩. 沙漠之鄕, 絶地之館. 或羈于秦, 或賓于漢"이라 함.

【居繇】 郭璞은 "繇, 音遙"라 하였고, 袁珂는 "按:《三國志》魏志烏丸鮮卑東夷傳作屬繇國"이라 함.

【月支之國】 郭璞은 "月支國多好馬·美果, 有大尾羊如驢尾, 卽羬羊也. 小月支·天竺國皆附庸云"이라 하였고, 郝懿行은 "《伊尹四方令》云:「正北月氏.」'氏'·'支同.《三國志》注引《魏略》作'月氏國'.《漢書》西域傳云:「大月氏國治監氏城.」"이라 함. 袁珂는 "按: 淸張澍輯《涼州異物志》云:「月氏國有羊, 尾重十斤, 割之供食, 尋生如故.」又云:「有羊大尾, 車推乃行, 用累其身.」卽郭璞注所謂'大有尾羊如驢尾'之羬羊也"라 함.

643(13-5) 서호백옥산西胡白玉山

서호백옥산西胡白玉山이 대하국의 동쪽에 있다. 그리고 창오산蒼梧山은 백옥산 서남쪽에 있다. 모두가 유사의 서쪽이며 곤륜산昆侖山의 동남쪽이다. 곤륜산은 서호의 서쪽에 있으며 그들은 모두가 북서쪽이다.

西胡白玉山在大夏東, 蒼梧在白玉山西南, 皆在流沙西, 昆侖虛東南.

昆侖山在西胡西, 皆在西北.

【西胡白玉山】郝懿行은 "《三國志》注引《魏略》云:「大秦西有海水, 海水西有河水, 河水西南北行有大山, 西有赤水, 赤水西有白玉山 白玉山西有西王母.」今按: 大山蓋卽昆侖也, 白玉山・西王母皆國名"이라 함.

【蒼梧】郝懿行은 "此別一蒼梧, 非南海蒼梧也"라 하여 또 다른 蒼梧山이라 함.

【昆侖】'崑崙'으로도 표기하며 중국 신화 속에 가장 많이 등장하는 상상 속의 산 이름. 실제 중국 대륙 서쪽의 끝 히말라야, 힌두쿠시, 카라코름의 3대 산맥의 하나인 카라코룸 산맥이 主山을 疊韻連綿語 '昆侖・崑崙'(Künlún)으로 비슷하게 音譯하여 표기하였다고도 함. 본 《山海經》에는 '昆侖山', '昆侖丘', '昆侖虛' 등으로 표기되어 있음.

644(13-6) 뇌택雷澤

뇌택雷澤에 뇌신雷神이 있다. 그는 용의 몸에 사람의 머리를 하고 있으며
배를 북으로 삼아 치고 있다. 오吳의 서쪽에 있다.

雷澤中有雷神, 龍身而人頭, 鼓其腹, 在吳西.

【雷神】 袁珂는 "按:〈大荒東經〉(713)云:「東海中有流波山,
入海七千里. 其上有獸, 狀如牛, 蒼身而無角, 出入水則必
風雨. 其光如日月, 其聲如雷, 其名曰夔. 黃帝得之, 以其皮
爲鼓, 橛以雷獸之骨, 聲聞五百里, 以威天下.」郭璞注:
「雷獸, 卽雷神也, 人面龍身鼓其腹者, 橛猶擊也.」卽此雷
神也"라 함. 郭璞《圖讚》에 "韓鴈始鳩, 在海之州. 雷澤
之神, 鼓腹優遊. 琅琊嶕嶢, 邈若雲樓"라 함.

뇌신(雷神)

【鼓其腹】 袁珂는 "按:《史記》五帝本紀正義引此經云:「雷
澤有雷神, 龍身人頰, 鼓其腹則雷.」《淮南子》地形篇云:「雷澤有神, 龍身人頭, 鼓其腹而熙.」並與
今本異也"라 함.

【在吳西】 吳承志의《山海經地理今釋》(6)에 "此經當在'始鳩在海中, 轅厲南'下,
編失其次"라 하였고, 다시 "雷澤卽震澤,《漢志》具區澤在今會稽郡吳西, 揚州藪,
古文以爲震澤. 震澤在吳西. 可證"이라 함. 袁珂는 이에 대해 "其說是也. 震澤
卽今橫跨江蘇省與浙江省間之太湖, 在古吳都(蘇州)之西"라 함.

645(13-7) 도주都州

도주都州가 바다 가운데에 있다.
일설에는 도주를 울주鬱州라고도 한다.

都州在海中.
一曰鬱州.

【都州】畢沅은 "《水經注》引此作'郁山'. 劉昭注〈郡國志〉與經文同"이라 함. 곽박
《圖讚》에는 郁州로 되어 있으며 "南極之山, 越處東海. 不行而至, 不動而改.
維神所運, 物無常在"라 함.
【一曰鬱州】郭璞은 "今在東海朐縣界, 世傳此山自蒼梧從南徙來, 上皆有南方
物也. 郁音鬱"이라 하였고, 郝懿行은 "劉昭注〈郡國志〉引此注云: 「在蒼梧徙來,
上皆有南方樹木.」與今本異. 疑今本'從南'二字衍也"라 함.

646(13-8) 낭야대琅邪臺

낭야대琅邪臺가 발해渤海 사이, 낭야琅邪의 동쪽에 있다. 그 북쪽에는 산이 있다.

일설에는 바다 사이에 있다고도 한다.

琅邪臺在渤海閒, 琅邪之東. 其北有山.

一曰在海閒.

【琅邪臺】郭璞은 "今琅邪在海邊, 有山嶕嶢特起, 狀如高臺, 此卽琅邪臺也. 琅邪者, 越王句踐入霸中國之所都"라 함. 郭璞《圖讚》에 "韓鴈始鳩, 在海之州. 雷澤之神, 鼓腹優遊. 琅琊嶕嶢, 邈若雲樓"라 함.

【其北有山】郝懿行은 "琅邪臺在今沂州府, 其東北有山, 蓋勞山也. 勞山在海間, 一曰牢山"이라 하였고, 袁珂는 "按: 郝注沂州府卽今山東省臨沂縣"이라 함.

647(13-9) 한안韓鴈

한안韓鴈이 바다 가운데에 있다. 도주都州의 남쪽에 있다.

韓鴈在海中, 都州南.

【韓鴈】새 이름, 혹 나라 이름. 구체적으로 알 수 없음. 郝懿行은 "韓鴈蓋三韓
古國名. 韓有三種, 見《魏志》東夷傳"이라 고대 한반도의 三韓(馬韓, 辰韓, 弁韓)
으로 보았으나 袁珂는 "按: 郝說非是. 韓鴈如系三韓, 則其地當在都州(郁州)
之北, 今云在南, 地望不侔, 仍當存疑. 韓鴈・始鳩, 或國名, 或鳥名, 未易定也"
라 함. 郭璞《圖讚》에 "韓鴈始鳩, 在海之州. 雷澤之神, 鼓腹優遊. 琅琊嶕嶢,
邈若雲樓"라 함.

648(13-10) 시구始鳩

시구始鳩가 바다 가운데에 있다. 한안韓鴈의 남쪽이다.

始鳩在海中, 轅厲南.

【始鳩】郭璞은 "國名. 或曰鳥名也"라 함. 郭璞 《圖讚》에 "韓鴈始鳩, 在海之州.
雷澤之神, 鼓腹優遊. 琅琊嶕嶢, 邈若雲樓"라 함.
【轅厲南】'韓鴈南'의 오류. 郝懿行은 "轅厲, 疑卽韓鴈之譌也. '韓'·'轅', '鴈'·'厲',
竝字形相近"이라 하였고, 畢沅은 "轅厲, 卽韓鴈也. 轅·韓聲近; 鴈·厲字相似"
라 함. 이에 대해 袁珂는 "按: 畢·郝之說是也. 王念孫·孫星衍校同"이라 함.

649(13-11) 회계산會稽山

회계산會稽山이 대월大越의 남쪽에 있다.

會稽山在大越南.

【大越南】 원문은 '大楚南'으로 되어 있으며 이는 '大越南'의 오기. 吳承志는
"楚當作越, 傳寫訛誤.《越絶書》記越地傳云:「禹憂民救水, 到大越, 上茅山
大會計, 更名茅山曰會稽.」卽本此經"이라 함.

○ 이하 26장(650~675)은 본 《산해경山海經》의 본문이 아닌 것으로 보고 있다. 청대 필원(畢沅, 1730~1797)은 《수경水經》의 문장을 넣은 것으로 의심하였고, 현대 원가(袁珂, 1916~2001) 역시 이에 의견을 같이하여 다음과 같이 말하였다.

"필원은 이상의 〈해내동경〉 옛 판본에 '민삼강, 수⋯⋯'이하 운운한 것을 편으로 여겼다. 이는 그릇된 것이다. 지금 뒤에 이를 부기해 싣는 다 하였고 다시 '민삼강, 수⋯⋯이하는 《수경》이 아닌가 의심된다'라 하였다. 나(원가)의 생각으로는 필원의 설이 맞다. 민삼강, 수⋯⋯이하는 문자가 확실히 물의 흐름과 경유만을 말하였을 뿐 그 외의 것을 거론 하지 않아 《산해경》 경문과 무관하다. 지금 필원의 설을 따라 이를 경문의 뒤에 싣되 더 이상 절의 차례를 분리하지 아니하고 또한 교주나 번역도 싣지 않는다. 다만 학의행의 〈전소〉에 근거하여 경문의 대략 모습만 실어둔다."

(畢沅云:「右〈海內東經〉舊本合'岷三江, 首⋯⋯'以下云云爲篇, 非, 今附 在後.」又云:「自'岷三江, 首⋯⋯'以下疑《水經》也.」案: 畢沅之說是也. '岷三江, 首⋯⋯'以下文字, 確只言水流經行, 不言其他, 與經文無關. 今從 畢說, 附在經文之後, 不更分節次, 亦不更作校注與飜譯, 唯略存所據郝 懿行〈箋疏〉本經文之大貌而已.)

그러나 본 역자는 본문을 분리하고 간단히 번역하되 곽박郭璞 주와 학의행郝懿行 〈전소箋疏〉를 실었으며 일련번호 역시 그대로 전체 경문經文에 연결하여 부여하여 연구자의 참고로 삼고자 한다. 한편 곽박《도찬圖讚》 에는 이들 모두를 묶어 大江, 北江, 南江, 浙江, 廬, 淮, 湘, 漢, 濛, 溫, 潁, 汝, 涇, 渭, 白, 沅, 贛, 泗, 鬱, 肆, 潢, 洛, 汾, 沁, 濟, 潦, 虖, 池, 漳水를 제목으로 하고 찬문讚文에 "川瀆交錯, 渙瀾流帶. 通潛潤下, 經營 華外, 殊出同歸, 混之東會"라 하였다.

650(13-12) 민삼강岷三江

민岷 땅의 세 강 중에 첫 번째 대강大江은 문산汶山에서 발원하며, 북강
北江은 만산曼山에서 발원하고, 남강南江은 고산高山에서 발원한다.

고산은 성도成都 서쪽에 있다. 이들 강은 바다로 흘러 들어가며 장주
남쪽에 그 강이 있다.

岷三江: 首大江, 出汶山, 北江出曼山, 南江出高山.

高山在成(城)都西, 入海在長州南.

【汶山】郭璞 주에 "今江出汶山郡升遷縣岷山, 東南經蜀郡犍爲, 至江陽東北,
經巴東·建平·宜都·南郡·江夏·弋陽·安豐至廬江南界, 東北經淮南·下邳至
廣陵郡, 入海"라 함.
【城都】成都의 오기. 지금의 四川省 省會.

651(13-13) 절강浙江

절강浙江은 삼천자도三天子都에서 발원하여 만蠻의 동쪽, 민閩의 서북쪽에 있다. 이 강은 바다로 흘러 들어가며 여기餘暨의 남쪽이다.

浙江出三天子都, 在蠻(其)東, 在閩西北, 入海, 餘暨南.

【浙江】 郭璞 주에 "案《地理志》: 浙江出新安, 黝縣南蠻中, 東入海. 今錢塘浙江 是也. 黝卽歙也. 浙音折"이라 함.
【蠻】 원 판본에는 '其'로 되어 있으나 이는 '蠻'의 오기임.
【餘暨】 郭璞 주에 "餘暨縣屬會稽, 今爲永興縣"이라 함.

652(13-14) 여강廬江

여강廬江은 삼천자도三天子都에서 발원하여 장강長江으로 흘러 들어가며
팽택彭澤의 서쪽이다.
일설에는 삼천자도를 삼천자장三天子鄣이라고도 한다.

廬江出三天子都, 入江, 彭澤西.
一曰天子鄣.

【彭澤】郭璞 주에 "彭澤, 今彭蠡也, 在尋陽彭澤縣"이라 함.
【天子鄣】三天子都의 '都'자가 '鄣'자와 비슷하여 달리 불린 것.

653(13-15) 회수淮水

회수淮水는 여산餘山에서 발원한다. 여산은 조양朝陽의 동쪽, 의향義鄕의
서쪽에 있다. 이 강은 바다로 흘러 들어가며 회포淮浦의 북쪽이다.

淮水出餘山, 餘山在朝陽東, 義鄕西, 入海, 淮浦北.

【朝陽】郭璞 주에 "朝陽縣今屬新野"라 함.
【淮浦】郭璞 주에 "今淮水出義陽平氏縣桐柏山山東北, 經汝南·汝陽·淮南·譙國·
下邳至廣陵縣, 入海"라 함.

654(13-16) 상수湘水

상수湘水는 순舜의 장지葬地 동남 귀퉁이에서 발원하여 서쪽을 한 바퀴 돌아 동정호洞庭湖 아래쪽으로 흘러 들어간다.
일설에는 동남쪽 서택西澤이라고도 한다.

湘水出舜葬東南陬, 西環之, 入洞庭下.
一曰東南西澤.

【環】郭璞 주에 "環, 繞也. 今湘水出靈陵營道縣陽湖(朔)山, 入江"이라 함.
【洞庭】郭璞 주에 "洞庭, 地穴也. 在長沙巴陵. 今吳縣南太湖中有包山, 下有 洞庭, 穴道潛行水底, 云無所不通, 號爲地脉"이라 함.

655(13-17) 한수漢水

한수漢水는 붕어산鮒魚山에서 발원하며, 전욱顓頊이 그 남쪽에 묻혀 있고,
그의 구빈九嬪이 산 북쪽에 묻혀 있으며 네 마리 뱀이 이를 지키고 있다.

漢水出鮒魚之山, 帝顓頊葬于陽, 九嬪葬于陰, 四蛇衛之.

【漢水】 郭璞 주에 "《書》曰:「嶓冢導漾, 東流爲漢.」 按《水經》, 漢水出武都沮
縣東狼谷, 經漢中·魏興至南鄕, 東經襄陽, 至江夏安陸縣入江. 別爲沔水, 又爲
滄浪之水"라 함.
【四蛇衛之】 郭璞 주에 "言有四蛇衛守山下"라 함.

656(13-18) 몽수濛水

몽수濛水는 한양漢陽의 서쪽에서 발원하여 장강長江으로 흘러 들어가며 섭양聶陽의 서쪽을 흐른다.

濛水出漢陽西, 入江, 聶陽西.

【漢陽】郭璞 주에 "漢陽縣屬朱提"라 함.
【聶陽】郝懿行은 《水經注》引此經作灄陽"이라 함.

657(13-19) 온수溫水

온수溫水는 공동산崆峒山에서 발원하며 임분臨汾의 남쪽을 흘러 하수河水로 들어간다. 그곳은 화양華陽의 북쪽이다.

溫水出崆峒山, 在臨汾南, 入河, 華陽北.

【溫水】郭璞 주에 "今溫水在京兆陰盤縣, 水常溫也"라 함.
【崆峒山】崆桐山으로도 표기하며 《史記》五帝本紀에 인용된 《括地志》에 "崆桐山, 在肅州祿福縣東南. 又云笄頭山, 一名崆峒山, 在原州平陽縣西百里, 禹貢涇水所出"이라 함.
【臨汾】郭璞 주에 "臨汾縣屬平陽"이라 함.

658(13-20) 영수潁水

영수潁水가 소실산少室山에서 발원한다. 소실산은 옹씨雍氏의 남쪽에 있다.
회수淮水의 서쪽, 언鄢의 북쪽이다.
　일설에는 구씨緱氏 땅을 경유한다고도 한다.

潁水出少室, 少室山在雍氏南, 入淮西鄢北.
一曰緱氏.

【潁水】郭璞 주에 "今潁水出河南陽城縣乾山, 東南經潁川·汝南至淮南·下蔡,
入淮"라 함.
【雍氏】지명.《戰國策》,《史記》 등에 아주 널리 등장하는 古地名.
【鄢】郭璞 주에 "鄢, 今鄢陵縣, 屬潁川"이라 함.
【緱氏】지명. 郭璞 주에 "縣屬河南, 音鉤"라 함.

659(13-21) 여수汝水

여수汝水는 천식산天息山에서 발원한다. 양梁나라 면향勉鄕 서남쪽에
있으며 회극淮極의 서북쪽으로 흘러 들어간다.
　일설에는 회수는 기사期思 땅 북쪽에 있다고도 한다.

汝水出天息山, 在梁勉鄕西南, 入淮極西北.
一曰淮在期思北.

【汝水】郭璞 주에 "今汝水出南陽魯陽縣大盂山, 東北至河南梁縣, 東南經
　　襄城·潁川·汝南至汝陰褒信縣入淮"라 함.
【天息山】지명. 그러나 郝懿行은 天恩山의 오기로 보았음.
【淮極】지명.
【期思】郭璞 주에 "期思縣屬弋陽"이라 함.

660(13-22) 경수涇水

경수涇水는 장성長城의 북산北山에서 발원한다. 그 산은 욱질현郁郅縣과 장원현長垣縣의 북쪽에 있다. 그 물은 북쪽으로 흘러 위수渭水로 들어가며 이는 희戲 땅의 북쪽이다.

涇水出長城北山, 山在郁郅·長垣北, 北入渭, 戲北.

【涇水】郭璞 주에 "今涇水出安定朝邢縣西笄頭山, 東南經新平·扶風至京兆 高陵縣入渭"라 함.

【北山】笄頭山을 가리킴.(郝懿行)

【郁郅·長垣】郭璞 주에 "皆縣名也. 郅音桎"이라 하였고 郝懿行은 《地理志》云: 北地郡郁郅, 卽今甘肅慶陽府治也. 西南與平凉接. 長垣, 卽長城也"라 함.

【戲】郭璞 주에 "地名, 今新豐縣也"라 함.

661(13-23) 위수渭水

위수渭水는 조서동혈산鳥鼠同穴山에서 발원하여 동쪽 하수河水로 들어가며
화음華陰의 북쪽이다.

渭水出鳥鼠同穴山, 東注河, 入華陰北.

【渭水】郭璞 주에 "渭水出其東, 經南安·天水·略陽·扶風·始平·京兆·宏農·
華陽縣入河"라 함.

【鳥鼠同穴山】郭璞 주에 "鳥鼠同穴山, 今在隴西首陽縣"이라 함. 한편《洛陽
伽藍記》(5) 聞義里에 "初發京師, 西行四十日, 至赤嶺, 卽國之西彊也, 皇魏
關防, 正在於此. 赤嶺者, 不生草木, 因以爲名. 其山有鳥鼠同穴. 異種共類,
鳥雄鼠雌, 共爲陰陽, 卽所謂鳥鼠同穴"이라 함.

662(13-24) 백수白水

백수白水는 촉蜀에서 발원하여 동남쪽으로 장강長江으로 흘러 들어가며
강주성江州城 아래로 지나간다.

白水出蜀, 而東南注江, 入江州城下.

【白水】郭璞 주에 "色微白濁, 今在梓潼白水縣. 源從臨洮之西西傾山來, 經沓中,
東流通陰平, 至漢壽縣入潛"이라 함.
【江州】郭璞 주에 "江州縣屬巴郡"이라 함. 郝懿行은 "巴郡江州墊江二縣, 皆白水,
入漢而至江州"라 함.

663(13-25) 원수沅水

원수沅水는 상군象郡 심성鐔城의 서쪽에서 발원하여 다시 동쪽 장강長江으로 들어가며 이는 하전下雋의 서쪽으로 들어가 동정호洞庭湖 가운데에서 모인다.

沅水(山)出象郡鐔城西, 又東注江, 入下雋西, 合洞庭中.

【沅水山】'山'자는 잘못 들어간 것. 郝懿行〈箋疏〉에 "懿行案: 山字衍.《文選》注〈江賦〉引此經無'山'字"라 함.

【象郡】郭璞 주에 "象郡今日南也"라 함.

【鐔城】郭璞 주에 "鐔城縣, 今屬武陵, 音尋"이라 함.

【下雋】郭璞 주에 "下雋縣今屬長沙. 音昨兖反"이라 함. '雋'은 '전'으로 읽음.

【洞庭】郭璞 주에 "《水經》曰:「沅水出牂牁且蘭縣, 又東北至鐔城縣, 爲沅水.」又東至長沙下雋縣"이라 함.

664(13-26) 감수贛水

감수贛水는 섭도聶都의 동산東山에서 발원하여 동북쪽으로 장강長江으로 들어가며 팽택彭澤의 서쪽을 흐른다.

贛水出聶都東山, 東北注江, 入彭澤西.

【贛水】郭璞 주에 "今贛水出南康南野縣西北. 音感"이라 하여 '贛'은 '감'으로 읽음.

665(13-27) 사수泗水

사수泗水는 노魯나라 동북에서 발원하여 남쪽으로 흐르다가 서남쪽으로
호릉湖陵 서쪽을 지나 다시 동남쪽으로 동해東海로 들어가며 회음淮陰의
북쪽에서 들어간다.

泗水出魯東北而南, 西南過湖陵西, 而東南注東海, 入淮
陰北.

【泗水】郭璞 주에 "今泗水出魯國卞縣, 西南至高平湖陸縣, 東南經沛國彭城·
下邳, 至臨淮下相縣入淮"라 함.
【魯】春秋戰國시대부터 漢나라 때까지 魯나라가 있던 지역. 都邑은 曲阜였음.
지금의 山東 동남부.

666(13-28) 울수鬱水

울수鬱水는 상군象郡에서 발원하여 서남쪽 남해南海로 흘러들되 수릉須陵의 동남쪽에서 들어간다.

鬱水出象郡, 而西南注南海, 入須陵東南.

【鬱水】일명 豚水라고도 함. 郝懿行은 "《地理志》云: 牂牁郡夜郎, 豚水東至
　廣鬱"이라 함.
【象郡】지금의 越南북부 일대에 두었던 군 이름. 뒤에는 日南郡이라 하였음.
【須陵】지명.

667(13-29) 이수肄水

이수肄水는 임진臨晉의 서남쪽에서 발원하여 동남쪽으로 바다로 흘러들되 번우番禺의 서쪽에서 들어간다.

肄水出臨晉西南, 而東南注海, 入番禺西.

【肄】郭璞 주에 "音如肄習之肄"라 하여 '이'로 읽음.
【臨晉】郝懿行은 '武晉'이어야 한다고 보았음.
【番禺】郭璞 주에 "番禺縣屬南海, 越之城下也"라 함. 그러나 郝懿行은 "案《地理志》云: 南海郡番禺, 今南海·番禺竝爲縣, 屬廣州府也"라 함.

668(13-30) 황수潢水

　황수潢水는 계양桂陽 서북쪽 산에서 발원하여 동남쪽으로 이수肄水로 들어가되 돈포敦浦의 서쪽에서 들어간다.

潢水出桂陽西北山, 東南注肄水, 入敦浦西.

【潢水】湟水와 같음. 郝懿行〈箋疏〉에 "懿行案:《水經注》引此經作'湟', 疑 '湟·潢'古字通"이라 함.
【敦浦】지명. 구체적 위치는 알 수 없음.《水經注》에는 '郭浦'로 되어 있음. (郝懿行)

669(13-31) 낙수洛水

낙수洛水는 상락上洛의 서산西山에서 발원하여 동북쪽으로 하수河水로 들어가되 성고成皐의 서쪽에서 들어간다.

洛水出(上)洛西山, 東北注河, 入成皐之西.

【洛水】 郭璞 주에 "《書》云:「道洛自熊耳.」案《水經》, 洛水今出上洛冢嶺山, 東北經宏農, 至河南鞏縣入河"라 함.

【上洛】 원 판본에 '上'자는 누락되어 있음. 郝懿行은 "《水經注》引此經云: 「出上洛西山.」疑今本脫'上'字"라 함. '上洛'은 '上雒'으로도 표기함.

【成皐】 郭璞 주에 "成皐縣, 亦屬河南也"라 함.

670(13-32) 분수汾水

　　분수汾水는 상유上寙의 북쪽에서 발원하여 서남쪽 하수河水로 흘러들되 피씨皮氏 땅 남쪽에서 들어간다.

汾水出上寙北, 而西南注河, 入皮氏南.

【汾水】郭璞 주에 "今汾水出太原晉陽故汾陽縣, 東南經晉陽, 西南經河西平陽, 至河東汾陰入河"라 함.
【寙】郭璞 주에 "音愈"라 함. 上寙는 구체적으로 어디인지 알 수 없음.
【皮氏】지명. 郭璞 주에 "皮氏縣屬平陽"이라 함.

671(13-33) 심수沁水

심수沁水는 정형산井陘山 동쪽에서 발원하여 동남쪽으로 하수河水로 흘러들되 회남懷南의 동쪽에서 들어간다.

沁水出井陘山東, 東南注河, 入懷南東.

【沁水】〈北次三經〉謁戾山에 '沁水'가 있음. 郝懿行은 "《水經》云:「沁水東過懷縣之北, 又東過武德縣南, 又東南至滎陽入河.」與此經合"이라 함.
【井陘山】郭璞 주에 "河內北有井陘山"이라 함.
【懷】지명. 郭璞 주에 "懷縣屬河內"라 함.

672(13-34) 제수濟水

제수濟水는 공산共山 남동쪽 언덕에서 발원하여 거록택鉅鹿澤을 가로질러
발해渤海로 흘러들되 제齊나라 낭괴琅槐 동북쪽에서 들어간다.

濟水出共山南東丘, 絶鉅鹿澤, 注渤海, 入齊琅槐東北.

【共山】恭山과 같음. 郭璞 주에 "共與恭同"이라 함.
【絶】郭璞 주에 "絶猶截度也"라 함.
【鉅鹿】郭璞 주에 "鉅鹿今在高平"이라 함.
【濟水】郭璞 주에 "今濟水自滎陽卷縣東經陳留至濟陰北, 東北至高平, 東北經
　　濟南至樂安博昌縣入海, 今碣石也. 濟水所出, 又與《水經》違錯. 以爲凡山川
　　或有同名而異實, 或同實而異名, 或一實而數名, 似是而非, 似非而是, 且歷代
　　久遠, 古今變異, 語有楚夏名號不同, 未得詳也"라 함.

673(13-35) 요수漁水

요수漁水는 위고산衛皐山 동쪽에서 발원하여 동남쪽으로 흘러 발해渤海로 들어가되 요양漁陽에서 들어간다.

漁水出衛皐東, 東南注渤海, 入漁陽.

【漁水】遼水와 같음. 郝懿行은 "《水經》·《地理志》竝作遼水"라 함. 한편 郭璞 주에는 "玄菟高句驪縣有遼山, 小遼水所出. 西河注大遼. 音遼"라 함.
【衛皐東】郭璞 주에 "出塞外衛皐山"이라 함.
【漁陽】遼陽과 같음. 郭璞 주에 "遼陽縣屬遼東"이라 함.

674(13-36) 호타수虖沱水

호타수虖沱水는 진양성晉陽城 남쪽에서 발원하여 서쪽으로 양곡陽曲 북쪽에 이르렀다가 다시 동쪽 발해渤海로 흘러들되 장무章武의 북쪽에서 들어간다.

虖沱水出晉陽城南, 而西至陽曲北, 而東注渤海, 入(越)章武北.

【虖沱水】〈北此三經〉泰戲山에 이미 '虖沱水'가 있음. 지금의 滹沱河. 郭璞 주에 "經河間樂城, 東北注渤海也"라 함.
【晉陽·陽曲】郭璞 주에 "晉陽·陽曲縣皆屬太原"이라 함.
【越】본문의 '越'자는 衍文임. 郝懿行은 "經文'越'字疑衍, 下文漳水亦有此句, 經無'越'字可證"이라 함.
【章武】지명. 郡 이름.

675(13-37) 장수漳水

장수漳水는 산양山陽의 동쪽에서 발원하여 동쪽 발해渤海로 흘러들되
장무章武의 남쪽에서 들어간다.

漳水出山陽東, 東注渤海, 入章武南.

【漳水】〈北次三經〉에 濁漳水와 淸漳水가 있음. 郝懿行은 "濁漳水出發鳩山,
淸漳水出少山. 已見北次三經. 是二漳竝出今山西樂平長子兩縣"이라 함. 郭璞
주에는 "新城汴陰縣亦有漳水"라 함.

676(13-38) 건평建平 원년元年

건평建平 원년元年 4月 병술丙戌에 대조태상속待詔太常屬 신臣 정망丁望이 교정하여 정리하였고, 시중광록훈侍中光祿勳 신臣 왕공王龔과 시중봉거도 위광록대부侍中奉車都尉光祿大夫 신臣 유수劉秀가 주관하여 이를 살펴보았다.

建平元年四月丙戌, 待詔太常屬臣望校治·侍中光祿勳臣龔·侍中奉車都尉光祿大夫臣秀領主省.

【建平元年】建平은 西漢末 哀帝(劉欣)의 연호. 원년은 西紀前 6년에 해당함.
【臣秀領主省】郝懿行은 "右〈海外〉·〈海內〉經八篇, 大凡四千二百二十八字"라 함. 한편 이 문장은 567과 같음.
*역시〈四庫全書〉(文淵閣本)에는 본 장이 실려 있지 않음. 그러나 吳任臣 《山海經廣注》(四庫全書本)과〈四部備要本〉에 등에는 모두 이 구절이 실려 있음.

卷十四 大荒東經

〈王亥周邊〉明 蔣應鎬 圖本

677(14-1) 금슬琴瑟

동해東海 밖에 큰 골짜기가 있다. 소호少昊의 나라이다.

소호가 그곳에서 어린 전욱顓頊을 길렀다. 그때 전욱이 가지고 놀던 금슬琴瑟을 그 큰 골짜기에 그대로 버려두었다.

東海之外有大壑, 少昊之國.
少昊孺帝顓頊于此, 棄其琴瑟.

【大壑】郭璞은 "《詩含神霧》曰:「東注無底之谷.」謂此壑也.《離騷》曰:「降望 大壑.」"이라 함. 袁珂는 "按: 郭引《離騷》, 乃《楚辭》〈遠游〉文.《列子》湯問篇云: 「渤海之東, 不知其幾億萬里, 有大壑焉, 實惟無底之谷, 其下無底, 命曰歸墟.」 卽此壑也.《藝文類聚》(9)引此經, 作'東海之外有大壑', 是也, 脫'有'字"라 함.

【少昊之國】郭璞은 "少昊金天氏, 帝摯之號也"라 하였고, 袁珂는 "按:《左傳》 昭公十年述郯子對昭公之語云:「我枯凋少皥摯之立也, 鳳鳥適至, 故紀于鳥, 爲鳥師而鳥名.」云云, 卽少昊在東海所建之國也. 少昊之國, 以鳥名官, 百官實 皆鳥也. 少昊名摯, 古摯·鷙通(《史記》白圭傳:「趨時若猛獸摯鳥之發」摯鳥卽鷙 鳥也), 則此爲百鳥王而名'摯'之少昊, 神話中其亦鷙鳥之屬乎?"라 함.

【少昊孺帝顓頊于此】'孺'는 '어린아이를 길러 양육하다'의 뜻. 郭璞은 "孺義 未詳"이라 하였으나, 郝懿行은 "《說問》云:「孺, 乳子也.」《莊子》天運篇云: 「烏鵲孺.」蓋育養之義也"라 함.

【棄其琴瑟】郭璞은 "言其壑中有琴瑟也"라 하였고, 郝懿行은 "此言少皥孺養 帝顓頊于此, 以琴瑟爲戲弄之具而遺留于此也"라 함. 袁珂는 "按: 郭注言'其', 〈宋本〉作言'今', 于義爲長. 又'琴瑟'下疑脫'聲'字"라 함.

678(14-2) 감산甘山과 감연甘淵

　감산甘山이라는 곳이 있어 감수甘水가 그곳에서 발원한다. 그 감수가
흘러 감연甘淵이라는 못을 만들어냈다.

有甘山者, 甘水出焉, 生甘淵.

【甘水出焉, 生甘淵】郭璞은 "水積則成淵也"라 하였고, 袁珂는 "按: 〈大荒南經〉
(741)'東南海之外, 甘水之間, 有羲和之國, 有女子名曰羲和'一節文字　應連接
於此; '東南海之外'亦應作'東海之外', 以《北堂書鈔》(149)引無'南'字, 無'南'字
是也"라 함.

679(14-3) 피모지구皮母地丘

대황大荒의 동남쪽 구석에 산이 있다. 이름을 피모지구皮母地丘라 한다.

大荒東南隅有山. 名皮母地丘.

【皮母地丘】'波母地丘'가 아닌가 함. 郝懿行은 "《淮南》地形訓云: 「東南方曰
波母之山.」 蓋波母之波字脫水旁因爲皮爾. 臧庸曰: 「波母卽皮母, 同聲字也.」"
라 함.

680(14-4) 대언大言

동해 밖, 대황의 가운데에 산이 있어 이름을 대언大言이라 한다. 해와
달이 그곳으로부터 떠오른다.

東海之外, 大荒之中, 有山名曰大言, 日月所出.

【大言】'大谷'의 오기가 아닌가 함. 袁珂는 "按:《初學記》(5)引此經作'大谷'"
이라 함.
【日月所出】袁珂는 "按:《山海經》記'日月所出'之山凡六: 合虛山·明星山·鞠陵
于天山·猗天蘇門山·壑明俊疾山, 皆〈大荒東經〉. 記'日月所入'山亦六, 曰豐沮
玉門山·龍山·日月山·鏖鏊鉅山·常陽山·大荒山, 皆在〈大荒西〉經. 記'日月所
出入'之山一. 曰方山, 亦在〈大荒西經〉. 是皆各隨所聞見而著其地, 故說有不同.
此大言山, 爲日月所出山之一也"라 함.

681(14-5) 파곡산波谷山

파곡산波谷山이라는 산이 있다. 대인국大人國에 있다.

有波谷山者, 有大人之國.

【大人之國】袁珂는 "按: 大人國已見〈海外東經〉(553)"이라 함.
＊〈琅嬛儦〉本에는 앞장과 본 장이 연결되어 있다.

682(14-6) 대인당大人堂

대인들의 시장이 있어 이름을 대인당大人堂이라 한다.
어떤 대인이 있으니 그가 그 위에 올라 웅크리고 앉아 있다. 그는
두 팔을 벌리고 있다.

有大人之市, 名曰大人之堂.
有一大人踆其上, 張其兩臂.

대인(大人)

【大人之市】郭璞은 "亦山名, 形如堂室耳. 大人時集會其
上作市肆也"라 하였고, 袁珂는 "按: 大人之市已見〈海外
北經〉(638)"이라 함.
【踆其上】踆은 蹲과 같음. 웅크리고 앉아 있음. 郭璞은 "踆或作俊, 皆古蹲字.
《莊子》曰「蹲于會稽」也"라 하였고, 袁珂는 "按: 郭引《莊子》外物篇文. '蹲于
會稽', 今本作'蹲乎會稽'"라 함.
【張其兩臂】원문은 '張其兩耳'로 되어 있으나 이는 張其兩臂의 오기임. 袁珂는
"按: 經文'兩耳',《太平御覽》(377, 394)竝引作'兩臂', 作'兩臂'是也"라 함.

683(14-7) 소인국小人國

소인국小人國이 있어 이름을 정인靖人이라 한다.

有小人國, 名靖人.

【靖人】郭璞은 "《詩含神霧》曰:「東北極有人長九寸」
殆謂此小人也. 或作竫, 音同"이라 하였고, 郝懿行은
"《說文》云:「靖, 細皃.」蓋細小之義, 故小人名曰靖
人也.《淮南子》作'靖人',《列子》作'諍人', 竝古字通用"
이라 함. 袁珂는 "按: 靖人, 僬僥, 周僥, 朱儒(侏儒),
竝一聲之轉"이라 함. 郭璞《圖讚》에는 '竫人國'이라
하고, "僬僥極㢡, 竫人又小. 四體取足, 眉目纔了"라 함.

소인국(小人國)

684(14-8) 이령시犁䰠尸

어떤 신神이 있어 사람 얼굴에 짐승의 몸이며 이름을 이령시犁䰠尸라
한다.

有神, 人面獸身, 名曰犁䰠之尸.

【犁䰠之尸】郭璞은 "音靈"이라 함. 袁珂는 "按: 䰠或作竈, 《說文》(11)云:「竈,
龍也.」犁䰠之尸, 當卽奢比之尸之類也"라 함. 郝懿行은 "《玉篇》云:「竈, 同竈.
又作靈. 神也.」"라 함.

685(14-9) 휼산滿山

휼산滿山이 있다. 양수楊水가 그 산에서 발원한다.

有滿山. 楊水出焉.

【滿】郭璞은 "滿, 音如譎詐之譎"이라 함.

686(14-10) 규국蔿國

규국蔿國이 있다. 그들은 기장을 주식으로 하며 네 종류의 짐승을
부린다. 그 네 종류는 호랑이, 표범, 곰, 큰곰이다.

有蔿國, 黍食, 使四鳥: 虎·豹·熊·羆.

【有蔿國, 黍食, 使四鳥】郭璞은 "言此國中唯有黍穀也. 蔿音口僞反"이라 하여
'蔿'는 '규/귀'로 읽음. 嬀國과 같음. 郝懿行은 "經皆言獸, 而云'使四鳥'者, 鳥獸
通名耳. '使'者, 爲能馴擾役使之也"라 함. 袁珂는 "按: 蔿國當作嬀國. 嬀, 水名,
舜之居地也.《史記》陳世家: 「舜爲庶人, 堯妻之二女, 居于嬀汭, 後因爲氏.」
嬀國當卽是舜之裔也.《山海經》'帝俊'卽舜, 則此蔿國(嬀國)實當卽帝俊之後裔.
又經記帝俊之裔俱有'使四鳥'或'使四鳥: 豹虎熊羆'語, 此蔿國(嬀國)亦'使四鳥',
當爲帝俊之裔無疑"라 함. 따라서 帝俊의 후예가 세운 '嬀國'을 말하며 공통적
으로 四鳥의 내용이 따라다님. 四鳥는 문장 내용으로 보아 '네 마리 새'가
아니라 '네 종류의 짐승'이며 당시 조수를 통칭하여 일컫던 말임.

687(14-11) 합허合盧

대황大荒의 중앙에 산이 있으니 이름을 합허合盧라 한다. 해와 달이
그 산으로부터 솟아 나온다.

大荒之中, 有山名曰合盧, 日月所出.

【合盧】含盧山이 아닌가 함. 袁珂는 "按:《北堂書鈔》(149)引此經'合'作'含.' 此合
盧山爲日月所出山之二也"라 함.

688(14-12) 중용국中容國

중용국中容國이 있다. 제준帝俊이 중용을 낳았다. 그 중용 땅 사람들은 짐승을 잡아먹고 나무 열매를 먹는다. 네 종류의 짐승을 부린다. 호랑이, 표범, 곰, 큰곰이다.

有中容之國. 帝俊生中容, 中容人食獸·木實. 使四鳥: 豹·虎·熊·羆.

【帝俊生中容】帝俊은 '舜'임금을 가리킴, '俊'과 '舜'은 疊韻之轉. 郭璞은 "俊亦舜字之假借音也"라 하였고, 郝懿行은 "《初學記》(9)引《帝王世紀》云:「帝嚳生而神異, 自言其名曰夋.」疑夋卽俊也, 古字通用. ……但經內帝俊疊見, 似非專指一人. 此云'帝俊生中容', 據《左傳》文公十八年云, 高陽氏才子八人, 內有'中容', 然則此今帝俊又當爲顓頊也"라 하여 여기서의 帝俊은 顓頊일 가능성이 있다 하였음.

【中容人食獸·木實】郭璞은 "此國中有赤木玄木, 其華實美"라 하였고, 袁珂는 "按: 見《呂氏春秋》本味篇高誘注云:「赤木玄木, 其葉可食, 食之而仙也.」卽郭注所云. 惟郭注'其華'當作'其葉', 字之訛也"라 함.

689(14-13) 동구산東口山

동구산東口山이 있다. 군자국君子國에 있으며, 그곳 사람들은 의관을
갖추고 칼을 차고 있다.

有東口之山. 有君子之國, 其人衣冠帶劍.

【君子之國】郭璞은 "亦使虎豹, 好謙讓也"라 하였고, 袁珂는 "按: 君子國已見
〈海外東經〉(555). 郭注'亦使虎豹',《太平御覽》(52)引作'役使虎豹'"라 함.

690(14-14) 사유국司幽國

사유국司幽國이 있다. 제준帝俊이 안룡晏龍을 낳고, 안룡이 사유를 낳았으며 사유가 사토思士를 낳았다. 사토는 아내를 얻지 않은 채 사녀思女를 낳았다. 사녀는 남편을 얻지 않는다.

그들은 기장을 주식으로 하며 짐승을 잡아먹는다. 이들은 네 종류의 짐승을 부린다.

有司幽之國, 帝俊生晏龍, 晏龍生司幽, 司幽生思士, 不妻;
思女, 不夫.

食黍, 食獸, 是使四鳥.

【司幽之國】 '思幽之國'이 아닌가 함. 袁珂는 "按:《列子》天瑞篇張湛注引此作
'思幽之國'"이라 함.
【帝俊生晏龍】 袁珂는 "按:〈海內經〉(864)云:「帝俊生晏龍, 晏龍始爲琴瑟」卽此
晏龍也"라 함.
【不妻·不夫】 '不妻'는 아내를 얻지 않음. 장가를 들지 않음. '不夫'는 남편을 얻지
않음. 그곳 사람들은 시집이나 장가를 가지 않고 서로의 감응으로 아이를 낳음.
郭璞은 "言其人直思感而氣通, 無配合而生子, 此《莊子》所謂白鵠相視, 眸子不運而
感風化之類也"라 하였고, 袁珂는 "按: 郭注影〈宋本〉《太平御覽》(50)引作'言其
人直思而氣通, 魄合而生子, 此《莊子》所謂白鶴相視, 眸子不運而風化之類也.'
無二'感'字. '無配合'作'魄合', 是也. 惟'白鵠'作'白鶴', 疑訛.《莊子》天運篇云:
「白鶂之相視, 眸子不運而風化.」郭引《莊子》蓋本此. 鵠·鶴均應作'鶂'"이라 함.
【是使四鳥】 郝懿行은 "'四鳥'亦當爲虎豹熊羆, 此篇言'使四鳥'多矣, 其義並同"
이라 함.

691(14-15) 대아산 大阿山

대아산大阿山이라는 산이 있다.

有大阿之山者.

692(14-16) 명성明星

대황大荒 가운데에 산이 있어 이름을 명성明星이라 한다. 해와 달이
그 산으로부터 솟아 나온다.

大荒中有山名曰明星, 日月所出.

【明星】袁珂는 "按: 此明星山, 爲日月所出山之三也"라 함.

693(14-17) 백민국白民國

백민국白民國이 있다. 제준帝俊이 제홍帝鴻을 낳고, 제홍이 백민을 낳았다. 백민국 사람들은 쇄銷 성으로 기장을 주식으로 하며 네 종류의 짐승을 부린다. 호랑이, 표범, 곰, 큰곰이다.

有白民之國. 帝俊生帝鴻, 帝鴻生白民, 白民銷姓, 黍食, 使四鳥: 虎·豹·熊·羆.

【帝俊生帝鴻】郝懿行은 "帝鴻, 黃帝也. 見賈逵《左傳》注, 然則此帝俊又爲少
　典矣"라 하였고, 袁珂는 "按: 古代神話前說, 由於輾轉相傳, 歷時旣久, 錯綜
　分歧之處必多, 此經'帝俊生帝鴻', 帝鴻不必卽黃帝, 縱卽黃帝矣, 帝俊亦不必
　卽少典, 要在闕疑可也"라 함. 帝鴻은 帝江과 같음. 〈西次三經〉(101) 참조.
【白民銷姓~羆】郭璞은 "又有乘黃獸, 乘之以致壽考也"라 하였고, 袁珂는
　"按: 白民乘黃, 其狀如狐, 乘之壽二千歲, 旣見〈海外西經〉(525). 此白民國在
　〈大荒東經〉, 與〈海外西經〉之白民國方位迥異, 是否卽是一國, 所未詳也"라
　하여 같은 이름을 다른 나라일 가능성을 말하였음.

694(14-18) 청구국青丘國

청구국青丘國이 있다. 그곳의 여우는 꼬리가 아홉 개이다.

有青丘之國, 有狐, 九尾.

【青丘之國】郭璞은 "太平則出而爲瑞也"라 하였고, 郝懿行은 "青丘國九尾狐
已見〈海外東經〉(558). 郭氏此注云'太平則出爲瑞'者,《白虎通》云:「德至鳥獸,
則九尾狐見.」王褒〈四子講德論〉云:「昔文王應九尾狐而東國歸周.」李善注引
《春秋元命苞》曰:「天命文王, 以九尾狐」《初學記》(29)引郭氏《圖讚》云:「青丘
奇獸, 九尾之狐, 有道翔見出, 則銜書作瑞, 周文王以標靈符.」《藝文類聚》(95)引
'翔'作'祥'"이라 함. 곽박《圖讚》에 "青丘奇獸, 九尾之狐. 有道翔見, 出則銜書.
作瑞周文, 以標靈符"라 함.

695(14-19) 유복민柔僕民

유복민柔僕民이 있다. 토지가 비옥하고 풍요로운 나라이다.

有柔僕民, 是維嬴土之國.

【嬴土之國】郭璞은 "嬴猶沃衍也. 音盈"이라 하였고, 袁珂는 "按: 嬴土之國猶
〈大荒西經〉(761)'沃之國'也. 已見〈海外西經〉(523)諸夭之野節"이라 함. 따라서
'嬴土'는 비옥한 토지를 뜻함.

696(14-20) 흑치국黑齒國

흑치국黑齒國이 있다. 제준帝俊이 흑치를 낳았으며 강姜 성이다. 기장을
주식으로 하며 네 종류의 짐승을 부린다.

有黑齒之國, 帝俊生黑齒, 姜姓, 黍食, 使四鳥.

【黑齒之國】郭璞은 "齒如漆也"라 하였고, 袁珂는 "按: 黑齒國已見〈海外東經〉
(560)"이라 함.
【帝俊生黑齒】郭璞은 "聖人神化無方, 故其後世所降育, 多有殊類異狀之人,
諸言'生'者, 多謂其'苗裔', 未必卽是親所産"이라 함.

697(14-21) 하주국夏州國

하주국夏州國이 있다. 개여국蓋余國이 있다.

有夏州之國, 有蓋余之國.

698(14-22) 천오天吳

어떤 신이 있어 머리가 여덟이며 사람의 얼굴을 하고 있다. 호랑이 몸에
열 개의 꼬리가 있으며 이름을 천오天吳라 한다.

有神, 八首人面, 虎身十尾, 名曰天吳.

【天吳】〈海外東經〉(557)에도 '天吳'가 있음. 郭璞은 "水伯"이라 함.

천오(天吳)

699(14-23) 절단折丹

대황大荒 가운데에 산이 있으니 이름을 국릉우천산鞠陵于天山, 동극산東極山, 이무산離瞀山이라 한다. 해와 달이 나오는 곳이며 그곳의 신은 이름을 절단折丹이라 한다.

동방東方을 절折이라 하며, 그곳에서 불어오는 바람을 준俊이라 한다. 대지의 동쪽 끝에서 바람의 출입을 관리한다.

大荒之中, 有山名曰鞠陵于天·東極·離瞀, 日月所出. 名曰折丹.

東方曰折, 來風曰俊. 處東極以出入風.

【鞠陵于天·東極·離瞀】郭璞은 "三山名也. 音谷瞀"라 하였으나, 郝懿行은 "《淮南》地形訓云:「東方曰東極之山.」謂此.《初學記》(1)引此經與今本同. 注'谷瞀'二字當有譌文"이라 하여 '谷瞀'는 잘못된 것이라 함. 袁珂는 "按: 此鞠陵于天山, 爲日月所出山之四也"라 함.
【折丹】郭璞은 "神人"이라 하였고, 郝懿行은 "名曰'折丹'上疑脫'有神'二字"라 함. 袁珂는 "按: 郝說是也.〈大荒南經〉(725)'有神名曰因因乎',〈大荒西經〉(748)'有人名曰石夷',〈大荒東經〉(711)'有人名曰鵷', 均可證此經名曰上脫'有神'或'有人'字"라 함.
【東方曰折】郭璞은 "單呼之"라 하였고, 郝懿行은 "吁當爲呼, 字之譌"라 함. 袁珂는 "按: 王念孫校作'呼', '單呼之'者, 謂單呼'折丹'之名爲'折'也"라 함.

【來風曰俊】郭璞은 "未詳來風所在也"라 하였고, 吳任臣은 "〈夏小正〉云:「丁月, 時有俊風.」俊風, 春月之風也, 春令主東方, 疑或取此"라 하였으며, 袁珂는 "按: 吳說可供參考. 《山海經》記有四方風與四方神之名, 此其一也"라 하여 동풍을 '俊'이라 하였다 함.

【處東極以出入風】郭璞은 "言此人能宣節風氣, 時其出入"이라 하였고, 郝懿行은 "〈大荒南經〉(725)亦有神處南極以出入風也. 蓋巽位東南, 主風, 故二神司之, 時其節宣焉"이라 함.

700(14-24) 우호禹虢

　동해東海의 섬 안에 신이 있다. 사람 얼굴에 새의 몸을 하고 있다. 귀고리로 두 마리 황사黃蛇를 달고 있으며 두 마리 황사를 발로 밟고 있다. 이름을 우호禹虢라 한다.

　황제黃帝가 우호를 낳고 우호가 우경禹京을 낳았다. 우경은 북해北海에 살고 우호는 동해에 살고 있으며 둘 모두 해신海神이 되었다.

　東海之渚中, 有神, 人面鳥身, 珥兩黃蛇, 踐兩黃蛇, 名曰禹虢.

　黃帝生禹虢, 禹虢生禹京, 禹京處北海, 禹虢處東海, 是爲海神.

【東海之渚中】郭璞은 "渚, 島"라 함.

【珥兩黃蛇】郭璞은 "以蛇貫耳"라 하였고, 袁珂는 "按: 郭注'以蛇貫耳'已見〈海外東經〉(554)奢比尸節"이라 함.

【禹虢生禹京】郭璞은 "(禹京)卽禹彊也"라 하였고, 郝懿行은 "禹彊, 北方神, 已見〈海外北經〉(550)"이라 함.

【禹京處北海~海神】郭璞은 "言分治一海而爲神也. 虢本作號"라 하였고, 袁珂는 "按: 虢字音未詳, 或卽號字之異文.〈海內經〉(861)云:「帝俊生禹號.」是也"라 하여 '禹號'로 보고 있음.

701(14-25) 소요산招搖山

소요산招搖山이 있다. 융수融水가 그 산에서 발원한다. 그곳에 나라가
있어 현고국玄股國이라 한다. 이들은 기장을 주식으로 하며 네 종류의
짐승을 부린다.

有招搖山. 融水出焉. 有國曰玄股, 黍食, 使四鳥.

【招搖山】'招'는 '소'로 읽음. 001을 참조할 것.
【玄股】郭璞은 "自髀以下如漆"이라 하였고, 袁珂는 "按: 玄股國已見〈海外東經〉
(563)"이라 함.

702(14-26) 곤민국困民國

곤민국困民國이 있다. 그들은 구勾 성이며 기장을 주식으로 한다.

그곳에 사람이 있으니 왕해王亥라 부른다. 두 손으로 새를 잡고 있으며 바야흐로 그 새의 머리를 먹고 있다.

왕해가 기르던 소를 유이족有易族과 하백河伯에게 주어 기르도록 부탁하였다.

유이족은 왕해를 죽이고 그 소를 빼앗았다. 그러자 하백이 유이족을 죽이고 다시 그들을 불쌍히 생각하여 그들이 몰래 도망가도록 해 주었다. 그리하여 그들은 짐승이 많은 곳에 나라를 세웠다. 그들은 지금 막 식사를 하고 있는 중이다. 이름을 요민搖民이라 한다.

제순帝舜이 희戲를 낳았으며 희가 이들 요민搖民을 낳았다고도 한다.

왕해(王亥)

有困民國, 勾姓, 黍食.

有人曰王亥, 兩手操鳥, 方食其頭.

王亥託于有易·河伯僕牛.

有易殺王亥, 取僕牛. 河伯念有易, 有易潛出, 爲國于獸, 方食之, 名曰搖民.

帝舜生戲, 戲生搖民.

【困民國】 吳其昌은 〈卜辭所見殷先公先王三續考〉에서 '困'자는 '因'자의 오기
　하였으며 '因民' 아래에 '搖民'은 〈海內經〉(848)의 '有嬴民, 鳥足, 有封豕'의
　'嬴民'이라 하였음. 因民·搖民·嬴民은 모두 一聲之轉이며, '封豕'는 '王亥'의
　오류라 하였음.

【勾姓, 黍食】 원문은 '勾姓而食'으로 되어 있음. 袁珂는 "按: 經文'勾姓而食',
　疑當作'勾姓黍食', '而'字乃'黍'字之缺壞"라 하였음.

【河伯僕牛】 소를 잘 길들여 가축으로 기름. 郭璞은 "河伯僕牛皆人姓名. 托,
　寄也. 見《汲郡竹書》"라 하여 河伯과 僕牛를 모두 사람 이름과 성씨로 보았
　으나, 袁珂는 "按: 郭云'河伯僕牛皆人姓名', 又云'見《汲郡竹書》'. 但下文郭引
　《竹書》却無'僕牛'字樣, 知'僕牛人姓名', 蓋郭臆說也. 僕牛, 〈天問〉作'樸牛',
　王逸注: 「樸, 大也.」《世本》作'服牛'. 服牛, 馴牛也. 均無人姓名之意, 則'僕牛'者,
　亦非人姓名可知已. 此句當言王亥托寄其所馴養之牛羊于有易與河伯"이라 함.

【有易殺王亥】 郭璞은 "《竹書》曰: 「殷王子亥賓于有易而淫焉, 有易之君綿臣殺
　而放之. 是故殷主甲微假師於河伯以伐有易, 遂殺其君綿臣也.」"라 함. 袁珂는
　"按: 郭注引《竹書》'殷主甲微', 〈宋本〉作'殷上甲微', 是也"라 함.

【河伯念有易】 원문은 '河念有易'로 되어 있으나 이는 오기임. 袁珂는 "按:
　經文'河念有易', 王念孫於'河'下校增'伯'字, 是也"라 함. '念'은 '애도다, 불쌍히
　여기다'의 뜻.

【爲國于獸】 들의 짐승들 사이에 나라를 세움.

【搖民】 郭璞은 "言有易本與河伯友善, 上申微殷之賢王,
　假師以義伐罪, 故河伯不得不滅之. 旣而哀念有易, 使得
　潛代而出, 化爲搖民國"이라 함.

【帝舜生戲, 戲生搖民】 袁珂는 "按: 此言搖民除有易所化
　之一系以外, 復有一系是有帝舜之裔戲所生. 此乃搖民
　前說之異聞, 故附記于此. 其實有易卽戲也, 易·戲聲近,
　易化搖民卽戲生搖民也"라 함.

제순(帝舜)

703(14-27) 여축女丑

바다 안쪽에 두 사람이 있으니 이름이 여축女丑이라 한다. 여축은
큰 게를 가지고 있다.

海內有兩人, 名曰女丑. 女丑有大蟹.

【海內有兩人】郭璞은 "此乃有易所化者也"라 하였고, 郝懿行은 "兩人蓋一爲
搖民, 一爲女丑"이라 함. 袁珂는 "按: 郭·郝之說俱非. 經文'海內有兩人,
名曰女丑'之間, 文字當有闕脫, 未可强爲解釋"이라 하여 문장이 온전치 않다
고 여겼음.

【女丑】郭璞은 "卽女丑之尸, 言其變化無常也"라 하였고, 袁珂는 "按: 女丑之
尸已見〈海外西經〉(517), 女丑蓋女巫也"라 함. 巫女를 가리킴. 巫業을 생업
으로 삼는 여자.

【大蟹】전설상 천 리를 덮을 수 있는 크기의 큰 새우. 郭璞은 "廣千里也"라
하였고, 袁珂는 "按: 大蟹及郭注已見〈海內北經〉(633), 經旣云'女丑有大蟹',
又云'十日炙殺女丑', 則女丑之爲女巫而被暴盆無可疑矣"라 함.

704(14-28) 얼요군저산孽搖頵羝山

대황의 중간에 산이 있어 이름을 얼요군저산孽搖頵羝山이라 한다. 그 산 위에 부목扶木이 있으니 그 기둥이 3백 리를 받치고 있으며 그 잎은 겨자 잎과 같다.

골짜기가 있어 온원곡溫源谷이라 하며 탕곡湯谷이라고도 한다. 그 위에 부목이 있으니 해 하나가 막 떠오르고 있고 다른 해 하나는 막 멀어지고 있다. 이 두 해는 모두가 까마귀를 싣고 있다.

大荒之中, 有山名曰孽搖頵羝, 上有扶木, 柱三百里, 其葉如芥.

有谷曰溫源谷. 湯谷上有扶木. 一日方至, 一日方出, 皆載于烏.

【孽搖頵羝】 郝懿行은 "《呂氏春秋》諭大篇云: 「地大則有常祥·不庭·歧母·群抵·天翟·不周.」 高誘注以不周爲山名, 其餘皆獸名, 非也. 尋覽文義, 蓋皆山名耳. 其群抵當卽此經之頵羝, 形聲相近, 古字或通"이라 함.
【上有扶木】 郝懿行은 "扶木當爲榑木"이라 하여 '榑木'이어야 한다고 하였음.
【柱三百里, 其葉如芥】 郭璞은 "柱猶起高也. 葉似芥菜"라 함. '柱三百里'는 마치 기둥으로 바치고 있듯이 3백 리 땅을 괴고 있음.
【溫源谷】 郭璞은 "溫源卽湯谷也"라 하였고, 袁珂는 "按: 湯谷已見〈海外東經〉 (561)"이라 함.

【湯谷】郭璞은 "扶桑在上"이라 하였고, 郝懿行은 《說文》云:「日初出所登榑桑,
桑木也.」即此"라 함.

【扶木】扶桑木. 해가 뜨는 곳에 있는 神樹. 榑桑木.

【一日方至, 一日方出】郭璞은 "言交會相代也"라 하였고, 袁珂는 "按:〈海外
東經〉(561)云:「湯谷上有扶桑, 十日所浴. ……九日居下枝, 一日居上枝」其居
上枝之日, 疑卽《淮南子》天文篇所云'登于扶桑, 爰始將行', 亦卽此經所云'方出'
之日也"라 함.

【皆載于烏】郭璞은 "中有三足烏"라 하였고, 袁珂는 "按:《淮南子》精神篇云:
「日中有踆烏.」高誘注:「踆, 猶蹲也, 謂三足烏. 踆音逡.」"이라 함.

705(14-29) 사비시奢比尸

어떤 신神이 있어 사람 얼굴에 큰 귀를 가지고 있으며, 짐승 몸에
두 귀에는 청사靑蛇를 귀고리로 달고 있다. 이름을 사비시奢比尸라 한다.

有神, 人面·大耳·獸身, 珥兩靑蛇, 名曰奢比尸.

【大耳】원본에는 '犬耳', 〈宋本〉에는 '大耳'로 되어 있음. 袁珂는 "按: 〈海外
東經〉(554)作'大耳', 王念孫據以改此經'犬耳'之'犬'作'大', 〈宋本〉字正作'大', 作
'大'是也"라 함.
【奢比尸】袁珂는 "按: 奢比之尸已見〈海外東經〉(554)"라 함.

사비시(奢比尸)

706(14-30) 오채조五采鳥

오채조五采鳥가 있다. 무리를 이루어 서로 마주보며 일어나 춤을 추고 있다. 제준帝俊이 하늘에서 내려와 그들과 친구가 되었다.

제준이 내려와 두 개의 단壇을 쌓고 이 오채조가 이를 맡아 관리하고 있다.

有五采之鳥, 相鄕棄沙. 惟帝俊下友.
帝下兩壇, 采鳥是司.

오채조(五采鳥)

【五采之鳥】袁珂는 "按:〈大荒西經〉(757)云:「有五采鳥三名, 一曰皇鳥, 一曰鸞鳥, 一曰鳳鳥.」"라 함.

【相鄕棄沙】'相鄕'은 '相向'과 같음. 서로 마주하여 향하여 춤추고 노래함. '棄沙'는 婆娑, 즉 婆娑의 춤. 郭璞은 "未聞沙義"라 하였고, 郝懿行은 "沙'疑與 '娑'同, 鳥羽婆娑然也"라 함. 袁珂는 "按: 郝說近之矣, 而于棄字無釋. 棄疑是 '婆'字之譌, 婆娑, 婆娑, 盤旋而舞之貌也. 五采鳥蓋鸞鳳之屬.《山海經》屢有 '鸞鳥自歌, 鳳鳥自舞'之記載, 此經五采之鳥, 相向婆娑, 亦自歌自舞之意也"라 함.

【下友】帝俊이 玄鳥(제비)로써 하늘에서 지상으로 내려와 이 鸞鳳들과 서로 친구로 사귐. 郭璞은 "亦未聞也"라 하였으나 袁珂는 "按: 言惟帝俊下與五 采鳥爲友也. 帝俊之神, 本爲玄鳥, 玄鳥經神話之誇張, 遂爲鳳凰・鸞鳥之屬, 此帝俊之所以'下友'于同屬鸞鳳之五采鳥也"라 함.

【帝下兩壇, 采鳥是司】郭璞은 "言山下有舜二壇, 五采鳥主之"라 하였으며, 袁珂는 "按: 郭注徑以舜釋帝俊者, 蓋在彼心目中, 帝俊與舜已是二而一也"라 함.

707(14-31) 의천소문산猗天蘇門山

대황의 가운데에 산이 있으니 이름을 의천소문산猗天蘇門山이라 한다.
해와 달이 그곳에서 솟아난다.
그곳에 훈민국壎民國이 있다.

大荒之中, 有山名猗天蘇門, 日月所生.
有壎民之國.

【猗天蘇門】袁珂는 "按: 此猗天蘇門山, 爲日月所出山之五也"라 함.
【日月所生】袁珂는 "按:《藝文類聚》(1)引此經作猗天山·蘇門山, 日月所出.
《太平御覽》(3)作蘇門日月所出, 均言'日月所出', '生'字疑譌"라 함.
【有壎民之國】郭璞은 "壎, 音如誼讙之誼"이라 하여 '훤(훈)'으로 읽음.

708(14-32) 기산蓁山

기산蓁山이라는 산이 있고, 또한 요산搖山이 있으며 증산䰜山이 있다.
그리고 또 문호산門戸山이 있으며 성산盛山이 있고, 다시 대산待山이 있다.
오채조五采鳥가 있다.

有蓁山. 又有搖山. 有䰜山.
又有門戸山. 又有盛山. 又有待山. 有五采之鳥.

【蓁山】郭璞은 "蓁, 音忌"라 함.
【䰜山】'䰜'은 '甗'과 같은 뜻의 이체자. 郭璞은 "䰜, 音如釜甗之甗"이라 함.
  시루의 뜻.

709(14-33) 학명준질堅明俊疾

동쪽 대황 가운데에 산이 있으니 이름을 학명준질堅明俊疾이라 한다. 새와 달이 나오는 곳이며 중용국中容國이 있다.

東荒之中, 有山名曰堅明俊疾, 日月所出, 有中容之國.

【堅明俊疾】袁珂는 "按: 此堅明俊疾山, 爲日月所出山之六也"라 함.
【中容之國】郝懿行은 "中容之國, 已見上文(688). 諸文重複雜沓, 踳駁不倫, 蓋作者非一人, 書成非一家故也"라 함.

710(14-34) 삼청마三靑馬

동북쪽 바다 밖에는 다시 삼청마三靑馬, 삼추마三騅馬, 감화수甘華樹가
있다.

그곳에는 유옥遺玉, 삼청조三靑鳥, 삼추마三騅馬, 시육視肉, 감화수甘華樹,
감사수甘柤樹가 있으며 온갖 곡물이 모두 있다.

東北海外, 又有三靑馬·三騅·甘華.

爰有遺玉·三靑鳥·三騅·視肉·甘華·甘柤, 百穀所在.

【三騅】郭璞은 "馬蒼白雜毛爲騅"라 하였고, 袁珂는 "按: 郭注本《爾雅》釋畜.
然〈大荒南經〉(742)又云:「有赤鳥, 名曰三騅」 則與'蒼白雜毛爲騅'之說牴牾.
疑此經三靑鳥·三騅, 均〈大荒南經〉(714)首節所謂'雙雙'之獸是也"라 함.
【遺玉】松津이 땅속에 묻혀 이루어진 琥珀이 다시 천년을 흘러 검은색으로
변한 옥. 袁珂는 "按: 遺玉已見〈海外北經〉(548)平丘"라 함.
【三靑鳥】원본은 '三靑馬'로 되어 있으나 이는 '三靑鳥'의 오기임. 三靑鳥는
西王母를 위해 먹을 것을 날라주는 새이며 雙雙과 같은 유임.
【視肉】聚肉. 전설 속의 짐승 이름. 郭璞은 "聚肉, 形如牛肝, 有兩目也. 食之
無盡, 尋復更生如故"라 하였고, 郝懿行은 "《北堂書鈔》(145)引此經作'食之盡',
今本'無'字衍也"라 함. 아무리 잘라먹어도 다시 돋는 소의 간과 같은 것이라
함. 郭璞은 "聚肉有眼"이라 하여 고깃덩어리에 눈이 달린 것이라 하였음.

711(14-35) 여화모월국女和月母國

여화모월국女和月母國이 있다. 그곳에 사람이 있으니 이름을 완鵷이라 한다. 북방을 완鵷이라 하며, 그곳에서 불어오는 바람을 섬㷊이라 한다. 이곳은 동북 귀퉁이로써 해와 달을 관장하고 있다. 그리하여 해와 달로 하여금 서로 가까이 출몰하지 않도록 하며 그 운행의 장단을 맡아 관리하고 있다.

有女和月母之國, 有人名曰鵷, 北方曰鵷, 來風曰㷊, 是處東北隅以止日月, 使無相閒出沒, 司其短長.

【有女和月母之國】郝懿行은 "女和月母卽羲和常儀之屬也. 謂之女與母者, 《史記》趙世家索隱引譙周云:「余嘗聞之代俗, 以東西陰陽所出入, 宗其神, 謂之王父母」據譙周斯語, 此經'女和月母'之名, 蓋以此也"라 함.
【鵷】郭璞은 "音婉"이라 함.
【北方曰鵷, 來風曰㷊】郭璞은 "言亦有兩名也. 㷊, 音剡"이라 하여 '섬'으로 읽음. 袁珂는 "按: 經文來之風, 準以〈大荒東經〉(699)'來風曰俊'·〈大荒西經〉(748)'來風曰韋'文例, 當衍之字"라 함.
【是處東北隅以止日月】'東北隅'는 원문에 '東極隅'로 되어 있음. 이에 대해 袁珂는 "按: 經文'處東極隅', 疑當作'處東北隅'. '東極隅', 不成文, 一也; 經文前節言'東北海外', 後節言'大荒東北隅中', 知此亦必位在東北, 二也; 〈大荒西經〉(748)云:「有人曰石夷, ……處西北隅, 以司日月之長短.」石夷亦四方神之一, 旣曰'處西北隅', 與之相對之鵷, 亦必當曰'處東北隅', 三也. 有此三者, 知此經'東極'當是'東北'之誤"라 함.
【使無~短長】郭璞은 "言鵷主察日月出入, 不令得相間錯, 知景之短長"이라 함.

712(14-36) 흉리토구凶犁土丘

대황의 동북쪽 귀퉁이 가운데에 산이 있으니 이름을 흉리토구凶犁土丘라
한다.

응룡應龍이 그 남쪽 끝에 살고 있으며 이가 치우
蚩尤와 과보夸父를 죽였으나 다시 하늘로 날아갈
힘이 없었다. 그 때문에 자주 가뭄을 내려주었다.
가뭄이 들면 사람들은 응룡의 모습을 그려 비를
내려주기를 기도하며 그렇게 되면 큰비가 내린다.

응룡(應龍)

大荒東北隅中, 有山名曰凶犁土丘.

應龍出南極, 殺蚩尤與夸父, 不得復上, 故下數旱. 旱而
爲應龍之狀, 乃得大雨.

【大荒東北隅中】 王念孫은 "《御覽》(11)作'東荒之北隅',《御覽》(35)同.《類聚》
(災異部)作'東荒北隅'"라 함.
【凶犁土丘】 凶黎之谷과 같음. 郝懿行은 "《史記》五帝紀索隱引皇甫謐云:「黃帝
使應龍殺蚩尤于凶黎之谷.」卽此. 黎·犁古字通"이라 함.
【應龍出南極】 應龍은 龍의 하나로 날개가 있음. 郭璞은 "應龍, 龍有翼者也"라
하였고, 袁珂는 "按: 經文'應龍處南極'者, 蓋謂應龍處凶犁土丘之南端也"라 함.
【殺蚩尤與夸父】 郭璞은 "蚩尤作兵者"라 하였고, 袁珂는 "按: 郭注本《管子》
〈地數篇〉文. 經言應龍殺蚩尤與夸父者, 蓋夸父與蚩尤同爲炎帝之裔, 在黃帝鬪
爭中, 蚩尤起兵爲炎帝復仇, 夸父亦加入蚩尤戰團, 以兵敗而俱被殺也"라 함.

【不得復上】郭璞은 "應龍邃住地下"라 하였고, 郝懿行은 "《初學記》(30)引此
經云: 「應龍邃在地.」蓋引郭注之文也. 今文'住'字當作'在', '下'字蓋衍"이라 함.
袁珂는 "按: 王念孫校與郝同"이라 함.

【故下數旱】郭璞은 "上無復作雨者故也"라 함.

【旱而~大雨】郭璞은 "今之土龍本此. 氣應自然冥感, 非人所能爲也"라 하였고,
郝懿行은 "土龍致雨見《淮南》〈說山訓〉及〈地形訓〉. 又《楚辭》天問云: 「應龍
何畫? 河海何歷?」王逸注云: 「或曰禹治洪水時, 有神龍以尾畫(地), 導水徑所
當決者, 因而治之.」"라 함. 袁珂는 "按: 後世以應龍治雨, 儀蓋本此也"라 함.

응룡(應龍)

713(14-37) 유파산流波山

　동해의 가운데에 유파산流波山이 있으며 그 산은 바다 7천 리로 들어가
있다.

　그곳 위에 짐승이 있어 형상은 소와 같으며 푸른
몸에 뿔이 없고 다리가 하나이다. 그가 물로 출입
할 때면 반드시 풍우가 일어나며 그가 내는 빛은
해와 달 같다. 그리고 그가 내는 소리는 우레와
같다. 이름을 기夔라 한다. 황제黃帝가 그를 얻어

기(夔)

그 가죽으로써 북을 만들고, 뇌수雷獸의 뼈를 북채로 삼아 그 소리가
5백 리까지 들리도록 하여 천하에 위세를 떨쳤다.

東海中有流波山, 入海七千里.
　其上有獸, 狀如牛, 蒼身而無角, 一足, 出入水則必風雨,
其光如日月, 其聲如雷, 其名曰夔. 黃帝得之, 以其皮爲鼓,
橛以雷獸之骨, 聲聞五百里, 以威天下.

【入海七千里】郝懿行은 "《御覽》(50)引此經‘七千’作‘七十’, 蓋譌也"라 함.
【夔】郝懿行은 "《說文》云:「夔, 神魖也. 如龍, 一足, 从夂, 象有角手人面
之形.」薛綜注〈東京賦〉云:「夔, 木石之怪, 如龍, 有角, 鱗甲光如日月, 見則其
邑大旱.」韋昭注《國語》云:「夔一足, 越人謂之山繰.」按: 此三說夔形狀俱與
此經異也"라 함. 이에 대해 袁珂는 "按: 郝引《國語》魯語文, ‘山繰’下尙漏引

'人面猴身能言'數字. 又劉逵注〈吳都賦〉引此經'以其皮爲鼓'作'以其皮冒鼓',
似于義爲長"이라 함.

【欐以~以威天下】'欐'은 '치다'(擊)의 뜻. 郭璞은 "雷獸卽雷神也. 人面龍身,
鼓其腹者. 欐猶擊也"라 함. 袁珂는 "按: 雷神已見〈海外東經〉(644). 郝懿行
云:「《莊子》釋文本此經及劉逵注〈吳都賦〉引此經, 竝無欐以雷獸之骨及'以威
天下'四字.《北堂書鈔》(108)引有四字"라 함. 雷獸는 雷神. 즉 우레의 신.

卷十五 大荒南經

〈黑水一帶〉明 蔣應鎬 圖本

714(15-1) 출척跳踢

남쪽 바다 밖, 적수赤水의 서쪽, 유사流沙의 동쪽에 짐승이 있다. 좌우에
머리가 달려 있으며 이름을 출척跳踢이라 한다.
　그곳에 삼청수三青獸도 함께 있어 이름을 쌍쌍雙雙이라 한다.

南海之外, 赤水之西, 流沙之東, 有獸,
左右有首, 名曰跳踢.
　有三青獸相並, 名曰雙雙.

쌍쌍(雙雙)

【左右有首】郝懿行은 "幷封前後有首, 此左右有首, 所以不同'幷封', 見〈海外西經〉
(519). 然〈大荒西經〉(779)之'屛蓬'卽幷封也, 亦云左右有首"라 하여 幷封과
같으나 머리의 위치가 다르다 하였음. 袁珂는 "按: 此'左右有首'之跳踢, 亦幷
封之類也. 蓋均獸牝牡相合之象"이라 함.

【跳踢】雙聲連綿語의 獸名. "出狄國名, 黜惕兩音"
이라 하였고, 郝懿行은 "狄名國未詳所在, 疑本在
經內, 今逸也"라 함. 畢沅은 《呂氏春秋》本味篇
云: 「伊尹曰: '肉之美者, 迷蕩之擎.'」 高誘注曰:
「獸名, 形則未聞.」 按: 則此是也. 又按: 跳踢當爲
迷蕩之誤, 篆文辵·'足'相似, 故亂之"라 함.

출척(跳踢)

【雙雙】郭璞은 "言體合爲一也.《公羊傳》所云'雙雙
而俱至'者, 蓋謂此也"라
하였고, 郝懿行은 "郭引〈宣五年〉傳文也. 楊士勛疏引舊說云:「雙雙之鳥,

一身二首, 未有雌雄, 隨便而偶, 常不離散, 故以喩焉.」是以雙雙爲鳥名, 與郭
說異也"라 함. 袁珂는 "按: 雙雙之獸(或鳥), 亦幷封之類也. 然雙雙而謂'三靑
獸相幷', 則所未詳. 〈大荒東經〉(710)所謂'三靑馬'·三靑鳥·三雛, 疑亦雙雙之
類也"라 함.

715(15-2) 아산阿山

아산阿山이라는 산이 있다. 남해의 가운데에 있다. 그리고 범천산氾天山이
있다. 적수赤水가 이곳까지 흘러 끝난다.

적수赤水의 동쪽에 창오蒼梧라는 광야가 있다. 순舜과 숙균叔均이 이곳에
묻혀 있다.

그곳에는 문패文貝, 이유離兪, 구구鴆久, 응鷹, 가賈, 위유委維, 곰, 큰곰,
코끼리, 호랑이, 표범, 이리, 시육視肉 등이 있다.

有阿山者. 南海之中, 有氾天之山. 赤水窮焉.
赤水之東, 有蒼梧之野, 舜與叔均之所葬也.
爰有文貝·離兪·鴆久·鷹·賈·委維·熊·羆·象·虎·豹·狼·視肉.

【氾天之山】郭璞은 "流極於此山也"라 하였고, 袁珂는 "按:〈西次三經〉(089)
云:「昆侖之丘, 赤水出焉. 而東南流注于氾天之水」即此"라 함.

【有蒼梧之野】郝懿行은《藝文類聚》(84)及《太平御覽》(555)引此經無'有'字"라 함.

【舜與叔均之所葬也】郭璞은 "叔均, 商均也. 舜巡狩, 死於蒼梧而葬之, 商均
因留, 死亦葬焉. 基在今九疑之中"이라 함. 袁珂는 "按: 郭注'基在今九疑之中'.
王念孫·郝懿行竝校'基'作'墓', 是也. 然王·郝俱不以郭注'叔均即商均'爲然,
則又失之拘矣. 此叔均實是商均, 叔·商一聲之轉. 能與舜同葬, 非舜子商均
不足當之. 舜與商均同葬蒼梧, 竝無碍于〈海內南經〉(575)所云'蒼梧之山, 帝舜
葬于陽, 帝丹朱葬于陰'之不同前說之流播. 至叔均又謂是稷弟台璽之子(752)
或謂是稷之孫(866)者, 尤見神話前說之錯綜分歧無定. 是書非出一手, 蓋各記
其所傳聞, 不足異也"라 함.

【文貝】무늬가 있는 조개. 貝는 일종의 甲殼類. 올챙이처럼 생겼으나 머리와 꼬리만 있다 함. 郭璞은 "貝, 甲蟲, 肉如科斗, 但有頭尾耳"라 함. 郭璞은 "卽紫貝也"라 하였고, 袁珂는 "按:《爾雅》釋魚郭璞注云:「今之紫貝, 以紫爲質 黑爲文點.」 卽此"라 함.

【離俞】離朱鳥. 雙聲連綿語의 새 이름. 踆鳥라고도 하며 전설 속의 태양 속에 사는 三足鳥.〈海外南經〉狹山(504) 참조. 郭璞은 "卽離朱"라 함.

【鴟久】새 이름. 올빼미. 鵂鶹. 백화어로 貓頭鷹이라 함. 郭璞은 "卽鵂鶹也"라 함.

【鷹·賈】賈는 까마귀의 일종. 郭璞은 "賈亦鷹屬"이라 하였으나, 郝懿行은 "《水經注》引注《莊子》曰:「雅, 賈.」 馬融亦曰:「賈, 烏.」 皆烏類, 非郭義也"라 하여 까마귀의 일종으로 보았음.

【委維】延維로도 표기하며 뱀의 일종인 委蛇. 兩頭蛇. 郭璞은 "卽委蛇也"라 하였고, 袁珂는 "按: 委維卽〈海內經〉(849)所記南方苗民之神延維"라 함.

【視肉】聚肉. 전설 속의 짐승 이름. 郭璞은 "聚肉, 形如牛肝, 有兩目也. 食之無盡, 尋復更生如故"라 하였고, 郝懿行은 "《北堂書鈔》(145)引此經作'食之盡', 今本'無'字衍也"라 함. 아무리 잘라먹어도 다시 돋는 소의 간과 같은 것이라 함.

716(15-3) 영산榮山

영산榮山이 있다. 영수榮水가 그 산에서 발원한다. 흑수黑水 남쪽에
현사玄蛇가 있다. 이 뱀은 주록麈鹿을 잡아먹는다.

有榮山. 榮水出焉. 黑水之南, 有玄蛇, 食麈.

【榮山·榮水】袁珂는 "按: 經文'榮山'·'榮水', 吳任臣〈廣注本〉·畢沅〈校本〉·
〈百子全書本〉並作'榮山'·'榮水'"라 함.
【玄蛇, 食麈】玄蛇는 보아뱀과 같은 큰 뱀으로 사름을 삼킬 정도임. '麈'는
麈鹿, 駝鹿. 사슴 중에 큰 종류. 고라니라고도 함. 郭璞은 "今南山蚒蛇吞鹿,
亦此類"라 하였고, 袁珂는 "按: 郭注'南山', 王念孫·郝懿行並校作'南方'. 南方
蚒蛇吞鹿, 已見〈海內南經〉(583)'巴蛇食象'節郭注"라 함.

717(15-4) 무산巫山

　무산巫山이라는 산이 있다. 그 산의 서쪽에 황조黃鳥가 있다. 천제天帝가
이곳에서 선약仙藥을 즐기는 곳이 아홉 군데가 있다.
　황조는 무산에 살면서 그곳의 현사玄蛇를 맡아 관리하고 있다.

　有巫山者, 西有黃鳥. 帝藥八齋.
　黃鳥于巫山, 司此玄蛇.

【帝藥八齋】郭璞은 "天帝神仙藥在此山"이라 하였고, 袁珂는 "按: 八齋, 謂八
　廚也. 後世謂精舍爲'齋'義蓋本此. 郭注'神仙藥', 當卽是神仙不死之藥"이라 함.
【黃鳥于巫山, 司此玄蛇】郭璞은 "言主之也"라 하였고, 袁珂는 "按: 或謂黃鳥
　司察此貪婪之玄蛇, 蓋防其竊食天帝神藥也. 古'黃'·'皇'通用無別, '黃鳥'卽'皇鳥',
　蓋鳳凰屬之鳥也.《周書》王會篇云:「方揚以皇鳥」《爾雅》釋鳥云:「皇, 黃鳥.」
　卽此是也.〈北次三經〉(186)泰頭之山有黃鳥, 則是別一種鳥, 非此"라 함.

718(15-5) 부정산不庭山

대황의 가운데에 부정산不庭山이 있다. 영수榮水가 그곳까지 흘러 끝난다.
어떤 사람이 있어 몸이 셋이며 제준帝俊의 처 아황娥皇이 삼신국三身國의
사람들을 낳았다. 요姚 성이며, 기장을 주식으로 하고 네 종류의 짐승을
부린다.

못이 있어 사각형이며 네 귀퉁이는 모두가 서로 통한다. 그 북쪽은
흑수黑水에 연결되어 있으며 남쪽은 대황에 소속된다. 북쪽에 있는 못은
이름을 소화연少和淵이라 하고, 남쪽 편에 있는 못은 총연從淵이라 하며,
이는 순舜이 목욕하던 곳이다.

大荒之中, 有不庭之山. 榮水窮焉.

有人三身, 帝俊妻娥皇, 生此三身之國, 姚姓, 黍食, 使四鳥.

有淵四方, 四隅皆達, 北屬黑水, 南屬大荒, 北旁名曰少和
之淵, 南旁名曰從淵, 舜之所浴也.

【不庭之山】郝懿行은 "呂氏春秋諭大篇云:「地大則有常楊·不庭·不周.」高誘
注以'不周'爲山, 則'不庭'亦山名矣, 卽此"라 함.

【帝俊妻娥皇, 生此三身之國】郭璞은 "蓋後裔所出也"라 하였고, 袁珂는 "按:
〈海外西經〉(510)有三身國, 〈海內經〉(866)言帝俊生三身, 卽此"라 함.

【姚姓】郭璞은 "姚, 舜姓也"라 하였고 袁珂는 "按:《說文》(12)云:「虞舜居姚虛,
因以爲姓.」則此經妻娥皇而生三身之帝俊, 其爲舜也明矣"라 함.

【有淵四方】袁珂는 “按:《太平御覽》(395)引此經‘四’作‘正’”이라 함.

【四隅皆達】郭璞은 “言淵四隅皆旁通也”라 하였고, 袁珂는 “按: 經文‘四隅皆達’, 《太平御覽》(395)引‘達’作‘通’”이라 함.

【屬】연속됨, 연결됨. 接屬됨. 郭璞은 “屬, 猶連也”라 함.

【北旁】북쪽 곁. ‘旁’은 ‘側’과 같음.

【從淵】‘총연’으로 읽음. 郭璞은 “音驄馬之驄”이라 하여 ‘총’으로 읽음. 袁珂는 “按: 經文從淵, 〈宋〉本作‘猣淵.’《太平御覽》(395)引作‘縱淵’”이라 하여 표기가 각기 다름.

【舜之所浴也】郭璞은 “言舜嘗在此澡浴也”라 하였고, 袁珂는 “按:《太平御覽》(395)引郭注作‘言常在中澡洗’. 經于‘帝俊生三身’下又云‘舜之所浴’, 帝俊之卽舜盆已明矣”라 하여 이를 통해서도 ‘帝俊’이 바로 ‘舜’임을 명확히 알 수 있다 하였음.

719(15-6) 성산成山

다시 성산成山이 있다. 감수甘水가 그곳까지 흘러 끝난다.

계우국季禺國이 있다. 전욱顓頊의 자손이 살고 있으며 기장을 주식으로 한다.

우민국羽民國이 있다. 그곳 사람들은 몸에 털과 깃이 나 있다.

난민국卵民國이 있다. 그곳 사람들은 모두가 알을 낳는다.

又有成山. 甘水窮焉.

有季禺之國, 顓頊之子, 食黍.

有羽民之國, 其民皆生毛羽.

有卵民之國, 其民皆生卵.

【有季禺之國, 顓頊之子】郭璞은 "言此國人顓頊之裔子也"라 함.

【羽民之國】袁珂는 "按: 羽民國已見〈海外南經〉(487)"이라 함.

【卵民之國】郭璞은 "卽卵生也"라 하였고, 郝懿行은 "郭注羽民國云卵生, 是羽民卽卵生也. 此又有卵民國, 民皆卵生, 蓋別一國, 郭云'卽卵生也', 似有成文, 疑此國本在經中, 今逸"이라 함.

720(15-7) 불강산不姜山

대황의 가운데에 불강산不姜山이 있다. 흑수黑水가 그곳까지 흘러 끝난다.
다시 가산賈山이 있다. 흘수汽水가 이 산에서 발원한다.
다시 언산言山이 있다.
다시 등비산登備山이 있다.
계계산恝恝山이 있다.
다시 포산蒲山이 있으며 예수澧水가 이 산에서 발원한다.
다시 외산隗山이 있다. 그 서쪽에 단확丹雘이 나며 그 동쪽에 옥이 난다.
산의 남쪽에 다시 산이 있다. 표수漂水가 이 산에서 발원한다.
미산尾山이 있다.
취산翠山이 있다.

大荒之中, 有不姜之山. 黑水窮焉.

又有賈山. 汽水出焉.

又有言山. 又有登備之山.

有恝恝之山.

又有蒲山. 澧水出焉.

又有隗山, 其西有丹, 其東有玉.

又南有山. 漂水出焉.

有尾山.

有翠山.

【登備之山】郭璞은 "卽登葆山, 群巫所從上下者也"라 함. 登葆山은 〈海外西經〉
(518) 巫咸國을 볼 것.

【恖恖之山】郭璞은 "音如卷契之契"라 함.

【其西有丹】丹은 丹雘을 가리킴. 雘은 돌에서 나는 油脂의 일종. 石脂.《說文》
에 "雘, 善丹也"라 함. 고대 아주 중요한 顔料로 사용하였다 함. 丹雘은
붉은색 안료로 쓸 수 있음. 郝懿行은 "經內'丹'類非一, 此但名之曰'丹', 疑卽
'丹雘'之省文也"라 함.

721(15-8) 영민국盈民國

영민국盈民國이 있다. 오於 성이며 기장을 주식으로 한다.
다시 어떤 사람이 있어 바야흐로 나뭇잎을 먹고 있다.

有盈民之國, 於姓, 黍食.
又有人方食木葉.

【方食木葉】郝懿行은 "《呂氏春秋》本味篇高誘注云:「赤木玄木, 其葉可食, 食之
而仙也.」又《穆天子傳》云:「有模菫, 其葉是食明後.」亦此類"라 함.

722(15-9) 불사국不死國

불사국不死國이 있다. 아阿 성이며 감목甘木은 이들의 주식이다.

有不死之國, 阿姓, 甘木是食.

【甘木】不死樹. 이 나무의 잎이나 꽃, 열매를 먹으면 불로장생한다 함. 郭璞은 "甘木卽不死樹, 食之不老"라 하였고, 袁珂는 "按: 不死之國, 卽不死民. 見 〈海外南經〉(497). 不死樹生昆侖上, 見〈海外西經〉"이라 함.

불사국(不死國)

723(15-10) 거치去痓

대황의 가운데에 산이 있으니 이름을 거치去痓라 한다.
그곳의 주술은 "남쪽으로 가면 성취하고 북쪽은 이루지 못하리니
거치로 가면 성공하리라"라 한다.

大荒之中, 有山名曰去痓.
「南極果, 北不成, 去痓果」

【去痓~去痓果】 정확한 뜻은 알 수 없으며 巫師의 呪術이라 함. 郭璞은 "音如
風痓之痓. 未詳"이라 하여 '치(痓)'로 읽도록 함. 郝懿行은 《集韻》云: 「痓,
充至切, 音厠, 風病也」 是痓卽風痓之痓, 郭氏又音如之, 疑有譌字"라 하였으며,
袁珂는 "按: 郭注'未詳', 蓋義未詳也. 此當疑是巫師詛咒滲入文中者. 〈大荒西經〉
(771)'江山之南棲爲吉', 亦同然. 魯迅謂《山海經》'蓋古之巫書', 于此亦略可見矣.
至經文二'痓'字, 王念孫俱校作'痓', 《廣韻》云「風强病也」"라 함.

724(15-11) 부정호여不廷胡余

남해의 바다에 있는 섬에 신神이 있다. 사람 얼굴에 두 귀에 청사青蛇를
귀고리로 하고 있으며 두 마리 적사赤蛇를 발로 밟고 있다. 이름을 부정
호여不廷胡余라 한다.

南海渚中, 有神, 人面, 珥兩青蛇, 踐兩赤蛇, 曰不廷胡余.

【不廷胡余】郭璞은 "神名耳"라 하였고, 袁珂는 "按: 郭注'神名耳'. 〈宋本〉·
〈吳任臣本〉作'一神名耳', 是也. 毛扆·孫星衍均校增'一'字"라 함.

부정호여(不廷胡余)

725(15-12) 인인호因因乎

어떤 신이 있어 이름을 인인호因因乎라 한다. 남방을 인호因乎라 하며 그곳에서 불어오는 바람을 호민乎民이라 한다. 대지의 남극南極에 처하여 그곳을 드나드는 바람을 관리하고 있다.

有神名曰因因乎, 南方曰因乎, 來風曰乎民, 處南極以出入風.

【來風曰乎民】원문은 '夸風曰乎民'으로 되어 있으나 이는 오류로 봄. 郭璞은 "亦有二名"이라 하였으나 袁珂는 "按: 郭注'二名', 宋本·毛扆本作'三名', 字之譌也. 經文'有神名曰因因乎, 南方曰因乎, 夸風曰乎民', 揆以〈大荒東經〉(699) '(有神)名曰折丹, 東方曰折, 來風曰俊'文例, 疑當作'有神名曰因因乎, 南方曰因, 來風曰民'. 上'因'字與下二'乎'字俱衍文, '夸風'則'來風'之譌也"라 함. 따라서 해석은 "어떤 신이 있어 이름을 인호(因乎)라 한다. 남방을 인(因)이라 하며 그곳에서 불어오는 바람을 민(民)이라 한다"로 되어야 함.
【處南極以出入風】郝懿行은 "〈大荒東經〉(699)有神名曰折丹, 處東極以出入風, 此神處南極以出入風, 二神處巽位以調八風之氣也"라 함.

726(15-13) 양산襄山

양산襄山이 있다.

다시 중음산重陰山이 있다.

어떤 사람이 있어 짐승을 잡아먹는다. 이름을 계리季釐라 한다. 제준帝俊이 계리를 낳았다. 그 때문에 그곳을 계리국季釐國이라 한다.

민연緡淵이라는 못이 있다. 소호少昊가 배벌倍伐을 낳았다. 배벌이 이 민연으로 귀양을 와 살게 된 것이다.

어떤 물이 있어 사방이 네모진 사각형이다. 이름을 준단俊壇이라 한다.

有襄山.

又有重陰之山.

有人食獸, 曰季釐. 帝俊生季釐, 故曰季釐之國.

有緡淵, 少昊生倍伐, 倍伐降處緡淵.

有水四方, 名曰俊壇.

【帝俊生季釐】郝懿行은 "文十八年《左傳》云:「高辛氏才子八人」有季貍. 貍·釐聲同, 疑是也. 是此帝俊又爲帝嚳矣"라 하였고, 袁珂는 "按: 帝俊本卽帝嚳. 《初學記》(9)引《帝王世紀》云:「帝嚳自言其名曰夋.」卽爲最直接而有力之證據"라 함.

【俊壇】郭璞은 "水狀似土壇, 因名舜壇也"라 하였고, 袁珂는 "按: 郭注'俊壇'作'舜壇', 是郭復以'帝俊'卽'舜矣'"라 함.

727(15-14) 질민국載民國

질민국載民國이 있다.

제帝 순舜이 무음無淫을 낳았다. 무음이 질載 땅으로 귀양 와서 살게 되었으며 이를 무질민巫載民이라 부른다.

무질민은 분肦 성으로 곡식을 주식으로 하며 길쌈도 베 짜기도 하지 않으나 의복은 있다. 그런가 하면 씨를 뿌리거나 수확을 하지 않는데도 먹을 곡식이 있다.

그곳에는 노래하며 춤추는 새가 있다. 난조鸞鳥는 스스로 노래하고 봉조鳳鳥는 스스로 춤을 추는 것이다.

그곳에는 온갖 짐승들이 서로 무리를 이루어 살고 있다.

그런가 하면 온갖 곡식들이 모두 그곳으로 모여든다.

有載民之國.

帝舜生無淫, 降載處, 是謂巫載民.

巫載民肦姓, 食穀, 不績不經, 服也; 不稼不穡, 食也.

爰有歌舞之鳥, 鸞鳥自歌, 鳳鳥自舞.

爰有百獸, 相羣爰處.

百穀所聚.

【載民之國】郭璞은 "爲人黃色"이라 하였고, 袁珂는 "按: 載民國卽載國, 已見〈海外南經〉(494)"이라 함.

【降裁處】袁珂는 "按: 經文'降裁處'上, 當尙有'無淫'二字"라 함.

【巫裁民】袁珂는 "按: 裁民稱巫, 蓋此國之人其以巫爲業乎? 靈山十巫(760)有
巫肦, 此卽曰'巫裁民肦姓', 此中小食可以想見"이라 함.

【肦姓】袁珂는 "按: 〈宋本〉·〈毛扆本〉作'盼'"이라 하여 혹 반성(盼姓)으로도
되어 있음.

【不績不經】績과 經 모두 길쌈. 베 짜기, 실잣기 등을 말함. 郭璞은 "言自然
有布帛也"라 함.

【不稼不穡】稼穡 모두 농사를 뜻함. 郭璞은 "言五穀自生也. 種之謂稼, 收之
謂穡"이라 함.

728(15-15) 융천融天

대황의 가운데에 산이 있으니 이름을 융천融天이라 한다. 바닷물이
남쪽으로 그 산으로 흘러들어간다.

大荒之中, 有山名曰融天, 海水南入焉.

【融天】郝懿行은 "〈大荒北經〉(815)云:「不句之山, 海水入焉.」蓋海水所瀉處,
必有歸墟·尾閭爲之孔穴, 地脉潛通, 故曰入也. 下又有天台高山, 爲海水所入.
〈大荒北經〉(809)亦有北極天櫃, 海水北注焉. 皆海水之所瀉也"라 함.

729(15-16) 착치鑿齒

어떤 사람이 있어 착치鑿齒라 부른다. 예羿가 그를 죽여 버렸다.

有人曰鑿齒, 羿殺之.

【鑿齒】이빨이 끌(鑿)과 같아 이름이 붙여졌으며 역시 고대 전설상의 人名, 혹 獸名. 郭璞은 "鑿齒亦人也. 齒如鑿, 長五六尺, 因以名云"이라 하였고, 袁珂는 "按:《淮南子》地形篇有鑿齒民, 高誘注:「吐一齒出口下, 長三尺也.」郭蓋本此爲說, 而高誘注〈本經篇〉則云:「鑿齒, 獸名, 齒長三尺, 其狀如鑿, 下徹頷下, 而持戈盾.」又略異前注. 經文'鑿齒持盾',《太平御覽》(357)引作'鑿齒持戟盾', 與高誘注符"라 함.
【羿殺之】郭璞은 "射殺之也"라 함. 羿가 鑿齒를 죽인 사건은 〈海外南經〉(500)을 볼 것.

730(15-17) 역민국蜮民國

역산蜮山이 있다.

역민국蜮民國이 있다. 상桑 성이며 기장을 주식으로 하고, 사역射蜮도 먹는다.

어떤 사람이 있어 바야흐로 활을 당겨 황사黃蛇를 겨누어 쏘고 있다. 이름을 역인蜮人이라 한다.

有蜮山者. 有蜮民之國, 桑姓, 食黍, 射蜮是食.
有人方扞弓射黃蛇, 名曰蜮人.

【有蜮山者】郭璞은 "蜮, 短狐也. 似鱉, 含沙射人, 中之則病死. 此山出之, 亦以名云"이라 하였고, 袁珂는 "按: 經文'食黍', 王念孫云: 「《御覽》南蠻六作'食桑'」"이라 하여 뽕을 먹는 것으로 되어 있음.

【射蜮】蜮은 短狐, 射影, 沙工蟲, 물여우라고도 하며 물에 사는 동물로 입에 모래를 머금었다가 사람에게 뿜어 쏘면 이를 맞은 사람이 옴이 생겨 죽게 된다 함. '射工'이라고도 함. 《博物志》(3)에 "江南山溪水中有射工蟲, 甲類也, 長一二寸, 口中有弩形, 以氣射人影, 隨所著處發瘡, 不治則殺人. 今蠷螋蟲溺人影, 亦隨所著處生瘡"이라 함.

【有人方扞弓】활을 힘껏 당겨 쏨. 郭璞은 "扞, 挽也. 音紆"라 함.

731(15-18) 송산宋山

송산宋山이라는 산이 있다. 그곳에 적사赤蛇가 있으니 이름을 육사育蛇라
한다.
어떤 나무가 그 산에 자라고 있다. 이름을 풍목楓木이라 한다. 풍목은
치우蚩尤가 버린 질곡桎梏이 변하여 자라난 것이며 이를 풍목이라 한다.

有宋山者, 有赤蛇, 名曰育蛇.
有木生山上, 名曰楓木. 楓木, 蚩尤所棄其桎梏, 是謂楓木.

【楓木】郭璞은 "蚩尤爲黃帝所得, 械而殺之. 已摘棄其械, 化而爲樹也"라 하였고,
    郝懿行은 "郭注'摘棄'之'摘'當爲擿, 字之譌也"라 함. 楓木은 蚩尤가 죽은 뒤
    그 차꼬가 변하여 된 나무라 하였음.
【是謂楓木】郭璞은 "卽今楓香樹"라 함.

732(15-19) 사상시祖狀尸

어떤 사람이 있어 네모난 이빨에 호랑이 꼬리를 하고 있다. 이름을
사상시祖狀尸라 한다.

有人方齒虎尾, 名曰祖狀之尸.

【祖狀之尸】'祖狀之尸'. 郭璞은 "祖, 音如柤梨之柤"라 하여 '사(柤)'로 읽음.
　袁珂는 "按: 經文'祖狀之尸', 〈宋本〉·〈毛扆本〉均作'柤狀之尸', 與郭注'音如
　柤梨之柤'字同, 蓋譌也"라 함.

사상시(祖狀尸)

733(15-20) 초요국焦僥國

작은 사람이 있어 이름을 초요국焦僥國이라 한다. 기幾 성이며 오곡을 주식으로 한다.

有小人, 名曰焦僥之國, 幾姓, 嘉穀是食.

【焦僥之國】'焦僥'는 '僬僥'와 같으며 疊韻連綿語의 宗族 이름. 따라서 侏儒, 朱儒, 周饒, 朱饒 등도 모두 같은 이름의 異表記임. 郭璞은 "皆長三尺"이라 함. 〈海外南經〉(502)을 볼 것. 《列子》湯問篇에 "從中州以東四十萬里得僬僥國, 人長一尺五寸. 東北極有人名曰諍人, 長九寸"이라 함.

734(15-21) 운우산雲雨山

대황의 가운데에 산이 있으니 이름을 후도산殳塗山이라 한다. 청수靑水가
그곳까지 흘러 끝난다.

운우산雲雨山이 있다. 그 산 위에 나무가 있어 난수欒樹라 한다.

우禹가 운우산雲雨山의 나무를 모두 베어 없앨 때 그곳의 붉은 돌이
변하여 난수欒樹가 되었다. 그 나무는 노란 줄기에 붉은 가지, 청색의
잎이었다. 천제天帝들이 이곳에 이르러 그 나무를 취하여 선약仙藥을
만들었다.

大荒之中, 有山名殳塗之山. 靑水窮焉.

有雲雨之山. 有木名曰欒.

禹攻雲雨, 有赤石焉生欒, 黃本, 赤枝, 靑葉, 羣帝焉取藥.

【殳塗之山】郭璞은 "殳, 音朽"라 하여 '후(朽)'로 읽으며, 郝懿行은 "《玉篇》
云:「死或作朽.」是殳, 朽古字同. 殳·醜聲相近, 殳塗卽醜塗也. 已見〈西次三經〉
(089)昆侖之丘"라 함. 袁珂는 "按:〈西次三經〉(089)云:「昆侖之丘, 洋水出焉,
而西南流注于醜塗之水.」郭璞注:「醜塗, 亦山名也.」"라 함.

【雲雨之山】袁珂는 "按: 殳塗(醜塗)山在昆侖山西南, 雲雨山復在殳塗山付根,
以地望衡之, 當卽此經前文所記之巫山(巫山雲雨. 舊有陳說), 亦〈大荒西經〉
(760)所記之靈山(靈·巫古本一字)也"라 함.

【欒】袁珂는 "按: 經文'有木名曰欒'下,〈宋本〉·〈毛扆本〉均有郭注'音鸞'二字,
今本脫去之"라 함.

【禹攻雲雨】郭璞은 "攻謂槎伐其林木"이라 하여 禹가 治水 과정에서 그 운우산 수풀 나무를 모두 베어 없앴음을 뜻함.

【有赤石焉生欒】郭璞은 "言山有精靈, 復變生此木于積石之上"이라 함.

【羣帝焉取藥】郭璞은 "言樹花實皆爲神藥"이라 하였고, 袁珂는 "按: 欒實如 建木實, 已見〈海內南經〉(734). '皆爲神藥'者, 皆爲神仙不死藥也. 群帝所取者, 蓋此耳"라 함.

735(15-22) 백복伯服

어떤 나라가 있어 이름을 백복伯服이라 한다. 전욱顓頊이 백복을 낳았으며 기장을 주식으로 한다.

유성국鮋姓國이 있다. 초산岩山이 있으며, 다시 종산宗山이 있고, 또 성산姓山이 있다. 다시 학산壑山이 있으며 진주산陳州山이 있고, 또 동주산東州山이 있다.

다시 백수산白水山이 있다. 백수白水가 그 산에서 발원하여 백연白淵이라는 못을 만들어냈다. 이 못은 곤오昆吾의 스승이 목욕을 하는 곳이다.

有國曰伯服, 顓頊生伯服, 食黍.

有鮋姓之國. 有岩山. 又有宗山. 又有姓山. 又有壑山. 又有陳州山. 又有東州山.

又有白水山. 白水出焉, 而生白淵, 昆吾之師所浴也.

【有國曰伯服】다른 본에는 모두 "有國曰顓頊生伯服"으로 되어 있음. 吳任臣은 《世本》云:「顓頊生偁, 偁字伯服.」이라 하였고, 袁珂는 "按: 經文疑當作‘有國曰伯服. 顓頊生伯服.’上脫‘伯服’二字, 遂不可讀"이라 함.

【鮋姓之國】郭璞은 "鮋, 音如橘柚之柚"라 함.

【昆吾之師】郭璞은 "昆吾, 古王者號. 《音義》曰:「昆吾, 山名, 谿水內出善金.」二文有異, 莫知所辨測"이라 하였고, 郝懿行은 "昆吾, 古諸侯名, 見《竹書》. 又《大戴禮》帝繫篇云:「陸終氏産六子, 其一曰樊, 是爲昆吾」也. 郭又引《音義》

以爲山名者,〈中次二經〉(290)云'昆吾之山'是也"라 함. 한편 袁珂는 "按: 昆吾亦人名亦山名, 二者幷行不背, 此云'昆吾之師', 則昆吾蓋謂古之剖脅而生之神性英雄樊是也"라 함.

736(15-23) 장홍張弘

어떤 사람이 있어 이름을 장홍張弘이라 한다. 바닷가에서 물고기를 잡고
있다.
바다 가운데에 장홍국張弘國이 있다. 물고기를 주식으로 하며 네 종류의
짐승을 부린다.

有人名曰張弘, 有海上捕魚.
海中有張弘之國, 食魚, 使四鳥.

【海中有張弘之國】 '張弘'은 '張宏'으로 표기한 판본이 많으며 '弘'과 '宏'은
고대 통용되었음. 郭璞은 "或曰卽奇肱人, 疑非"라 하였고, 袁珂는 "按: '張宏'
非'奇肱'也. 郭云'疑非'者 是也. 此張宏實卽〈海外南經〉(503)所記之長臂國也.
《穆天子傳》(2)云: 「天子乃封長肱于黑水之西河.」 郭注云: 「卽長臂人也. 見
《山海經》.」 張·長形音俱近, 是張宏卽長肱亦卽長臂矣. 況此張宏'在海上捕魚',
復與長臂國人'捕魚水中' 職業相同, 二國所處又俱南方, 則此經張宏之國爲
〈海外南經〉(503)長臂國斷無可疑也"라 하여 長臂國이 곧 이 張弘國이라 하였음.

737(15-24) 포어捕魚

어떤 사람이 있어 새의 부리에 날개가 달려 있다.
마침 바다에서 물고기를 잡고 있다.

有人焉, 鳥喙, 有翼.
方捕魚于海.

【有人焉~方捕魚于海】袁珂는 "按: 此捕魚于海之'鳥喙·有翼'之人, 卽下文所說
'驩頭'也"라 하여 고기를 잡고 있는 사람은 '驩頭'라 함. 그림의 일부를 보고
설명한 것으로 여겨짐.
＊袁珂는 다음 장과 하나로 묶어 하나의 장으로 보았음.

738(15-25) 환두驩頭

대황 가운데에 사람이 있으니 이름을 환두驩頭라 한다.

곤鯀의 처가 사경士敬이었으며, 사경의 아들이 염융炎融이었는데 그가 환두를 낳은 것이다.

환두는 사람 얼굴에 새의 부리를 하고 있으며 날개가 있다. 그는 바닷속의 물고기를 잡아먹으며 날개는 지팡이처럼 짚고 다닌다.

그는 기㐀, 거苣, 육穋, 양楊 등 식물을 주식으로 한다. 이에 환두국이 있게 된 것이다.

大荒之中, 有人名曰驩頭.

鯀妻士敬, 士敬子曰炎融, 生驩頭.

驩頭人面鳥喙, 有翼, 食海中魚, 杖翼而行.

維宜芑苣, 穋楊是食. 有驩頭之國.

환두(驩頭)

【杖翼而行】'杖翼'은 날개를 마치 지팡이처럼 사용함을 뜻함. 郭璞은 "翅不可以飛, 倚杖之用行而已"라 하였고, 袁珂는 "按: 郭注'用行', 吳任臣本作'周行'"이라 함.

【維宜芑苣, 穋楊是食】郭璞은 "《管子》說地所宜云: 「其種穋·秕, 黑黍」皆禾類也. 苣, 黑黍. 今字作禾旁. 起·秬·蚍三音"이라 하였고, 郝懿行은 "經蓋言驩頭食海中魚, 又食芑苣穋楊之類也. 穋亦禾名, 今未詳"이라 함.

【有驩頭之國】袁珂는 "按: 驩頭國已見〈海外南經〉(490), 作'讙頭國'或'讙朱國'. 實卽丹朱國, 詳〈海外南經〉(490)讙頭國節注. 此又云鯀處士敬·士敬子炎融生驩頭者, 蓋傳聞不同而異辭也"라 함.

739(15-26) 악산岳山

제요帝堯, 제곡帝嚳, 제순帝舜은 악산岳山에 장지가 있다.

그곳에는 문패文貝, 이유離兪, 구구鴟久, 응鷹, 가賈, 연유延維, 시육視肉, 웅熊, 비羆, 호虎, 표豹 등의 동물과 주목朱木, 적지赤枝, 청화青華, 현실玄實 등의 식물이 있다. 신산申山이라는 산이 있다.

帝堯·帝嚳·帝舜葬于岳山.

爰有文貝·離兪·鴟久·鷹·賈·延維·視肉·熊·羆·虎·豹; 朱木·赤枝·青華·玄實. 有申山者.

【岳山】郭璞은 "卽狄山也"라 함. 狄山은 〈海外南經〉(504)을 볼 것.

【文貝】무늬가 있는 조개. 貝는 일종의 甲殼類. 올챙이처럼 생겼으나 머리와 꼬리만 있다 함. 紫貝라고도 함. 郭璞은 "貝, 甲蟲, 肉如科斗, 但有頭尾耳"라 함.

【鴟久】새 이름. 올빼미. 鵂鶹. 백화어로 貓頭鷹이라 함. 郭璞은 "鴟久, 鵂鶹之屬"이라 하였고, 郝懿行은 "鴟, 當作'鴟'. 《說文》云:「鴟舊, 舊留也. 舊或作鵂」 是經文鴟久卽'鴟舊', 注文'鵂鶹'卽'鵂鶹'也. 皆聲近假借字"라 함.

【鷹】원문은 '鷹'다 다음에 바로 '延維'로 이어지나 가자가 탈락된 것임. 袁珂는 "按: 〈宋本〉·〈毛扆本〉·〈項絪本〉·〈吳任臣本〉·〈畢沅校本〉·〈百子全書本〉, '鷹'下俱有'賈'字, 此脫"이라 하여 '鷹賈'여야 함.

【延維】委維. 뱀의 일종으로 兩頭蛇라고도 함.

【視肉】聚肉. 전설 속의 짐승 이름. 郭璞은 "聚肉, 形如牛肝, 有兩目也. 食之
無盡, 尋復更生如故"라 하였고, 郝懿行은 《北堂書鈔》(145)引此經作'食之盡',
今本'無'字衍也"라 함. 아무리 잘라먹어도 다시 돋는 소의 간과 같은 것
이라 함.

【朱木·赤枝·青華·玄實】袁珂는 "按: 〈大荒西經〉(787)云: 「有蓋山之國·有樹,
赤皮枝榦, 青葉, 名曰朱木」 卽此. 唯青葉當作青花, 蓋字形之譌"라 함.

제곡(帝嚳)과 제요(帝堯)

740(15-27) 천대天臺

대황 가운데에 산이 있으니 이름을 천대天臺라 한다. 바닷물이 남쪽으로
흘러 그 산으로 들어간다.

大荒之中, 有山名曰天臺, 海水南入焉.

【天臺】 원문은 '天臺高山'으로 되어 있으며 '高山'은 연문임. 王念孫은 "《御覽》
　地部十五人無'高山'二字, 地部十五同.《類聚》水部上同"이라 함.
【海水南入焉】 원문은 '海水入焉'으로 되어 있으며 '南'자가 탈락되었음. 袁珂는
　"按: 經文'海水入焉'疑當作'海水南入焉'. '南'字誤脫于下文'東南海之外'句中.
　諸山記海水所入, 俱有表示方位之字樣, 如此經前文之融天山, 云'海水南入焉',
　〈大荒北經〉(803)之先檻大逢山, 云'海北注焉'等等, 知此當亦不能例外. '南'字誤
　脫于下文句中, 蓋無可疑也"라 함.

741(15-28) 희화국義和國

동남쪽 바다 밖, 감수甘水 사이에 희화국義和國이 있다.

여자가 있어 이름을 희화義和라 하며 바야흐로 감연甘淵에서 해를 목욕시키고 있다.

희화란 제준帝俊의 아내이며 열 개의 해를 낳았다.

東南海之外, 甘水之間, 有義和之國.

有女子名曰義和, 方浴日于甘淵.

義和者, 帝俊之妻, 生十日.

【東南海之外】袁珂는 "按: 《北堂書鈔》(149)·《太平御覽》(3)引此經幷無'南'字, 無'南'字是也. '南'字當是由上文'海水南入焉'句誤脫于此者, 已詳上節注中. 此節疑亦當衛接在〈大荒東經〉(678)'有甘山者, 甘水出焉, 生甘淵'節之後, 甘淵蓋卽湯谷也, 其地本在東方, 說詳〈大荒東經〉(678)該節注"라 함.

【有女子名曰義和】王念孫은 "〈王符傳〉無名字, 《初學》同, 《書鈔》天部一作'名', 《類聚》天部上作'名曰'"이라 함.

【浴日】원문에는 '日浴'으로 되어 있으나 이는 '浴日'의 오기임. 袁珂는 "按: 經文'日浴', 〈宋本〉·〈吳寬抄本〉·〈毛扆本〉幷作'浴日', 諸書所引亦均作'浴日', 作'浴日'是也. 〈大荒西經〉(775)云:「有女子方浴月.」可證"이라 함.

【甘淵】678에 "有甘山者, 甘水出焉, 生甘淵"이라 한 못.

【義和者, 帝俊之妻, 生十日】郭璞은 "義和蓋天地始生, 主日月者也, 故《啓筮》曰:「空桑之蒼蒼, 八極之旣張, 乃有夫義和, 是主日月, 職出入, 以爲晦明.」又曰:

「瞻彼上天, 一明一晦, 有夫羲和之子, 出于暘谷.」故堯因此而立羲和之官, 以主四時, 其後遂爲此國. 作日月之象而掌之, 沐浴運轉之于甘水中, 以效其出入暘谷虞淵也, 所謂世不失職耳. ……言生十子各以日名名之, 故言生十日, 數十也"라 함. 이에 대해 袁珂는 "按: 郭注無非以人事現象釋神話, 故恒鑿枘難通, 唯所引佚亡古書于文獻足珍, 聊存其說而已. 經文'生十日'上, 王念孫校增'是'字, 郭注'數十也'上, 郝懿行校增'日'字"라 함. 따라서 郭璞 注의 '故言生十日'은 '故言是生十日'로, '數十也'는 '日數十也'가 되어야 함.

742(15-29) 개유산蓋猶山

개유산蓋猶山이라는 산이 있다. 그 산 위에는 감사수甘柤樹가 있다.
가지와 줄기가 모두 붉은색이며 잎은 노란색이다. 하얀 꽃이 피며 검은
열매가 맺힌다.

다시 동쪽으로 감화수甘華樹가 있다. 그 나무는 가지와 줄기가 모두
붉은색이며 노란 잎이다.

그곳에 청마青馬가 있다. 적마赤馬가 있으며 이름을 삼추三騅라 한다.
그곳에는 시육視肉이 있다.

有蓋猶之山者, 其上有甘柤, 枝榦皆赤, 黃葉, 白華, 黑實.
東又有甘華, 枝榦皆赤, 黃葉.
有青馬. 有赤馬, 名曰三騅. 有視肉.

【甘柤·甘華】〈海外北經〉(548) 平丘의 주를 볼 것.
【三騅】袁珂는 "按: 三騅已見〈大荒東經〉(710). 疑此三騅之獸, 當卽此經首節
　　所謂'雙雙'之類"라 함.
【青馬】〈海外東經〉(552) 참조.
【視肉】聚肉. 전설 속의 짐승 이름. 郭璞은 "聚肉, 形如牛肝, 有兩目也. 食之
　　無盡, 尋復更生如故"라 하였고, 郝懿行은 "《北堂書鈔》(145)引此經作'食之盡',
　　今本'無'字衍也"라 함. 아무리 잘라먹어도 다시 돋는 소의 간과 같은 것
　　이라 함.

743(15-30) 균인菌人

덩치가 작은 사람이 있어 이름을 균인菌人이라 한다.

有小人, 名曰菌人.

【菌人】郭璞은 "音如朝菌之菌"이라 하였고, 郝懿行은 "此卽朝菌之菌, 又音
如之, 疑有譌文. 或經當爲'囷狗之囷'. 菌人蓋靖人類也, 已見〈大荒東經〉(683)"
이라 함. 袁珂는 "按: 菌人·靖人無非侏儒一詞之聲轉耳"라 함.

744(15-31) 남류산南類山

남류산南類山이 있다. 그곳에는 유옥遺玉, 청마靑馬, 삼추三騅, 시육視肉, 감화수甘華가 있으며 온갖 곡식이 모두 모여 자라고 있다.

有南類之山. 爰有遺玉·靑馬·三騅·視肉·甘華, 百穀所在.

【南類之山】 袁珂는 "按: 卽〈海外北經〉(548)平丘·〈海外東經〉(552)嗟丘之類, 蓋古神人所居之地也"라 함.

【遺玉】 松津이 땅속에 묻혀 이루어진 琥珀이 다시 천년을 흘러 검은색으로 변한 옥.

【視肉】 聚肉. 전설 속의 짐승 이름. 郭璞은 "聚肉, 形如牛肝, 有兩目也. 食之無盡, 尋復更生如故"라 하였고, 郝懿行은 "《北堂書鈔》(145)引此經作'食之盡', 今本'無'字衍也"라 함. 아무리 잘라먹어도 다시 돋는 소의 간과 같은 것이라 함.

卷十六 大荒西經

〈長脛國一帶〉明 蔣應鎬 圖本

745(16-1) 부주산不周山

서북쪽의 바다 밖, 대황大荒의 귀퉁이에 산이 있어 서로 갈라진 채 붙지
못하고 있다. 이 산을 부주산不周山이라 하며 두 마리의 누런색 신수神獸가
지키고 있다.

물이 있어 이름을 한서수寒暑水라 한다. 그 물의 서쪽에 습산濕山이 있으며
물의 동쪽에는 막산幕山이 있다. 그리고 우공공공국산禹攻共工國山이 있다.

西北海之外, 大荒之隅, 有山而不合, 名曰不周, 有兩
黃獸守之.
　有水曰寒暑之水. 水西有濕山, 水東有幕山. 有禹攻共
工國山.

【不周】원문은 '不周負子'로 되어 있으며 '負子' 두 글자는 衍文임. 郭璞은
"《淮南子》曰:「昔者共工與顓頊爭帝, 怒而觸不周之山, 天維絶.」故今此山缺
壞不周市也"라 하였고, 袁珂는 "按: 郭注引《淮南子》天文篇文, 今作'天柱折,
之維絶'. 經文'不周負子', 《文選》〈甘泉賦〉·〈思玄賦〉注及《太平御覽》(59)引并
無'負子'二字, 郭注亦只釋'不周', '負子'二字蓋衍文"이라 함.
【寒暑之水】袁珂는 "按:《說郛》(120)輯《三餘帖》云:「牛陽泉. 世傳織女送董子(董永)
經此, 董子思欽, 揚北水與之, 曰: '寒.' 織女因祝水令暖, 又曰: '熱' 乃撥六英
寶釵, 祝而畫之, 於是半寒半熱, 相和與飲」經文寒暑之水, 亦斯之類歟?"라 함.
【禹攻共工國山】郭璞은 "言攻其國·殺其臣相柳於此山.《啓筮》曰:「共工人面
蛇身朱髮」也"라 함.

746(16-2) 숙사淑士

나라가 있으니 그 이름을 숙사淑士라 하며 전욱顓頊의 자손들이 세운 나라이다.

有國名曰淑士, 顓頊之子.

【顓頊之子】郭璞은 "言亦出自高陽氏也"라 함.

747(16-3) 여와장女媧腸

　신인神人 열 사람이 있어 이름을 여와장女媧腸이라 한다. 이는 여와의 창자가 변하여 신이 된 것이다. 율광栗廣이라는 들에 살고 있으며 길을 가로질러 막고 있다.

　　有神十人, 名曰女媧之腸, 化爲神, 處栗廣之野, 橫道而處.

【女媧之腸】郭璞은 "或作女媧之腹"이라 함.
【栗廣之野】郭璞은 "女媧, 古神女而帝者, 人面蛇身, 一日中七十變, 其腹化爲此神. 栗光, 野名, 媧, 音瓜"라 하여 '媧'를 '과(瓜)'로 읽도록 하였으나 속칭대로 '여와'로 읽음. '媧'는 본음은 '왜'임. 한편 袁珂는 "按: 郭注'其腹化爲此神', 〈藏經本〉'腹'作'腸', 《太平御覽》(78)引同"이라 함.

여와지장(女媧之腸)

【橫道而處】郭璞은 "橫道, 言斷道也"라 하였고, 袁珂는 "按: '橫道而處', 當卽腸委棄于地之形"이라 하여 버려진 창자의 모습이 그와 같은 것이라 함.

여와지장(女媧之腸)

748(16-4) 석이石夷

어떤 사람이 있어 이름을 석이石夷라 한다. 서쪽 방위를 이夷라 하며 그곳에서 불어오는 바람을 위韋라 한다. 서북쪽 귀퉁이에 살고 있으며 해와 달의 길이를 맡아 관장하고 있다.

有人名曰石夷. 西方曰夷, 來風曰韋, 處西北隅以司日月 之長短.

【西方曰夷】원문에는 이 구절이 없음. 袁珂는 "按: 據〈大荒東經〉'有人名曰 折丹, 東方曰折'(699), '有人名曰鵷(711), 北方曰狻'及〈大荒南經〉(725)'維新名曰 因因乎, 南方曰因乎'文例, 此經有人名曰石夷下句, 疑脫'西方曰夷'四字"라 하여 보충해 넣은 것임.
【來風曰韋】郭璞은 "來', 或作'本'也"라 함.
【司日月之長短】郭璞은 "言察日月晷度之節"이라 하였고, 袁珂는 "按: 經文 '司日月之長短', 〈藏經本〉作'司日月短長'"이라 함.

749(16-5) 광조狂鳥

오채조五采鳥가 있다. 관을 쓰고 있으며 이름을 광조狂鳥라 한다.

有五采之鳥, 有冠, 名曰狂鳥.

【狂鳥】郭璞은 "爾雅云:「狂, 夢鳥」卽此也"라 함. 袁珂는 "按: 狂鳥, 疑卽鳳凰
之屬, 所謂'狂'者'凰'也, '夢'者'鳳'也"라 함.

광조(狂鳥)

750(16-6) 대택장산大澤長山

대택장산大澤長山이 있다. 그곳에 백민국白民國이 있다.

有大澤之長山. 有白民之國.

【白民之國】 원문은 '白氏之國'으로 되어 있음. 袁珂는 "按: 經文'白氏之國', 〈宋本〉·〈藏經本〉·〈毛扆本〉·〈吳任臣本〉均作'民', 作'民'是也. '白民國'已見〈海外西經〉(525)"이라 함. 백민국은 525, 693 등에 있음.

751(16-7) 장경국長脛國

서북쪽 바다 밖, 적수赤水의 동쪽에 장경국長脛國이 있다.

西北海之外, 赤水之東, 有長脛之國.

【長脛國】다리가 긴 종족의 나라. '脛'은 '股'와 같음. 다리, 정강이를 뜻함. 527을 참조할 것. 郭璞은 "脚長三丈"이라 하였고, 郝懿行은 "長脛卽長股也, 見〈海外西經〉(527)"이라 함.

752(16-8) 서주국西周國

서주국西周國이 있다. 희姬 성이며 곡식을 주식으로 한다.

어떤 사람이 바야흐로 땅을 갈고 있다. 이름을 숙균叔均이라 한다. 제준帝俊이 후직后稷을 낳았다. 후직이 땅으로 내려와 온갖 곡식을 지었다. 후직의 아우를 태태台璽라 하며 이가 숙균을 낳은 것이다.

숙균은 그 아버지와 후직을 이어 백곡을 파종하여 비로소 경작을 시작하였다. 그곳에는 적국처씨赤國妻氏라는 사람이 있다. 쌍산雙山이 있다.

有西周之國, 姬姓, 食穀.

有人方耕, 名曰叔均. 帝俊生后稷, 稷降以百穀. 稷之弟曰台璽, 生叔均.

叔均是代其父及稷播百穀, 始作耕. 有赤國妻氏. 有雙山.

【西周之國, 姬姓】郝懿行은 "《說文》云: 姬, 黃帝居姬水, 以爲姓.《史記》周本紀云: 「封弃於邰, 號曰后稷, 別姓姬氏.」然則經言西周之國, 蓋謂此"라 함.
【帝俊生后稷】郭璞은 "俊宜爲嚳, 嚳第二妃生后稷也"라 하였고, 郝懿行은 "帝嚳名夋, 夋·俊疑古今字. 不須依郭改'俊'爲'嚳'也"라 함. 袁珂는 "按: 后稷本西方民族所奉祠之農神, 而又附會于東方民族神話中, 故言'帝俊生', 或'帝嚳生'也. 實則后稷之生, 與俊·嚳俱無關, 乃原始母權制司誨時期'感天而生'之神話也"라 함.
【稷降以百穀】袁珂는 "按: 經文'稷降以百穀'者, 謂后稷自天降嘉穀之種, 以爲農殖之需.《書》呂刑云:「稷降播種, 農殖嘉穀.」此之謂也"라 함.

【台璽】郭璞은 "璽, 音胎"라 하여 '璽'자는 '태(胎)'로 읽도록 하였음. '璽'의
원음은 '새'임.

【叔均是代其父及稷播百穀, 始作耕】袁珂는 "按: 〈海內經〉(866)云:「后稷是播
百穀. 稷之孫曰叔均, 是始作牛耕.」卽此. 叔均或爲后稷弟台璽之子, 或又爲
其孫者, 以傳聞不同而記載小有歧異也"라 함.

【赤國妻氏】袁珂는 "按: 〈海內經〉(866)言叔均作牛耕事有'大比赤陰'句. 郝懿行
注云:'大比赤陰, 四字難曉, 推尋文義, 當是地名, 〈大荒西經〉說叔均始作耕,
又云有赤國妻氏, 大比赤陰豈謂是與?' 郝說大比赤陰則赤國妻氏, 是也. 然謂
是地名則非, 疑均是人名. 大比之'比', 或卽'妣'之壞文, '大妣'與'妻氏'義正相應,
或指后稷之母姜原乎? 未可遽定也"라 함.

753(16-9) 방산方山

서쪽 바다 밖, 대황의 가운데에 방산方山이라는 산이 있다. 산 위에 청수
青樹가 있으니 이름을 구격송柜格松이라 한다. 해와 달이 출입하는 곳이다.

西海之外, 大荒之中, 有方山者, 山有青樹, 名曰柜格之松,
日月所出入也.

【山有青樹】袁珂는 "按:《初學記》(1)引此作'青松'"이라 함.
【柜格之松】郭璞은 "木名. 柜音矩"라 하여 '柜'자를 '구(矩)'로 읽도록 함. '柜'의
　　원음은 '거'임.
【日月所出入】袁珂는 "按: 此方山爲日月所出入唯一之山也. 然而地在西荒, 何可
　　云'出'? 此神話之山, 誠不可以常理推矣"라 함.

754(16-10) 선민국先民國

서북쪽 바다 밖, 적수의 남쪽에 선민국先民國이 있다. 곡물을 주식으로 하며 네 종류의 짐승을 부린다.

西北海之外, 赤水之西, 有先民之國, 食穀, 使四鳥.

【西北海之外】郝懿行은 《初學記》(10)引此經無'北'字, 明〈藏本〉同"이라 함.
【先民之國】'天民之國'으로 보아야 함. 郝懿行은 "'先'當爲'天', 字之譌也, 《淮南》 地形訓海外三十六國中有'天民'"이라 함.
＊원전은 본 장을 다음 장과 묶어 하나로 처리하였음.

755(16-11) 북적국北狄國

북적국北狄國이 있다. 황제黃帝의 손자는 이름을 시균始均이라 하며, 시균이 북적의 조상을 낳았다.

有北狄之國, 黃帝之孫曰始均, 始均生北狄.

【黃帝之孫】郝懿行은 "〈地理志〉云:「右扶風陳倉有黃帝孫祠.」"라 함.

756(16-12) 태자장금太子長琴

망산芒山이 있고, 계산桂山이 있다.

요산榣山이 있으며 그 산 위에 사람이 있어 호를 태자장금太子長琴이라 한다.

전욱顓頊이 노동老童을 낳았으며, 노동이 축융祝融을 낳고, 축융이 태자 장금을 낳은 것이다. 이는 요산에 살면서 처음으로 각종 악풍樂風을 만들어냈다.

有芒山. 有桂山.

有榣山, 其上有人, 號曰太子長琴.

顓頊生老童, 老童生祝融, 祝融生太子長琴, 是處榣山.
始作樂風.

【桂山·榣山】郭璞은 "此山多桂及榣木, 因名云耳"라 하였으나, 袁珂는 "按: 桂山別是一山, 郭注連合言之, 未免失謹"이라 함.

【顓頊生老童】郭璞은 "《世本》云: 顓頊娶于滕隍氏, 謂之女祿, 産老童也」"라 함. 袁珂는 "按: 滕隍, 〈宋本〉·〈藏經本〉作滕墳. 《大戴禮》帝繫篇作滕奔. 〈西次 三經〉(100)云: 「騩山, 神耆童居之, 其音常如鍾磬.」郭璞注: 「耆童, 老童, 顓頊 之子.」卽此老童也"라 함.

【祝融】郭璞은 "卽重黎也. 高辛氏火正, 號曰祝融也"라 하였고, 袁珂는 "按: 據〈海內經〉(867), 祝融乃炎帝之裔, 據此經卽又爲黃帝之裔(以此經祝融爲顓頊孫, 〈海內經〉顓頊又爲黃帝增損, 故云); 亦傳聞不同而各異其辭也"라 함.

【始作樂風】 '樂風'은 '風樂'과 같음. 처음으로 인류에게 각종 음악을 발명하여
전함. 郭璞은 "創制樂風曲也"라 하였고, 郝懿行은 "《太平御覽》(565)引此經
無'風'字. 〈西次三經〉(100)騩山云: 「老童發音常如鍾磬.」故知長琴解作樂風,
其道亦有所受也"라 함.

757(16-13) 오채조五采鳥

오채조五采鳥는 세 가지 이름을 가지고 있다. 황조皇鳥, 난조鸞鳥, 봉조鳳鳥가 그것이다.

有五采鳥三名: 一曰皇鳥, 一曰鸞鳥, 一曰鳳鳥.

【有五采鳥三名】袁珂는 "按: 經內五采鳥凡數見, 均鳳凰·鸞鳥之屬也. 明〈藏本〉 '皇鳥'作'鳳鳥', '鳳鳥'作'鳳皇', 與此異"라 함.

758(16-14) 유충有蟲

벌레가 있어 형상이 마치 토끼와 같으며 가슴 그 뒷부분은 벌거벗은 모습으로써 보이지 않는다. 몸의 푸른색은 마치 원후猨猴의 모습과 같다.

有蟲狀如菟, 胸以後裸不見, 靑如猨狀.

【有蟲狀如菟】菟는 冤, 兎와 같음. 토끼. 郝懿行은 "塊, 冤通. 此獸也. 謂之蟲者, 自人及鳥獸之屬, 通謂之蟲, 見《大戴禮》易本命篇"이라 함.
【胸以後裸不見】郭璞은 "言皮色靑, 故不見其裸露處"라 함.
【靑如猨狀】郭璞은 "狀又似猨"이라 하였고, 郝懿行은 "此獸卽㺒也. 《說文》云:「㺒, 獸也, 似冤, 靑色而大.」此經云'狀如菟'是也. 又云'如猨'者, 言其色, 非謂狀如冤, 又'似猨'也. 猨, 明〈藏本〉作蝯, 是"라 함.

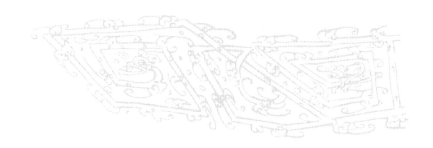

759(16-15) 풍저옥문豐沮玉門

대황 가운데에 산이 있으니 이름을 풍저옥문豐沮玉門이라 한다. 해와
달이 져서 그곳으로 들어간다.

大荒之中, 有山名曰豐沮玉門, 日月所入.

【有山名曰豐沮玉門】袁珂는 "按: 此豐沮玉門山爲日月所入山之一也"라 함.

760(16-16) 영산靈山

영산靈山이 있다. 무함巫咸, 무즉巫卽, 무분巫肦, 무팽巫彭, 무고巫姑, 무진巫眞, 무례巫禮, 무저巫抵, 무사巫謝, 무라巫羅 등 열 명의 무당이 이 산으로부터 하늘을 오르내린다. 온갖 선약이 그곳에 모두 있다.

有靈山. 巫咸·巫卽·巫肦·巫彭·巫姑·巫眞·巫禮·巫抵·巫謝·巫羅十巫, 從此升降, 百藥爰在.

【靈山】巫山과 같은 곳. 袁珂는 "按: 靈山疑卽巫山. 靈·巫古本一字, 而此山復有諸巫采藥往來, '百藥爰在', 與〈大荒南經〉(717)所記巫山'帝藥八齋'之情景相類, 因疑此靈山卽彼巫山也"라 함.
【巫咸】516의 巫咸國 참조.
【巫肦】袁珂는 "按: 經文'巫肦', 〈宋本〉作巫朌(朌)"이라 함.
【十巫從此升降, 百藥爰在】郭璞은 "群巫上下此山采之也"라 하였고, 袁珂는 "按: 經言'十巫從此升降', 卽從此上下于天, 宣神旨·達民情之意. 靈山蓋山中之天梯也. 諸巫所操之主業, 實巫而非醫也. 郭云'群巫上下此山采之(藥)'者, 特其餘業耳, 非可以因有'百藥爰在'語遂以醫職替巫職也"라 함.

761(16-17) 옥민국沃民國

서왕모산西王母山, 학산𡎱山, 해산海山이 있다. 옥민국沃民國이 있어
그 나라 옥민沃民이 이곳에 살고 있다.

옥야沃野에는 봉황새의 알이 있어 이를 주식으로 하며 감로甘露를
마신다. 무릇 하고자 하는 바는 다 할 수 있으며 맛보고 싶은 모든 것은
다 있다.

그곳에는 감화수甘華樹, 감사수甘柤樹, 백류수白柳樹, 시육視肉, 삼추三騅,
선괴璇瑰, 요벽瑤碧, 백목白木, 낭간琅玕, 백단白丹, 청단青丹이 있으며, 철과
은이 많다.

난조鸞鳥는 스스로 노래를 부르고, 봉조鳳鳥는 스스로 춤을 춘다. 그곳
에는 온갖 짐승이 다 있으며 서로 무리를 이루어 이곳에 살고 있다.
이곳을 일러 옥야라 한다.

有西王母之山·𡎱山·海山. 有沃民之國, 沃民是處.

沃之野, 鳳鳥之卵是食, 甘露是飲. 凡其所欲, 其味盡存.

爰有甘華·甘柤·白柳·視肉·三騅·璇瑰·瑤碧·白木·琅玕·
白丹·青丹, 多銀鐵.

鸞鳥自歌, 鳳鳥自舞, 爰有百獸, 相羣是處, 是謂沃之野.

【有西王母之山】 원문은 '西有王母之山'으로 되어 있으나 글자 순서가 '有
西王母之山'으로 바뀌어야 함. 郝懿行은 "西有'當爲'有西',《太平御覽》(928)

引此經作'西王母山'可證"이라 함. 袁珂는 "按: 郝說是也,〈藏經本〉正作'有西王母之山', 王念孫·孫星衍校同"이라 함.

【有沃民之國】 원문은 '有沃之國'으로 되어 있으며 '民'자가 누락되었음. 王念孫은 "《類聚》(木部下)'沃'下有'民'字. 《文選》(十九之十三. 洛神賦)同,《御覽》(居住六)同,〈珍寶八〉同,〈羽族十五〉同,〈木部六〉同"이라 함. 袁珂는 "按: 經文'沃之國' 應作'沃民之國', '沃之野'即〈海外西經〉(523)'諸夭之野'也"라 함.

【鳳鳥之卵是食】 袁珂는 "按: 呂氏春秋本味篇云:「流沙之西, 丹山之南, 有鳳之丸, 沃民所食.」即此. 高誘注:「丸, 古卵字也.」"라 함.

【凡其所欲, 其味盡存】 郭璞은 "言其所願滋味, 此無所不備"라 함.

【視肉】 聚肉. 전설 속의 짐승 이름. 郭璞은 "聚肉, 形如牛肝, 有兩目也. 食之無盡, 尋復更生如故"라 하였고, 郝懿行은 "《北堂書鈔》(145)引此經作'食之盡', 今本'無'字衍也"라 함. 아무리 잘라먹어도 다시 돋는 소의 간과 같은 것이라 함.

【璇瑰·瑤碧】 瑄瑰, 琁瑰로도 표기하며 옥 이름. 郭璞은 "璇瑰亦玉名.《穆天子傳》曰:「枝斯璿瑰.」枚回二音"이라 하였고, 郝懿行은 "李善注〈江賦〉及〈洛神賦〉引此經並作璿瑰. 于引郭注云:「璿瑰亦玉名也, 璿·回兩音.」是知經文'璇瑰', 注文'枚回'並今本譌矣.〈大荒北經〉(795)正作璿瑰·瑤碧, 可證"이라 하여 '璿瑰'로 표기해야 함을 말함.

【白木】 郭璞은 "樹色正白. 今南方有文木, 亦黑木也"라 하였고, 郝懿行은 "文木即今烏木也"라 함.

【白丹·靑丹】 郭璞은 "又有黑丹也.《孝經授神契》云:「王者德至山陵而黑丹出.」然則丹者別是彩名, 亦猶黑白黃皆云丹也"라 하였고, 郝懿行은 "黑丹即下文'玄丹'是也. 白丹者,《鶡冠子》度萬篇云:「膏露降, 白丹發.」是其事也"라 함.

【鸞鳳】 袁珂는 "按: 經文鸞鳳〈藏經本〉作鸞鳥,〈吳任臣本〉·〈汪紱本〉·〈畢沅本〉同. 作鸞鳥是也. 玆經各卷所記均作鸞鳥, 無作'鸞鳳'者, '鳳'字譌"라 하여 난조여야 한다고 하였음.

【是謂沃之野】 袁珂는 "按: 經文'沃之野',〈藏經本〉'沃'下多'民'字"라 하여 '沃民之野'로 표기된 것이 더 많다고 하였음.

＊원전은 본 장과 다음 장이 연결되어 있음.

762(16-18) 삼청조三靑鳥

삼청조三靑鳥가 있어 붉은 머리에 검은 눈을 하고 있다. 이들은 이름을 대려大鵹, 소려少鵹, 청조靑鳥 등 세 가지로 부른다.

有三靑鳥, 赤首黑目: 一名曰大鵹, 一名曰少鵹, 一名曰靑鳥.

【三靑鳥】郭璞은 "皆西王母所使也"라 하였음. '三靑鳥'는 〈海內北經〉 西王母 (609) 부분을 볼 것.
【大鵹】郭璞은 "音黎"라 함.

763(16-19) 헌원대軒轅臺

헌원대軒轅臺가 있다. 이곳 사람들은 감히 서쪽을 향하여 활을 겨누지 못한다. 헌원대를 두려워하기 때문이다.

有軒轅之臺, 射者不敢西鄉, 畏軒轅之臺.

【射者不敢西鄉】원문은 '射者不敢西鄉射'라 하였으나 맨 뒤의 '射'자는 없어야 함. 郝懿行은 《藝文類聚》(62)引此經無'射'字, 〈藏經本〉亦無'射'字. '向'作'鄉', 是也'라 함. 袁珂는 "按: 郝說是也, 王念孫·畢沅均校衍'射', 孫星衍校'向'作'鄉'" 이라 함.
【畏軒轅之臺】郭璞은 "敬難黃帝之神"이라 하였고, 郝懿行은 "'臺'亦'丘'也. 〈海外西經〉(522)云: 「不敢西射, 畏軒轅之丘.」"라 함.

황제(黃帝) 헌원씨(軒轅氏)

764(16-20) 용산龍山

대황 가운데에 용산龍山이 있다. 해와 달이 져서 이곳으로 들어간다.

大荒之中, 有龍山, 日月所入.

【龍山, 日月所入】袁珂는 "按: 此龍山爲日月所入山之二也"라 함.
＊袁珂는 본 장과 다음 장을 하나로 묶어 정리하였음.

765(16-21) 삼택수三澤水

삼택수三澤水가 있어 이름을 삼뇨三淖라 하며 곤오昆吾가 먹이를 구하는
곳이다.

有三澤水, 名曰三淖, 昆吾之所食也.

【三澤水】郭璞은 "《穆天子傳》云:「滔水, 濁繇氏之所食.」亦此類也"라 하였고,
郝懿行은 "食謂食其國邑. 〈鄭語〉云:「主芣騩而食溱·洧.」是也"라 함.

766(16-22) 여축시女丑尸

사람이 있어 푸른 옷을 입고 있으며 소매로 얼굴을 가리고 있다. 이름을 여축시女丑尸라 한다.

有人衣青, 以袂蔽面, 名曰女丑之尸.

【以袂蔽面】郭璞은 "袂, 袖"라 함.
【女丑之尸】袁珂는 "按: 女丑之尸已見〈海外西經〉(517), 彼云'以右手鄣其面', 蓋亦圖象之不同也"라 함.

여축시(女丑尸)

767(16-23) 여자국女子國

여자국女子國이 있다.

有女子之國.

【女子國】 郭璞은 "王頎至沃沮國, 盡東界, 問耆老, 云: 「國人嘗乘船捕魚遭風, 見吹數十日, 東一國, 在大海中, 純女無男.」 卽此國也"라 하였고, 郝懿行은 "女子國已見〈海外西經〉(520). 郭注本《三國志》魏志烏丸鮮卑東夷傳"이라 함.

그곳의 주에 袁珂는 "按:《淮南子》地形訓有 '女子民'.〈大荒西經〉(767)云:「有女子之國.」"이라 함. 黃池에 목욕을 하고 나오면 임신을 하며, 남자아이를 낳을 경우 세 살이면 아이가 죽어 버려 남자가 없게 된다 하였음. 한편 본 이야기는《博物志》(2)에 "有一國亦在海中, 純女 無男. 又說得一布衣, 從海中浮出, 其身如中國

여자국(女子國)

人衣, 兩袖長三丈. 又得一破船, 隨波出在海岸邊, 有一人項中復有面, 生得之, 與語不相通, 不食而死. 其地皆在沃沮東大海中"라 하였고, 그 외《三國志》 魏志 東夷傳 東沃沮에는 "又言有一國亦在海中, 純女無男. 又說得一布衣, 從海中浮出, 其身如中國人衣, 其兩袖長三丈. 又得一破船, 隨波出在海岸邊, 有一人項中復有面, 生得之, 與語不相通, 不食而死. 其域皆在沃沮東大海中"이라 하였으며,《後漢書》東夷傳 東沃沮에도 "其耆老言: 嘗於海中得一布衣, 其形如中人衣, 而兩袖長三丈. 又於岸際見一人乘破船, 項中復有面, 與語不通, 不食而死. 又說: 海中有女國. 無男人. 或傳其國有神井, 闚之輒生子云"이라 기록되어 있음.

768(16-24) 도산桃山

도산桃山이 있고, 맹산蝱山이 있으며, 계산桂山이 있고 우토산于土山이
있다.

有桃山. 有蝱山, 有桂山. 有于土山.

【蝱山, 有桂山】蝱은 '虻'의 이체자. 郝懿行은 "上文已有芒山·桂山.. 芒·蝱聲
同也"라 함.

769(16-25) 장부국丈夫國

장부국丈夫國이 있다.

有丈夫之國.

【丈夫國】郭璞은 "其國無婦人也"라 하였고, 郝懿行은 "丈夫國已見〈海外西經〉
(516)"이라 함.

770(16-26) 엄주산彝州山

엄주산彝州山이 있다. 오채조五采鳥가 입을 벌리고 하늘을 우러러보고 있다. 이름을 명조鳴鳥라 한다.

그곳에는 온갖 음악과 가무의 풍류가 있다.

有彝州之山. 五采之鳥仰天, 名曰鳴鳥.

爰有百樂歌儛之風.

【五采之鳥仰天】郭璞은 "張口噓天"이라 함.

【鳴鳥】郝懿行은 "鳴鳥蓋鳳屬也.《周書》君奭云:「我則鳴鳥不聞.」《國語》云: 「周之興也, 鸑鷟鳴于岐山.」"이라 하였고, 袁珂는 "按: 郝說是也. '鳴鳥'卽〈海內西經〉(595)之'孟鳥', ……均鳳類也"라 함. 滅蒙鳥(507)와도 같은 새임.

【爰有百樂歌儛之風】郭璞은 "爰有百種伎樂歌儛風曲"이라 하였고, 郝懿行은 "《文選》注王融〈曲水詩序〉引此經'儛'作'舞', 餘同. 注'爰'字, 明〈藏本〉作'言', 是也"라 함. 袁珂는 "按: 王念孫亦校'爰'作'言'"이라 함.

771(16-27) 헌원국軒轅國

헌원국軒轅國이 있다. 그곳 강산江山의 남쪽에 살면 길吉하다. 천수를
누리지 못하는 사람일지라도 800세는 산다.

有軒轅之國. 江山之南棲爲吉. 不壽者乃八百歲.

【軒轅之國】521을 볼 것. 郭璞은 "其人人面蛇身"이라 하였고, 袁珂는 "按:
軒轅國人, '人面蛇身, 尾交首上'. 見〈海外西經〉(521). 又郭此注六字, 明〈藏本〉
作經文"이라 하여 '其人人面蛇身' 여섯 자는 明〈藏本〉에는 본문으로 되어
있다 하였음.
【江山之南棲爲吉】郭璞은 "卽窮山之際也. 山居爲棲. 吉者言無凶夭"라 하였고,
袁珂는 "按: 此亦疑是巫師咒語滲入者"이라 함.
【不壽者乃八百歲】郭璞은 "壽者數千歲"라 함.

772(16-28) 엄자弇玆

서쪽 바다의 섬에 신이 있다. 사람의 얼굴에 새의 몸을 하고 있으며 두 귀에 청사青蛇를 귀고리로 달고 있으며, 발로 두 마리 적사赤蛇를 밟고 있다. 이름을 엄자弇玆라 한다.

西海陼中, 有神, 人面鳥身, 珥兩靑蛇, 踐兩赤蛇, 名曰弇玆.

【西海陼中】郝懿行은 "爾雅云:「小洲曰陼.」"라 함. '陼'는 '渚'와 같음. 물가의 모래톱. 三角洲. 음은 '저.'

【弇玆】方位의 神이면서 동시에 海神, 風神. 郝懿行은 "此神形狀, 全似北方神禺彊. 唯彼作踐兩靑蛇爲異, 見〈海外北經〉(550)"이라 하였고, 袁珂는 "按:此神與北方神禺彊, 東方神禺䝞(700), 似均同屬海神而兼風神"이라 함.

엄자(弇玆)

773(16-29) 일월산日月山

대황 가운데에 산이 있으니 그 이름을 일월산日月山이라 한다. 하늘의 지도리이다.

오거천문산吳姬天門山은 해와 달이 져서 들어가는 곳이다.

그곳에 신이 있어 사람의 얼굴이며 팔이 없다. 두 다리는 뒤로 젖혀 머리 위로 올려놓고 있다. 이름을 허噓라 한다.

전욱顓頊이 노동老童을 낳고 노동이 중重과 여黎를 낳았다. 천제가 중으로 하여금 두 손으로 하늘을 받치고 있도록 하였다. 그리고 여에게는 땅이 꺼지지 않도록 잡고 있도록 하였다. 여는 꺼지는 땅을 들어 올리고 있다가 일噎을 낳았다. 이들이 서쪽 끝에 살면서 해와 달, 별들의 운행과 차례를 관장하게 된 것이다.

大荒之中, 有山名曰日月山. 天樞也.

吳姬天門, 日月所入.

有神, 人面無臂, 兩足反屬于頭上, 名曰噓.

顓頊生老童, 老童生重及黎, 帝令重獻上天, 令黎邛下地, 下地是生噎, 處于西極, 以行日月星辰之行次.

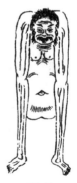

허(噓)

【吳姬】'吳姬'로도 표기함. 郝懿行은 "姬字, 《說文》·《玉篇》所無. 〈藏經本〉作 '姬'"라 함.

【日月所入】袁珂는 "此日月山爲日月所入山之三也"라 함.

【頭上】원문은 '頭山'으로 되어 있으나 이는 '頭上'의 오기임. 袁珂는 "按: '山'當爲'上'字之譌. 〈宋本〉·〈吳寬抄本〉·〈藏經本〉作'上'. 王念孫·畢沅·邵恩多 校同"이라 함.

【名曰噓】郭璞은 "言噓啼也"라 하였고, 袁珂는 "按: 郭注此四字, 王念孫校作 音晞"라 함.

【顓頊生老童】郝懿行은 "《史記》楚世家云:「高陽生稱, 稱生卷章.」譙周云: 「老童卽卷章.」"이라 하였고, 袁珂는 "按: 老童·卷章, 竝字形相似"라 함.

【帝令重獻上天, 令黎邛下地】郭璞은 "古者人神雜擾無別, 顓頊乃命南正重司天 以屬神, 命火正黎司地以屬民. 重實上天, 黎實下地. '獻'·'邛'義未詳也"라 함. 이에 대해 袁珂는 "按: 郭注本《國語》楚語文, 韋昭注'重實上天, 黎實下地'二語 云:「言重能擧上天, 黎能抑下地.」似卽本此經'獻'·'邛'義爲說. 則'獻'·'邛'之義 殆卽'擧·抑'乎? '獻'有'擧'義固易曉, '邛'有'抑'義則難知矣. 疑'邛'初本作'印'. ……其實'抑'·'印'古本一字, '印'卽'抑'也. '帝令重獻上天, 令黎印下地', 韋昭所見 《山海經》或卽如此, 義固如也. 殆後'印'一譌而爲'卬', 再譌而爲'邛', 爲'邛', 則晦昧難曉矣. 郭注云'義未詳', 則字已有譌誤, 又可知矣"라 하여, '獻'은 '하늘을 위로 받쳐 무너지지 않도록 하다'의 뜻이며, '邛'은 '印'자의 譌形으로 '抑'의 뜻으로 '땅이 꺼지지 않도록 잡고 있다'(혹 땅이 솟아오르지 않도록 아래로 누르고 있다)의 뜻으로 보았음.

【下地是生噎】郝懿行은 "此語難曉, 〈海內經〉(867)云:「后土生噎鳴.」此經與相涉, 而文有闕脫, 遂不可復讀"이라 함. 이에 대해 袁珂는 "按: 此'噎'卽上文之'噓', 亦卽〈海內經〉之'噎鳴'. 〈海內經〉云:「后土生噎鳴.」而此經'黎邛(印)下地', 是'黎' 卽'后土'也. 黎所生之'噎', 卽后土所生之'噎鳴'也"라 하여, 黎가 곧 后土이며 '噎'은 '噓'이며 이가 곧 '噎鳴'이라 하였음.

【日月星辰之行次】郭璞은 "主察日月星辰之度數次舍也"라 하였고, 원가는 "按:《國語》楚語云:「以至於夏商, 故重黎世叙天地, 而別其主分者也.」卽此 經噎處西極行日月星辰行次之歷史化也"라 함.

774(16-30) 천우天虞

사람이 있어 팔이 거꾸로 굽혀진다. 이름을 천우天虞라 한다.

有人反臂, 名曰天虞.

【天虞】郭璞은 "卽尸虞也"라 하였고, 郝懿行은 "尸虞未見所出, 據郭注當有成文, 疑在經內, 今逸"이라 하여 곽박 주의 '尸虞'는 逸文일 것이라 하였음.

775(16-31) 상희常羲

어떤 여자가 있어 바야흐로 달을 목욕시키기고 있다. 제준帝俊의 처 상희常羲가 12개의 달을 낳아 이때에 처음으로 목욕을 시키고 있는 것이다.

有女子方浴月, 帝俊妻常羲, 生月十二, 此始浴之.

【有女子方浴月】郝懿行은 《北堂書鈔》(150)引'浴'上有'澄'字'라 하여 '有女子方澄浴月'로 되어 있다 하였음. 한편 '方'자는 그림의 모습이 바야흐로 그러한 상황을 그려놓고 있음을 말한 것임.

【帝俊妻常羲】袁珂는 "按: 《世本》帝繫篇云: 「帝嚳下妃娵訾氏之女, 曰常儀, 其生帝摯」義·儀聲近, 常羲卽常儀也. 是帝俊亦卽帝嚳也"라 함.

【此始浴之】郭璞은 "羲與羲和浴日同"이라 함.

776(16-32) 현단산玄丹山

현단산玄丹山이 있다. 오색조五色鳥가 있으며 사람 얼굴에 머리카락이
있다.

그곳에는 청문青鳶, 황오黃鷔, 청조青鳥, 황조黃鳥가 있으며, 그들이 모여
드는 곳은 그 나라가 망하고 만다.

有玄丹之山, 有五色之鳥, 人面有髮.

爰有青鳶·黃鷔, 青鳥·黃鳥, 其所集者其國亡.

【玄丹之山】郭璞은 "出黑丹也"라 하였고, 郝懿行은 "上文沃民國有青丹. 郭云
‘又有黑丹也’(761 注), 謂此"라 함. 袁珂는 "按:〈藏經本〉經文‘玄丹之山’下有
‘者’字"라 함.

【有五色之鳥】袁珂는 "按: 此‘人面有髮’之五色鳥, 大約卽下文‘青鳶·黃鷔’之類.
說詳後"라 함.

【青鳶】郭璞은 "音文"이라 함.

【黃鷔】郭璞은 "音敖"라 함.

【青鳥·黃鳥】袁珂는 "按: 經文青鳥·黃鳥, 大約卽釋上文青鳶·黃敖者. 說詳後"
라 함.

【其所集者其國亡】袁珂는 "按:〈海內西經〉(515)云:「鳶鳥·鶹鳥, 其色青黃, 所經
國亡」又云:「青鳥·黃鳥所集」卽此是也. 其云‘其色青黃’, 可知彼經下文‘青鳥·
黃鳥’卽上文‘鳶鳥·鶹鳥’, 此經下文‘青鳥·黃鳥’亦卽上文‘青鳶·黃鷔’矣.〈海內
西經〉又云:「此鳥人面居山上.」可知此經‘人面有髮’之五色鳥卽‘鳶鳥·鶹鳥’,
亦卽‘青鳶·黃鷔’矣. 古文樸陋, 故記之凌雜也"라 함.

777(16-33) 맹익공전욱지孟翼攻顓頊之池

못이 있어 이름을 맹익공전욱지孟翼攻顓頊之池라 한다.

有池, 名孟翼之攻顓頊之池.

【孟翼之攻顓頊之池】郭璞은 "孟翼, 人姓名"이라 하였고, 袁珂는 "按: 孟翼之
攻顓頊池者, 蓋猶此經上文禹攻共工國山. 皆因事以名地也. 孟翼或亦共工之類,
其攻顓頊者, 亦黃炎鬪爭之餘緒也"라 함.

778(16-34) 오오거鏖鏊鉅

대황 가운데에 산이 있으니 그 이름을 오오거鏖鏊鉅라 하며 해와 달이
져서 들어가는 곳이다.

大荒之中, 有山名曰鏖鏊鉅, 日月所入者.

【鏖鏊鉅】郭璞은 "鏊音如敖"라 하였고, 袁珂는 "按: 此鏖鏊鉅山, 爲日月所入
山之四也"라 함.

779(16-35) 병봉屛蓬

짐승이 있어 좌우 양쪽에 머리가 나 있다. 이름을 병봉屛蓬이라 한다.

有獸, 左右有首, 名曰屛蓬.

【屛蓬】幷封과 같음. 郭璞은 "卽幷封也. 語有輕重耳"라 하였고, 郝懿行은
"〈海外西經〉(519)云, 幷封前後有首, 此云左右有首, 又似非一物也"라 하였으나,
袁珂는 "按: 郭說'屛蓬'卽'幷封'是也. 或前後·或左右有首者, 皆獸牝牡相合之象,
郝云'似非一物', 其說泥矣. 已見〈海外西經〉(519)幷封節注"라 함.

병봉(屛蓬)

780(16-36) 무산巫山

무산巫山이라는 산이 있고, 학산壑山이라는 산이 있다.

금문산金門山이 있고 그곳에 사람이 있어 황거시黃姫尸라 한다.

비익조比翼鳥가 있다.

백조白鳥가 있어 푸른 날개에 노란 꼬리, 검은 부리를 가지고 있다.

적견赤犬이 있으니 이름을 천견天犬이라 하며 그가 내려오는 곳이면 전쟁이 난다.

有巫山者. 有壑山者.

有金門之山, 有人名曰黃姫之尸.

有比翼之鳥.

有白鳥, 靑翼, 黃尾, 玄喙.

有赤犬, 名曰天犬, 其所下者有兵.

【有巫山者】巫山은 〈大荒南經〉(717)을 볼 것.

【壑山】袁珂는 "按: 上文已有壑山·海山"이라 함.

【黃姫之尸】郝懿行은 "姫', 〈藏經本〉作'姫'"라 하여 〈장경본〉에는 '黃姫之尸'로 되어 있음.

【比翼之鳥】〈海外南經〉(486)을 볼 것.

【天犬】〈西次三經〉(097)의 '天狗'와는 다른 짐승으로 보고 있음. 郭璞은 "《周書》
云: 「天狗所止地盡傾, 餘光燭天爲流星, 長十數丈, 其疾如風, 其聲如雷, 其光
如電.」 吳楚七國反時吠過梁國者也"라 함. 이에 대해 郝懿行은 "赤犬名天犬,
此自獸名, 亦如〈西次三經〉(097)陰山有獸名天狗耳, 郭注以天狗星當之, 似誤也.
其引《周書》,《周逸書》無之"라 함.

781(16-37) 염화산炎火山

서쪽 바다 남쪽, 유사流沙 물가, 적수赤水의 뒤쪽, 흑수黑水의 앞쪽에 대산大山이 있어 이름을 곤륜구昆侖丘라 한다.

그곳에 신이 있으니 사람 얼굴에 호랑이 몸이며 무늬가 있고 꼬리가 있는데 모두가 흰색이다. 그곳에 살고 있다.

그 아래에는 약수弱水의 깊은 못이 둘러 쳐져 있고 그곳 밖에는 염화산 炎火山이 있어서 그 산에 물건을 버리면 곧바로 불이 붙는다.

어떤 사람이 있어 옥승玉勝을 머리에 얹고 있으며 호랑이 이빨에 표범 꼬리이며 굴에 살고 있다. 이름을 서왕모西王母라 한다.

이 산에는 만물이 모두 있다.

西海之南, 流沙之濱, 赤水之後, 黑水之前, 有大山, 名曰 昆侖之丘.

有神, 人面虎身, 有文有尾, 皆白, 處之.

其下有弱水之淵環之, 其外有炎火之山, 投物輒然.

有人戴勝, 虎齒, 豹尾, 穴處, 名曰西王母.

此山萬物盡有.

【昆侖】'崑崙'으로도 표기하며 중국 신화 속에 가장 많이 등장하는 상상 속의 산 이름. 실제 중국 대륙 서쪽의 끝 히말라야, 힌두쿠시, 카라코룸의 3대 산맥의 하나인 카라코룸 산맥이 主山을 疊韻連綿語 '昆侖·崑崙'(Kūnlún)으로

비슷하게 音譯하여 표기하였다고도 함. 본 《山海經》에는 '昆侖山', '昆侖丘', '昆侖虛' 등으로 표기되어 있음.

【有文有尾】 袁珂는 "按:《太平御覽》引此經止作'文尾', 無兩'有'字. 兩'有'字疑衍"이라 하여 '文尾'로 되어 있음을 말함.

【皆白】 郭璞은 "言其尾以白爲點駁"이라 하였고, 袁珂는 "按:〈西次三經〉 (089)云:「昆侖之丘, 是實惟帝之下都, 神陸吾司之. 其神狀虎身而九尾, 人面而虎爪. 是神也, 司天之九部及帝之囿時」. 卽此神"이라 함.

【弱水之淵】 郭璞은 "其水不勝鴻毛"라 함. 이 弱水는 〈海內西經〉(600)과 581주를 볼 것. 곽박《圖讚》에 "弱出昆山, 鴻毛是沈. 北淪流沙, 南暎火林. 惟水之奇, 莫測其深"이라 함.

【炎火之山】 郭璞은 "今去扶南東萬里, 有耆薄國, 東復五千里許, 有火山國, 其山雖霖雨, 火常然. 火中有白鼠, 時出山邊求食, 人捕得之, 以毛作布, 今之火澣布是也. 卽此山之類"라 함. 그리고 《圖讚》에는 "木含陽氣, 精構則然. 焚之無盡, 是生火山. 理見乎微, 其傳在傳"이라 함. 한편 火澣布(火浣布)에 대해서는 《博物志》(2)에 《周書》曰:「西戎獻火浣布, 昆吾氏獻切玉刀」. 火浣布汚則燒之則潔, 刀切玉如臘. 布, 漢世有獻者, 刀則未聞"이라 하였고, 《列子》湯問篇에도 "周穆王大征西戎, 西戎獻錕鋙之劍, 火浣之布, 其劍長尺有咫, 練鋼赤刃, 用之切玉如切泥焉. 火浣之布, 浣之必投於火; 布則火色, 垢則布色; 出火而振之, 皓然疑乎雪. 皇子以爲無此物, 傳之者妄. 蕭叔曰:「皇子果於自信, 果於誣理哉!」"라 하였으며, 《搜神記》(13) 「火浣布」에는 "崑崙之墟, 地首也. 是惟帝之下都, 故其外絶以弱水之深, 又環以炎火之山. 山上有鳥獸草木, 皆生育滋長於炎火之中, 故有火澣布. 非此山草木之皮枲, 則其鳥獸之毛也. 漢世, 西域舊獻此布, 中間久絶. 至魏初時, 人疑其無有. 文帝以爲火性酷烈, 無含生之氣, 著之《典論》, 明其不然之事, 絶智者之聽. 及明帝立, 詔三公曰:「先帝昔著《典論》, 不朽之格言. 其刊石于廟門之外及太學, 與石經並, 以永示來世.」至是西域使人獻火浣布袈裟, 於是刊滅此論, 而天下笑之"라 하였고, 《三國志》魏志(四) 注에도 《搜神記》를 인용하여, "崐崙之墟, 有炎火之山, 山上有鳥獸草木, 皆生於炎火之中, 故有火浣布, 非此山草木之皮枲, 則其鳥獸之毛也. 漢世, 西域舊獻此布, 中間久絶; 至魏初, 時人疑其無有. 文帝以爲火性酷烈, 無含生之氣, 著之《典論》, 明其不然之事, 絶智者之聽. 及明帝立, 詔三公曰:「先帝昔著《典論》, 不朽之格言. 其刊石於廟門之外及太學, 與石經並, 以永示來世.」至是西域使至而獻火浣布焉, 於是刊滅此論, 而天下笑之. 臣松之昔從征西至洛陽, 歷觀

舊物, 見《典論》石在太學者尙存, 而廟門外無之, 問諸長老, 云晉初受禪; 卽用
魏廟, 移此石于太學, 非兩處立也. 竊謂此言爲不然"라 하였으며 같은 魏志에
東方朔의 《神異經》을 인용하여 "南荒之外有火山, 長三十里, 廣五十里, 其中
皆生不燼之木, 晝夜火燒, 得暴風不猛, 猛雨不滅. 火中有鼠, 重百斤, 毛長
二尺餘, 細如絲, 可以作布. 常居火中, 色洞赤, 時時出外而色白, 以水逐而沃
之卽死, 續其毛, 續其毛, 織以爲布"라 하였고, 《法苑珠林》(37)에도 《搜神記》를
인용하여 "崑崙之墟, 有炎火之山, 山上有鳥獸草木, 皆生於炎火之中, 故有火
浣布. 非此山草木之皮, 則獸之毛也. 魏文帝以爲火性酷烈, 無含養之氣, 著之
《典論》, 刊廟門之外. 是時西域使人獻火浣布袈裟, 於是刊滅此論也"라 하였고,
《藝文類聚》(7)에도 《搜神記》를 인용하여 "崑崙之山. 地首也. 是惟帝之下都.
故其外絶以弱水之深. 又環以炎火之山. 山上有鳥獸草木. 皆生育滋茂於炎火
之中. 故有火澣布, 非此山之皮枲, 則其鳥獸之毛也"라 하는 등 널리 알려져
있음.

【輒然】 '然'은 '燃'의 본자. 즉시 불이 붙음. 불에 탐.

【西王母】 郭璞은 "《河圖玉版》亦曰: 「西王母去昆侖之山.」 〈西山經〉(092)曰:
「西王母居玉山」 《穆天子傳》曰: 「乃紀名迹于弇山之石, 曰西王母之山」也. 然則
西王母雖以昆侖之宮, 亦自有離宮別窟, 不專住一山也. 故記事者各擧所見而
言之"라 함. 袁珂는 "按: 經文 '有豹尾', 王念孫校衍 '有'字, 郭注 '西王母雖以昆
侖之宮', 王念孫·郝懿行幷校以爲 '居', 是也"라 함.

서왕모(西王母)

782(16-38) 상양산常陽山

대황의 가운데에 산이 있어 이름을 상양산常陽山이라 한다. 해와 달이
져서 그곳으로 들어간다.

大荒之中, 有山名曰常陽之山. 日月所入.

【常陽之山】袁珂는 "按: 此常陽山爲日月所入山之五也"라 함.

783(16-39) 한황국寒荒國

한황국寒荒國이 있다. 두 사람이 있으니 여제女祭와 여멸女薎이다.

有寒荒之國. 有二人女祭·女薎.

【女祭·女薎】郭璞은 "或持觶, 或持俎"라 하였고, 郝懿行은 "薎, 當爲'薎'字之誤. 〈海外西經〉(514)云'女祭·女戚'卽薎也. 郭云'持觶', '觶'亦'觶'字之誤也"라 함. 한편 袁珂는 "按: 女祭·女薎, 卽〈海外西經〉(514)之女祭·女戚. 蓋祀神之女巫也"라 함.

784(16-40) 수마국壽麻國

수마국壽麻國이 있다. 남악南嶽의 신이 주산州山의 딸을 아내로 맞았는데 그 이름이 여건女虔이다. 여건은 계격季格을 낳고 계격이 수마를 낳았다.

수마는 태양 아래 똑바로 서 있어도 그림자가 없으며 크게 소리를 질러도 음향이 없다.

그곳은 너무 더워 가 볼 수가 없다.

有壽麻之國, 南嶽娶州山女, 名曰女虔. 女虔生季格, 季格生壽麻.

壽麻正立無景, 疾呼無響.

爰有大暑, 不可以往.

【壽麻之國】壽靡國이라고도 함. 郭璞은 《呂氏春秋》曰:「南服壽麻, 北悔闟耳.」라 하였고, 郝懿行은 "郭引《呂氏春秋》任數篇文也. '南'當爲'西', 字之譌. '壽麻', 彼作'壽靡'. 高誘注云:「西極之國. '靡'亦作'麻'.」 今按'麻'·'靡'古字通"이라 함. 袁珂는 "按:〈藏經本〉南服壽麻'南'正作'西'"라 함.

【南嶽】吳任臣은 《冠篇》:「黃帝鴻初爲南嶽之官, 故名南嶽.」이라 하였으나, 袁珂는 "按: 吳所引《冠篇》, 雖系後起之說, 未足爲據. 然此'南嶽'實亦當爲黃帝系人物. 經又云:「壽麻正立無景, 疾呼無響, 爰有大暑, 不可以往」并疑與〈大荒北經〉(816)黃帝女魃之神話有關, 壽麻其黃帝女魃之轉化乎?"라 하여 魃이 아닌가 하였음.

【日中無景, 呼而無響】郭璞은 "言其稟氣有異於人也. 列仙傳曰:「玄俗無景.」"
이라 하였고, 郝懿行은 《淮南》地形訓言:「建木日中無景, 呼而無響」也라 함.
'景'은 '影'의 본자. 그림자를 말함.

【爰有大暑, 不可以往】郭璞은 "言熱炙殺人也"라 하였고, 郝懿行은 "《楚辭》
招魂云:「西方之害, 其土爛人, 求水無所得些.」王逸注云:「言西方之土, 溫暑
而熱, 焦爛人肉, 渴浴求水, 無有源泉, 不可得也.」亦此類"라 함.

785(16-41) 하경시夏耕尸

어떤 사람이 있어 머리가 없다. 창과 방패를 잡고 있으며 이름을 하경시夏耕尸라 한다.

옛날 성탕成湯이 하걸夏桀을 장산章山에서 쳐서 승리하고는 그 앞에서 경耕의 목을 베었다. 그러자 잠시 뒤 경이 다시 일어섰는데 머리가 없었다. 이에 그는 달려가 죄에서 벗어나려고 무산巫山으로 달려가 숨어버렸다.

有人無首, 操戈盾立, 名曰夏耕之尸.
故成湯伐夏桀于章山, 克之, 斬耕厥前,
耕旣立, 無首, 走厥咎, 乃降于巫山.

하경시(夏耕尸)

【夏耕之尸】郭璞은 "亦刑天尸之類"라 하였고, 袁珂는 "按: 夏耕·刑天尸象雖同, 其精神實質則有以異也"라 함.

【故成湯伐夏桀于章山】郭璞은 "于章, 山名"이라 하였으나, 郝懿行은 "郭以'于章'爲山名. 未詳所在.《史記》夏本紀正義引《淮南子》云:「湯敗桀於歷山, 與妹喜同舟浮江奔南巢之山而死.」今按《淮南》脩務訓云:「湯乃整兵鳴條, 困夏南巢, 譙以其過, 放之歷山.」此卽《史記》正義所引也. 高誘注云:「南巢, 今廬江居巢, 是歷山, 蓋歷陽之山. 未審. 卽此經章山以不?"이라 함. 그러나 袁珂는 '于'는 介詞이며, '章山'이 산 이름이라 하였음. "按: 郭以'于章'爲山名, 蓋誤也. '章山'始是山名, '于'乃介詞, 猶下文'乃降于巫山'之'于'也"라 함.

【斬耕厥前】郭璞은 "頭亦在前者"라 하였고, 袁珂는 "按: 郭注似說所見圖象" 이라 함.

【耕旣立, 無首】郝懿行은 "〈藏經本〉作'耕旣無首, 立', '立'字在'無首'字下"라 함.

【㐬厥咎】㐬는 '走'의 본자. 다른 판본에는 모두 '走'자로 되어 있음. '厥'은 '其'와 같음. 雙聲互訓. '咎'는 허물이나 죄. 그가 지은 죄에서 도피하여 도망함. 郭璞은 "逃避罪也"라 함.

【乃降于巫山】郭璞은 "自竄於巫山. 巫山在今建平巫縣"이라 함. 《晉書》地理志를 볼 것.

성탕(成湯)

786(16-42) 오회吳回

어떤 사람이 있어 이름을 오회吳回라 한다. 왼쪽 팔 하나만 있고 오른쪽 팔이 없다.

有人名曰吳回, 奇左, 是無右臂.

【有人~是無右臂】郭璞은 "即奇肱也. 吳回, 祝融弟, 亦爲火正也"라 하였으나, 郝懿行은 "此非奇肱國也.《說文》云:「孑, 無臂也. 即此類. 吳回者,《大戴禮》帝繫篇云:「老童産重黎及吳回.」《史記》楚世家云:「帝嚳誅重黎而以其弟吳回爲重黎, 後復居火正, 爲祝融」是皆以重黎爲一人, 吳回爲一人.《世本》亦同. 此經上文即以重·黎爲二人, 似黎即吳回"라 하여 重·黎를 각기 두 사람으로 볼 경우 '黎'가 바로 이 吳回라 하였음.

787(16-43) 개산국蓋山國

개산국蓋山國이 있다. 그곳에 나무가 있어 붉은 껍질에 줄기가 찢어져
있다. 푸른 꽃이 피며 이름을 주목朱木이라 한다.

有蓋山之國, 有樹, 赤皮支幹, 青華, 名曰朱木.

【朱木】郭璞은 "或作'朱威木'也"라 하였고, 郝懿行은 "按: 朱木已見〈大荒南經〉
(739). 靑葉作靑華, 是也. 此蓋字形之譌"라 함.

788(16-44) 일비민一臂民

팔이 하나인 백성이 있다.

有一臂民.

【有一臂民】郭璞은 "北極下亦有一脚人, 見《河圖玉版》"이라 하였고, 郝懿行은
"一臂國已見〈海外西經〉(511)"이라 함.

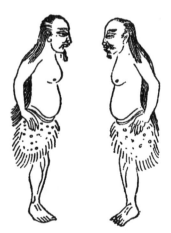

일비민(一臂民)

789(16-45) 대황산大荒山

대황 가운데에 산이 있으니 이름을 대황산大荒山이라 한다. 해와 달이
져서 들어가는 곳이다.

그곳에 사람이 있어 얼굴이 셋이다. 이는 전욱顓頊의
자손으로 얼굴이 세 면이며 팔이 하나이다. 세 얼굴의 이
사람들은 죽지 않는다. 이곳을 일러 대황야大荒野라 한다.

大荒之中, 有山名曰大荒之山, 日月所入.

有人焉三面, 是顓頊之子, 三面一臂, 三面

之人不死, 是謂大荒之野.

삼면일비(三面一臂)

【大荒之山, 日月所入】袁珂는 "按: 此大荒山爲日月所入山之
六也"라 함.

【三面一臂】郭璞은 "無左臂也"라 함.

【三面之人】郭璞은 "言人頭三邊各有面也. 玄菟太守王頎至沃
沮國, 問其耆老, 云:「復有一破船, 隨波出在海岸邊上, 有一
人頂中復有面, 與語不解, 了不食而死」此是兩面人也.《呂氏
春秋》曰:「一臂三面之鄕」也"라 하였고, 郝懿行은 "《呂氏春秋》
求人篇云:「禹西至一臂三面之鄕」本此. 郭說兩面人本《魏志》
東夷傳"이라 함.

삼면인(三面人)

790(16-46) 하후개夏后開

서남쪽 바다 안, 적수赤水의 남쪽, 유사流沙의 서쪽에 사람이 있어
두 귀에 청사青蛇를 귀고리로 하고 있으며 두 마리 청룡青龍을 타고 있다.
이름을 하후개夏后開라 한다.

하후개는 세 번 빈객賓客이 되어 하늘을 다녀왔다. 그리하여 하늘의
음악인 〈구변九辯〉과 〈구가九歌〉를 얻어 땅으로 내려왔다.

이곳은 천목야天穆野로서 높이가 2천 길이나 되며 하후개가 처음으로
〈구소(九招, 九韶)〉의 음악을 만든 곳이다.

西南海之內, 赤水之南, 流沙之西, 有人珥兩青蛇, 乘兩
青龍, 名曰夏后開.

開上三嬪于天, 得〈九辯〉與〈九歌〉以下.

此天穆之野, 高二千仞, 開焉得始歌〈九招〉.

【夏后開】郝懿行은 "開'卽'啓'也. 漢人避諱所改"라 함. 漢 景帝 劉啓의 이름
'啓'자를 피하여 '開'로 쓴 것임.

【三嬪】'嬪'은 '賓'과 같음. 세 번 빈객이 됨. 세 번 초청을 받아 하늘에 감.
그러나 일설에는 '하늘에 세 번 미녀를 바치다'의 뜻으로도 봄. 郭璞은 "嬪,
婦也. 言獻美女於天帝"라 함. 그러나 郝懿行은 《離騷》云: 「啓九辯與九歌.」
〈天問〉云: 「啓棘賓商, 九辯·九歌」, 是賓·嬪古字通. 棘與亟同. 蓋謂啓三度賓
于天帝, 而得九奏之樂也"라 하여 啓가 세 번 하늘의 초청으로 빈객이 되어

갔었음을 말한다 하였음. 袁珂는 "郝說甚是, 〈天問〉'啓棘賓商', 據近人硏究, '商'乃'帝'之形譌. '啓棘賓商'者, 卽'啓亟賓帝'也, '三嬪于天'者, 卽郝所云'三度 賓于天帝'也"라 하여 학의행을 설을 확증함.

【九辯·九歌】 모두가 하늘나라의 악곡 이름. 郭璞은 "皆天帝樂名也. 開登天 而竊以下用之也.《開筮(啓筮)》曰:「昔彼〈九冥〉, 是與帝〈辯〉同宮之序. 是謂 〈九歌〉.」又曰:「不得竊〈辯〉與〈九歌〉以國于下.」義具見於《歸藏》"이라 함.

【天穆之野】 郭璞은《竹書》曰:「顓頊産伯鯀, 是維若陽, 居天穆之陽」也"라 하였고, 袁珂는 "按: 經文'天穆之野', 王念孫校改作'大穆之野'. 然'天穆'·'大穆', 古書 幷見, '天'·'大'古本一字, 不必改也"라 함.

【開焉得始歌〈九招〉】 '九招'는 '九韶'와 같으며 '구소'로 읽음. 郭璞은 "竹書曰: 「夏后開舞〈九招〉」也"라 하였고, 郝懿行은《竹書》云:「夏帝啓十年, 帝巡狩, 舞九韶于大穆之野」〈海外西經〉(509)云:「大樂之野, 夏后啓于此舞九代.」卽此" 라 함. 袁珂는 "按: 經文及郭注'九招', 明〈藏本〉字均作'韶'. 經文'開焉得始歌 九招', 王念孫校改'得始'爲'始得', 固于今文法爲順, 然未可以律古文法, 亦不 必改也"라 함.

하후개(夏后開)

791(16-47) 호인국互人國

호인국互人國이 있다. 염제炎帝의 손자 이름은 영계靈恝이다. 영계가
저인氏人을 낳았으며 이들은 능히 하늘을 오르내린다.

有互人之國, 炎帝之孫名曰靈恝, 靈恝生氏人, 是能上下
于天.

【有互人之國】郭璞은 "人面魚身"이라 하였고, 郝懿行은 "互人, 卽〈海內南經〉
　(582)氏人國也. 氏·互二字蓋以形近而譌, 以俗'氏'正作'互'字也"라 함.
【炎帝】郭璞은 "炎帝, 神農"이라 함. 袁珂는 "按:《漢書》人表炎帝神農氏'張晏
　注曰:「以火德王, 故號炎帝. 作耒耜, 故曰神農.」然炎帝與神農在先秦古籍本
　不相謀. 至漢以後始合以爲一也.《史記》五帝本紀云:「軒轅之時, 神農氏衰.」
　又云:「軒轅乃脩德振兵, 以與炎帝戰于阪泉之野.」始徑以炎帝爲神農矣"라 함.
【靈恝】郭璞은 "音如劵契之契"라 하여 '영계'로 읽음.
【是能上下于天】郭璞은 "言能乘雲雨也"라 함.
＊원전은 본 장과 다음 장을 하나로 연결하고 있음.

792(16-48) 어부魚婦

　물고기가 있어 반쪽이 바짝 말라 있다. 이름을 어부魚婦라 한다. 전욱
顓頊이 죽어 다시 소생한 것이다.

　바람이 북쪽으로부터 불어와 하늘이 큰물의 샘을 만들어주었고 뱀이
변하여 이 물고기가 된 것이며 이를 어부라 부른다.

　이는 전욱이 죽고 나서 다시 소생한 것이다.

　　有魚偏枯, 名曰魚婦. 顓頊死卽復蘇.

　　風道北來, 天乃大水泉, 蛇乃化爲魚, 是爲魚婦.

　　顓頊死卽復蘇.

【顓頊死卽復蘇】郭璞은 "言其人能變化也"라 함.

【風道北來, 天乃大水泉】郭璞은 "言泉水得風暴溢出. 道, 猶從也. 韓非曰:「玄
　鶴二八, 道南方而來.」"라 함. 郝懿行은 "郭引'韓非'者, 《韓非子》十過篇云:
　「師曠不得已援琴而鼓一奏之:'有玄鶴二八, 道南門來, 集於郎門之垝.' 郭引
　'南門'作'南方', 所見本異也"라 함.

【是爲魚婦】袁珂는 "按: 經文'爲', 〈宋本〉作'謂'"라 함.

【顓頊死卽復蘇】郭璞은 "《淮南子》曰:「后稷龍在建木西, 其人死復蘇, 其中爲魚」
　蓋謂此也"라 하였고, 郝懿行은 "郭注'龍'當爲'隴', '中'當爲'半', 竝字形之譌.
　高誘注《淮南》地形訓云:「人死復生或化爲魚.」卽指此事. 然則魚婦豈卽顓頊
　所化, 如女媧之腸化爲十神者邪? 又樂浪尉化魚事, 見陸機《詩疏》"라 함. 한편

袁珂는 "按: 郭注引《淮南子》地形篇文. 今本云:「后稷龍在建木西, 其人死復蘇, 其牟魚在其間.」故郭注'龍'當爲'龍', '中'當爲'牟', 竝字形之譌也.〈宋本〉·明〈藏本〉'中'正作'牟'. 據經文之意, 魚婦當卽顓頊之所化. 其所以稱爲'魚婦'者, 或以其因風起泉涌·蛇化爲魚之機, 得魚與之合體而復蘇, 牟體仍爲人軀. 牟體已化爲魚, 故稱'魚婦'也. 后稷死復蘇, 亦稱'其牟魚在其間', 知古固有此類奇聞異說流播民間也. 顓頊·后稷之行迹, 近巫術矣"라 함.

793(16-49) 촉조鸀鳥

청조青鳥가 있어 몸은 노란색, 붉은색의 발에 머리가 여섯이다. 이름을 촉조鸀鳥라 한다.

有青鳥, 身黄, 赤足, 六首, 名曰鸀鳥.

【鸀鳥】郭璞은 "音觸"이라 하였고, 袁珂는 "按: 〈海內西經〉(606)云: 「開明南有樹鳥, 六首」疑即此"라 함.

촉조(鸀鳥)

794(16-50) 대무산大巫山

대무산大巫山이 있고 금산金山이 있다. 서남쪽 대황의 귀퉁이에 편구산
偏句山과 상양산常羊山이 있다.

有大巫山. 有金之山. 西南, 大荒之隅, 有偏句·常羊之山.

【大荒之隅】袁珂는 "按:〈藏經本〉經文'大巫山'下有'者'字, '大荒之中隅', '隅'上
無'中'字"라 함. 즉 원전에는 '大荒之中隅'로 되어 있으나 이는 '大荒之隅'의
오류임.

【有偏句·常羊之山】郝懿行은 "〈海外西經〉(513)云:「帝斷形天之首, 葬之常羊
之山.」《淮南》地形訓云:「西南方曰編駒之山.」'編駒'疑卽'偏句'.《呂氏春秋》
諭大篇云:「地大則有常祥·不庭.」疑'常祥'卽'常羊'也"라 함.

*이 구절 끝에 "按: 夏后開卽啓, 避漢景帝諱云"의 문구가 더 있다. "夏后開는
夏后啓인데 '啓'자를 '開'자로 쓴 것은 漢 景帝(서한의 황제. B.C.156년~141년
재위)의 이름 劉啓의 '啓'자를 피휘한 것이다"의 뜻이다. 이는 누가 附記한
것인지는 알 수 없으며 790장에 대한 메모가 원문으로 잘못 기재되었을
것으로 보고 있다.

袁珂는 "按: 此按語爲原書所有, 未詳作者"라 하였다.

卷十七 大荒北經

〈毛民國周邊〉明 蔣應鎬 圖本

795(17-1) 부우산附禺山

동북쪽의 바다 밖, 대황의 가운데, 하수河水 사이에 부우산附禺山이 있다.
제帝 전욱顓頊과 구빈九嬪의 무덤이 거기에 있다.

그곳에는 구구鴟久, 문패文貝, 이유離兪, 난조鸞鳥, 봉조鳳鳥, 대물大物,
소물小物이 있다.

청조靑鳥가 있으며, 낭조琅鳥, 현조玄鳥, 호虎, 표豹, 웅熊, 비羆, 황사黃蛇,
시육視肉, 선괴璿瑰, 요벽瑤碧이 모두 이 산에서 난다.

위구산衛丘山은 방원方圓이 3백 리이며 그 언덕 남쪽에 제준帝俊의 죽림
竹林이 그곳에 있다. 대나무 중에 큰 것은 가히 배를 만들 수 있다.

죽림 남쪽에 적택수赤澤水가 있으니 이름을 봉연封淵이라 한다.

세 그루의 뽕나무가 있는데 가지가 없다. (그 키는 모두가 백 길이나 된다.)

위구 남쪽에 침연沈淵이 있어 전욱이 목욕하던 곳이다.

東北海外, 大荒之中, 河水之間, 附禺之山.

帝顓頊與九嬪葬焉.

爰有鴟久·文貝·離兪·鸞鳥·鳳鳥·大物·小物.

有靑鳥·琅鳥·玄鳥·虎·豹·熊·羆·黃蛇·視肉·璿瑰·瑤碧,
皆出于山.

衛丘方圓三百里, 丘南帝俊竹林在焉. 大可爲舟.

竹南有赤澤水, 名曰封淵.

有三桑無枝. (皆高百仞)

丘西有沈淵, 顓頊所浴.

【附禺之山】鮒魚之山과 같음. 郝懿行은 "〈海外北經〉(547)作鮒魚, 此經又作附禺, 皆一山也. 古字通用.《文選》注謝朓〈哀策文〉引此經作鮒禺之山,《後漢書》張衡傳注引此經與今本同"이라 함.

【鴟久】'鴟久'가 아닌가 함. 袁珂는 "按: 經文鴟久, 孫星衍校改'鴟'"라 함.

【文貝】무늬가 있는 조개. 貝는 일종의 甲殼類. 올챙이처럼 생겼으나 머리와 꼬리만 있다 함. 혹 紫貝라고도 함. 郭璞은 "貝, 甲蟲, 肉如科斗, 但有頭尾耳"라 함.

【鳳鳥】원문은 '凰鳥'로 되어 있음. 袁珂는 "按: 經文'凰鳥', 〈宋本〉·〈毛扆本〉·〈藏經本〉均作'鳳鳥', 王念孫亦校作'鳳鳥'"라 함.

【大物·小物】크고 작은 여러 가지의 殉葬 물품. 王崇慶은 "大物·小物, 皆殉葬之具也"라 함.

【玄鳥】제비.《詩》商頌에 "天命玄鳥, 降而生商, 宅殷土芒芒. 古帝命武湯, 正域彼四方"이라 함. 商나라 난생설화의 바탕이 되었음.

【視肉】聚肉. 전설 속의 짐승 이름. 郭璞은 "聚肉, 形如牛肝, 有兩目也. 食之無盡, 尋復更生如故"라 하였고, 郝懿行은 "《北堂書鈔》(145)引此經作'食之盡', 今本'無'字衍也"라 함. 아무리 잘라먹어도 다시 돋는 소의 간과 같은 것이라 함.

【皆出于山】郭璞은 "在其山邊也"라 하였고, 郝懿行은 "《藝文類聚》(89)·《初學記》(28)引此經竝作'衛丘山'.《北堂書鈔》(137)亦作'衛丘', 是知古本衛丘連文, 而以'皆出于山'四字相屬, 今本誤倒其句耳, 所宜訂正"이라 함. 袁珂는 "按: 王念孫校亦同郝注, 經文實應作'皆出于山. 衛丘……"라 함.

【丘南帝俊竹林在焉】郝懿行은 "此經帝俊蓋顓頊也. 下云'丘西有淵, 顓頊所浴', 以此知之"라 하였으나, 袁珂는 "按: 郝說疑非. 此不同於〈大荒南經〉(718)所記之不庭山, 前云'帝俊妻娥皇, 生此三身之國', 後云'從淵, 舜之所浴也', 以舜亦妻娥皇, 固可謂浴于從淵之舜卽'妻娥皇'之帝俊也, 而此則無可比附, 固不可以以二帝偶共一地卽謂彼此相同也"라 함.

【大可爲舟】郭璞은 "言舜林中竹一節, 則可以爲船也"라 하였고, 郝懿行은 "《初學記》引《神異經》云:「南方荒中有沛竹, 其長百丈, 圍二丈五六尺, 厚八九寸,

可以爲船.」《廣韻》引《神異經》云:「篩竹一名太極, 長百丈, 南方以爲船.」《玉篇》
云:「籌竹長千丈, 爲大船也, 生海畔.」卽此類"라 함.

【赤澤水】郭璞은 "水色赤也"라 함.

【封淵】郭璞은 "封亦大也"라 함.

【有三桑無枝, (皆高百仞.)】'皆高百仞'은 郭璞의 注文으로 되어 있으나 王念孫은
"'皆高百仞'四字, 乃正文誤入注, 見《藝文類聚》(88), 又見《御覽》木部四, 又見
《類聚》木部"라 하여 正文이 注文으로 잘못 처리되었다 하였음. 袁珂는
"按: '三桑無枝'已見〈北次二經〉(166)·〈海外北經〉(545)"이라 함.

796(17-2) 호불여국胡不與國

호불여국胡不與國이 있다. 열烈 성이며 기장을 주식으로 한다.

有胡不與之國, 烈姓, 黍食.

【胡不與之國】郭璞은 "一國復名耳, 今胡夷語皆然"이라 함.
【烈姓】郝懿行은 "烈姓蓋炎帝神農之裔. 《左傳》稱烈山氏, 〈祭法〉稱歷山氏, 鄭康成注云:「歷山, 神農所起. 一曰有烈山.」"이라 함. 袁珂는 "按: 今本《禮記》〈祭法〉鄭注云:「歷山氏, 炎帝也. 起于歷山. 或曰有烈山氏.」"라 함.

797(17-3) 불함산不咸山

대황 가운데에 산이 있어 이름을 불함산不咸山이라 한다. 숙신씨肅愼氏
나라가 있다.

날아다니는 비질蜚蛭이 있으며 날개가 넷이다. 벌레가 있어 짐승 머리에
뱀의 몸을 하고 있다. 이름을 금충琴蟲이라 한다.

大荒之中, 有山名曰不咸. 有肅愼氏之國.

有蜚蛭, 四翼. 有蟲, 獸首蛇身, 名曰琴蟲.

【肅愼氏之國】郭璞은 "今肅愼國去遼東三千餘里, 穴居, 無衣, 衣豬皮, 冬以膏
塗體, 厚數分, 用卻風寒. 其人皆工射, 弓長四尺, 勁彊. 箭以楛爲之, 長尺五寸,
靑石爲鏑. 此春秋時隼集陳侯之庭所得矢也. 晉太興三年, 平州刺史崔毖遣別
嘉高會, 使來獻肅愼氏之弓矢箭鏃, 有似銅骨作者, 問云: 「轉與海內國通得用此,
今名之爲挹婁國出好貂赤玉, 豈從海外轉而至此好?」《後漢書》所謂挹婁者,
是也"라 하였고, 郝懿行은 "肅愼國見〈海外西經〉(526). 郭說肅愼本《魏志》
東夷傳, 但傳本作'用楛長尺八寸', 與郭異, 餘則同也. 今之《後漢書》非郭所見,
而此注引《後漢書》者.《吳志》妃嬪傳云: 「謝承撰《後漢書》百餘卷.」其書說
挹婁, 卽古肅愼氏之國也. '隼集陳侯之庭',〈魯語〉有其事.《竹書》云: 「帝舜
二十五年, 息愼氏來朝, 貢弓矢.」卽肅愼也.《左傳》云: 「肅愼燕亳吾北土也.」
《周書》王會篇亦云: 「征北方稷愼」, 稷·息·肅, 竝聲轉字通也.《魏志》東夷傳
云: 「挹婁在夫餘東北千餘里, 濱大海」《史記》正義引《括地志》云: 「靺鞨, 古肅
愼也. 在京東北萬里"라 함. 袁珂는 "按: 郭注'長尺五寸',〈藏經本〉'五'正作'八'"
이라 함.

【蜚蛭】하늘을 나는 바퀴벌레. '蜚'는 '飛'와 같으며 蛭은 벌레 이름. 郭璞은 "翡窒兩音"이라 하였고, 郝懿行은 "《《文選》》〈上林賦〉云:「蛭蜩蠼猱.」司馬彪 注引此經'蜚'作'飛'"라 함.

【琴蟲】郭璞은 "亦蛇類也"라 하였고, 郝懿行은 "南山人以蟲爲蛇, 見〈海外南經〉 (485)"이라 함.

798(17-4) 대인大人

사람이 있어 대인大人이라 부른다. 대인국大人國이 있다. 희釐 성이며 기장을 주식으로 한다.

큰 청사青蛇가 있으니 노란 머리에 주록麈鹿을 주식으로 한다.

有人名曰大人. 有大人之國, 釐姓, 黍食.

有大靑蛇, 黃頭, 食麈.

【大人之國, 釐姓】郝懿行은 "〈晉語〉司空季子說黃帝之子十二姓中有僖姓, 僖·釐古字通用, 釐卽僖也.《史記》公子世家云:「汪罔氏之君, 守封禺之山, 爲釐姓.」索隱云:「釐音僖.」是也"라 하여 '釐'는 '희(僖)'로 읽음. 한편 袁珂는 "按: 大人國已見〈海外東經〉(553)及〈大荒東經〉(681).《國語》魯語下云:「防風, 汪芒氏之君也. 爲漆姓. 在虞夏商爲汪芒氏, 于周爲長狄, 今爲大人.」汪芒氏卽汪罔氏, 漆姓卽釐姓也. 卽大人者, 防風之君, 亦黃帝之裔也"라 함.

【有大靑蛇, 黃頭, 食麈】郭璞은 "今南方蚺蛇食鹿, 鹿亦麈屬也"라 하였고, 袁珂는 "按: 榮山亦有玄蛇食麈, 已見〈大荒南經〉(716). 又經文'食麈', 〈藏經本〉作'食鹿', 注文'鹿亦麈屬', 藏經本作鹿亦'麈'類"라 함. '麈'는 큰 사슴의 일종. 고라니. 일명 駝鹿이라고도 함.

1344 산해경

799(17-5) 유산楡山

유산楡山이 있다. 곤공정주산鯀攻程州山이 있다.

有楡山. 有鯀攻程州之山.

【鯀攻程州之山】郭璞은 "皆因其事而名物也"라 하여 '鯀'이 공격하였던 程州國의
山이라는 뜻. 郝懿行은 "程州, 蓋亦國名, 如禹攻共工國山之類"라 함. 袁珂는
"按: 郝說疑是, 此經下文有'有始州之國, 有丹山', 可證. '禹攻共工國山'已見
〈大荒西經〉(745)"이라 함. '鯀'은 '鮌'으로도 표기함.

800(17-6) 형천衡天

대황 가운데에 산이 있으니 이름을 형천衡天이라 한다.
선민산先民山이 있으며 반목槃木이 천 리나 뻗쳐 있다.

大荒之中, 有山名曰衡天.
有先民之山, 有槃木千里.

【先民之山】 袁珂는 "按: 〈大荒西經〉(754)云: 「西北海外, 赤水之西, 有先民之國」
非此. 此山地望當在東北"이라 함.
【槃木千里】 '槃木'은 구불구불 아주 크게 얽히고설킨 아주 큰 나무. 郭璞은
"槃, 音盤"이라 하였고, 袁珂는 "按: 《大戴禮》五帝德及《史記》五帝本紀均有
'東至于蟠木'語, 疑卽此. 又《論衡》訂鬼篇引《山海經》(금본에는 없음)云: 「滄海
之中, 度朔之山, 上有大桃木, 其屈蟠三千里」云云. 當亦卽此'千里'蟠木之屬"
이라 함.

801(17-7) 숙촉국叔歜國

숙촉국叔歜國이 있으며 전욱顓頊의 자손들이다. 기장을 주식으로 하며
네 종류의 짐승을 부리고 있으며 바로 호랑이, 표범, 곰, 큰곰이다.
　검은 벌레가 있어 마치 곰과 같은 형상이며 이름을 자자猎猎라 한다.

有叔歜國, 顓頊之子, 黍食, 使四鳥: 虎·豹·熊·羆.
有黑蟲如熊狀, 名曰猎猎.

【叔歜國】袁珂는 "按: 歜, 音觸"이라 함.
【猎猎】袁珂는 "按: 猎, 音藉"라 하여 '자(藉)'로 읽음.

802(17-8) 북제국北齊國

북제국北齊國이 있으니 강姜 성이며 호랑이, 표범, 곰, 큰곰을 부린다.

有北齊之國, 姜姓, 使虎·豹·熊·羆.

【北齊之國, 姜姓】郝懿行은 《說文》云: 姜, 神農去姜水以爲姓.」《史記》齊太公
世家云: 「姓姜氏.」按〈大荒西經〉(752)有西周之國, 姬姓, 此有北齊之國, 姜姓,
皆周秦人語也」라 함.

803(17-9) 선함대봉산先檻大逢山

대황 가운데에 산이 있어 이름을 선함대봉산先檻大逢山이라 한다. 하수河水와 제수濟水가 흘러 들어가며 북해海北 역시 그리로 흘러들어간다.
　그 서쪽에 산이 있으니 이름을 우소적석산禹所積石山이라 한다.

大荒之中, 有山名曰先檻大逢之山. 河濟所入, 海北注焉.
其西有山, 名曰禹所積石.

【先檻大逢之山】'光檻大逢之山'이 아닌가 함. 袁珂는 "按:〈藏經本〉作'光檻'"
　이라 함.
【海北注焉】郝懿行은 "河濟注海, 已復出海外, 入此山中也"라 함.
【其西有山】禹所積石山은〈海外北經〉(540)을 볼 것. 역시 '禹가 돌로 쌓은
　산'이라는 뜻이 산 이름이 된 것임.

804(17-10) 양산陽山

양산陽山이라는 산이 있다.
순산順山이라는 산이 있어 순수順水가 그곳에서 발원한다.

有陽山者.
有順山者, 順水出焉.

805(17-11) 시주국始州國

시주국始州國이 있으며 단산丹山이 있다.

有始州之國, 有丹山.

【丹山】郭璞은 "此山純出丹朱也. 《竹書》曰:「和甲西征, 得一丹山」 今所在亦有丹山, 丹出土穴中"이라 함. 丹朱는 朱砂. 물감과 약용으로 사용함.
＊袁珂는 본 장을 다음 장과 하나로 연결하였음.

806(17-12) 대택大澤

대택大澤이 있어 사방이 천 리나 되며 많은 새들이 이곳에 와서 털갈
이를 한다.

有大澤方千里, 羣鳥所解.

【有大澤方千里, 羣鳥所解】郭璞은 "《穆天子傳》曰: 「北至廣原之野, 飛鳥所解
其羽, 乃于此獵鳥獸, 絶羣, 載羽百車.」《竹書》亦曰: 「穆王北征, 行流沙千里,
積羽千里.」皆謂此澤也"라 하였고, 郝懿行은 "《穆天子傳》云: 「碩鳥解羽, 六師
之人, 畢至于曠原.」是郭所引. '廣'當爲'曠', 或古字通也. 此謂之'大澤', 《穆天
子傳》謂之'曠原', 《史記》·《漢書》謂之'翰海', 皆是. 《史記》索隱引崔浩云: 「翰海,
北海名, 羣鳥之所解羽, 故云翰海.」"라 함. '大澤'은 이처럼 '翰海'를 가리키며
혹 지금의 바이칼 호라고도 함. 그러나 袁珂는 "按: 大澤有二: 一方千里,
卽此澤也. 此澤卽〈海外北經〉(538)所記'夸父與日逐走, 北飮大澤'及此經下文
'夸父將走大澤'(810)之大澤; 一方白狸, 卽〈海內北經〉(628)所記'舜妻登比氏生宵
明燭光, 處下大澤'之大澤, 未可溷也"라 함. 한편 '羣鳥所解'는 온갖 철새들이
모여들어 짝짓기, 부화, 털갈이 등을 함을 말함.

807(17-13) 모민국毛民國

모민국毛民國이 있으며 의依 성에 기장을 주식으로 하고 네 종류의
짐승을 부린다.

우禹가 국균均國을 낳고, 균국均國이 역채役采를 낳았으며, 역채가 수겹
修鞈을 낳았다. 수겹이 작인綽人을 죽였다. 천제天帝가 작인을 생각하여
몰래 나라를 세워주었다. 이렇게 하여 모민국이 생겨난 것이다.

모민국(毛民國)

有毛民之國, 依姓, 食黍, 使四鳥.

禹生均國, 均國生役采, 役采生修鞈, 修鞈
殺綽人.

帝念之, 潛爲之國, 是此毛民.

【毛民之國】郭璞은 "其人面體皆生毛"라 함. 毛民國은 〈海外東經〉(564)을 볼 것.
【依姓】袁珂는 "按: 國語晉語四云, 黃帝之子二十五宗, 其得姓者十四人, 中有
依姓. 據此卽毛民當是黃帝之裔. 海外東經(564)郝注云'禹裔', 非也. 然禹亦黃
帝族, 則毛民者, 雖非其直接裔屬, 亦其同族子孫也. 故禹之曾孫修鞈殺綽人,
禹乃'念之'而'潛爲'此毛民國, 以此也"라 함.
【役采】郭璞은 "采一作來"라 하였고, 袁珂는 "按: 〈藏經本〉正作來, 無郭注四字"
라 함.
【修鞈】郭璞은 "鞈, 音單袷之袷"이라 하여 '겹(袷)'으로 읽음. 郝懿行은 "〈藏經本〉
作'循'"이라 함.
【綽人】郭璞은 "人名"이라 함.
【潛爲之國】郭璞은 "潛密用之爲國"이라 함.

808(17-14) 담이국儋耳國

담이국儋耳國이 있다. 임任 성이며 우호禹號의 자손으로서 곡식을 주식
으로 한다.

북해의 섬에 신이 있어 사람 얼굴에 새의 몸이며 두 귀에 청사靑蛇 두
마리를 귀고리로 하고 있고 적사赤蛇 두 마리를 발로 밟고 있다. 이름을
우강禹彊이라 한다.

有儋耳之國, 任姓, 禹號子, 食穀.

北海之渚中, 有神, 人面鳥身, 珥兩靑蛇, 踐兩赤蛇, 名曰
禹彊.

【儋耳之國】聶耳國을 가리키며 '儋'은 귀가 너무 길어 어깨까지 내려오는
종족을 말함. 따라서 '儋'은 '聸'(귀가 처짐, 귀가 길어 축 늘어짐의 뜻)자여야
한다고 여김. 郭璞은 "其人耳大下儋, 垂在肩上, 朱崖儋耳, 鏤畫其耳, 亦以放
之也"라 하였고, 袁珂는 "按: 儋耳,《淮南子》地形篇作'眈耳'.《博物志》(1)
作'擔耳', 依字儋當爲'聸'.《說文》(12)云:「聸, 垂耳也.」卽郭注所云'耳大下儋,
垂在肩上'之意.〈海外北經〉(537)有聶耳國, 卽此"라 함. 따라서 儋耳國, 擔耳國,
聸耳國, 眈耳國, 聶耳國 등은 모두 같은 한 종족의 같은 나라이며 '귀가
길다'는 뜻을 가지고 있음.
【任姓】袁珂는 "按: 國語晉語說黃帝之子十二姓中有任姓, 此經下文復言聸耳是
禹號子, 是禹號卽禹禹虢, 乃黃帝之子, 見〈大荒東經〉(675), 故儋耳亦黃帝裔也"
라 함.

【禺號】禺貌의 異表記. 황제의 아들. 海神의 이름. 〈大荒東經〉(675)에 "東海之渚中, 有神, 人面鳥身, 珥兩黃蛇, 踐兩黃蛇, 名曰禺貌. 黃帝生禺貌, 禺貌生禺京, 禺京處北海, 禺貌處東海, 是爲海神"이라 함. 郭璞은 "言在海島中種粟給食, 謂禺彊也"라 하였으나, 袁珂는 "按: 〈大荒東經〉(700)云: 「黃帝生禺貌, 禺貌生禺京, 禺京處北海, 禺貌處東海, 是爲海神.」 郭璞注: 「貌, 一本作號.」 又注'禺京'云: 「卽禺彊也.」 是禺彊固禺號子, 然其身份乃北海海神, 非如郭注所謂'在海島中種粟給食'之禺號子也. 揆此經文意, 此'食穀北海渚中'之禺號子, 乃任姓之儋耳國也. 謂之'子'者, 蓋謂其後裔, 非必謂其親子也. 郭注'謂禺彊也' 蓋誤. 又, 舊以'食穀北海渚中'爲句, 亦誤. '食穀'應作一句, 屬上讀; '北海之渚中', 應作一句, 屬下讀, 始當"이라 함.

【禺彊】〈海外北經〉(550) 및 〈大荒東經〉(700)을 볼 것. 〈海外北經〉에는 "禺彊踐兩靑蛇"라 하여 이곳과 다름.

담이국(儋耳國)

809(17-15) 북극천궤산北極天櫃山

　　대황 가운데에 산이 있으니 이름을 북극천궤산北極天櫃山이라 한다. 바닷물이 북쪽으로 흘러 그리고 들어간다.

　　신이 있어 머리가 아홉이며 사람 얼굴에 새의 몸을 하고 있다. 이름을 구봉九鳳이라 한다.

　　또 어떤 신이 있어 뱀을 입에 물고 뱀을 손에 쥐고 있다. 그 형상은 호랑이 머리에 사람 몸을 하고 있으며 네 발굽이 팔꿈치에 나 있다. 이름을 강량彊良이라 한다.

구봉(九鳳)

大荒之中, 有山名曰北極天櫃, 海水北注焉.

有神, 九首人面鳥身, 名曰九鳳.

　又有神銜蛇操蛇, 其狀虎首人身, 四蹏

長肘, 名曰彊良.

강량(彊良)

【北極天櫃】郭璞은 “音匱”라 함. 郝懿行은 “櫃, 〈藏經本〉作‘櫝’”라 함.

【九鳳】郝懿行은 “郭氏〈江賦〉云:「奇鶬九頭」疑卽此”라 함.

【操蛇】郝懿行은 《列子》湯問篇說愚公事云:「操蛇之神聞之, 告之於帝」操蛇之神, 當卽此”라 함.

【彊良】郭璞은 “亦在畏獸畫中”이라 하였고, 郝懿行은 “後漢禮儀志說十二神云:「强梁祖明共食, 磔死寄生.」疑‘强梁’卽‘彊良’, 古字通也”라 함.

810(17-16) 성도재천산成都載天山

대황 가운데에 산이 있으니 성도재천산成都載天山이라 한다.

사람이 있어 두 귀에 황사黃蛇를 귀고리로 달고 있으며 두 마리 청사青蛇를 손으로 잡고 있다. 이름을 과보夸父라 한다.

후토后土가 신信을 낳고, 신이 과보를 낳았다. 과보는 자신의 역량을 헤아리지 아니하고 해의 그림자를 따라가고자 하였다. 그리하여 우곡禺谷에 이르렀을 때 하수河水를 마셨으나 부족하여 다시 대택大澤으로 달려갔으나 미처 그곳에 이르지 못한 채 여기에서 죽은 것이다.

응룡應龍이 이미 치우蚩尤를 죽이고 나서 다시 과보를 죽이고 이에 남방으로 가서 그곳에 살았다. 그 때문에 남방에 비가 많이 오는 것이다.

大荒之中, 有山名曰成都載天.

有人珥兩黃蛇, 把兩青蛇, 名曰夸父.

后土生信, 信生夸父, 夸父不量力, 欲追日景, 逮之于禺谷.

將飲河而不足也, 將走大澤, 未至, 死于此.

應龍已殺蚩尤, 又殺夸父, 乃去南方處之, 故南方多雨.

【后土】郝懿行은 "后土, 共工氏之子九龍也. 見昭十九年《左傳》. 又見〈海內經〉(867)"이라 함.

【禺谷】'虞淵'과 같음. 郭璞은 "禺淵, 日所入也. 今作虞"라 함.

【將走大澤, 未至】郭璞은 “渴死”라 함. ‘夸父逐日’ 고사는 〈海外北經〉(538)을 볼 것. 袁珂는 “按: 此‘大澤’卽上文‘方千里’之大澤也”라 함.

【應龍已殺蚩尤, 又殺夸父】郭璞은 “上云‘夸父不量力, 與日競而死’, 今此復云 ‘其爲應龍所殺, 事無定名, 觸事而寄, 明其變化無方, 不可揆測”이라 하였고, 袁珂는 “按: 郭以玄理釋神話, 未免失之. 夸父乃古巨人族名, 非一人之名也. 夸父逐日與應龍殺蚩尤與夸父, 蓋均有關夸父之不同神話, 非如郭注所謂‘變化 無方’也”라 함.

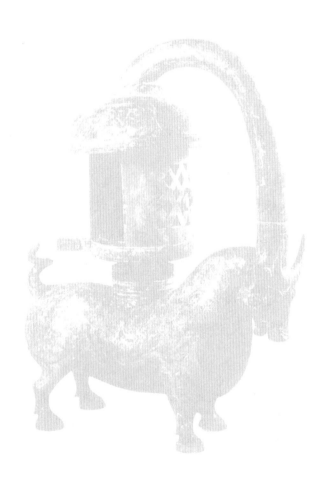

811(17-17) 무장국無腸國

다시 무장국無腸國이 있다. 이들은 임任 성이다.

又有無腸之國, 是任姓.

【又有無腸之國】郭璞은 "爲人長也"라 하였고, 袁珂는 "按: 無腸已見〈海外北
  經〉(536), 云: 「無腸國其爲人腸.」是此注所本. 經文'又有', 〈藏經本〉無'又'字"
  라 함.
【任姓】袁珂는 "按:《國語》晉語四: 黃帝之裔十二姓中有任姓, 則無腸國亦當
  是黃帝裔也"라 함.
＊다른 본에는 811과 812를 하나의 장으로 보아 연결하였으나 〈琅嬛僊〉本에
  의해 분리하였음.

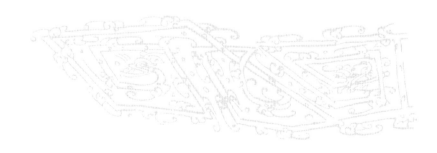

812(17-18) 무계자無繼子

대를 이을 아들을 낳지 않는다. 물고기를 주식으로 한다.

無繼子, 食魚.

【無繼子】郭璞은 "繼'亦當作'臍', 謂膊腸也"라 하였으나, 袁珂는 "按: 郭說非是.
此無繼(國), 則〈海外北經〉(530)所記之無啓(無臍)國. 無啓, 則無繼也. 說見〈海外
北經〉無臍國節注. 此言無腸國人乃無啓(無繼)國人之裔也. 舊本以'無繼子, 食魚'
另起, 非也. 至于'無繼'而有'子', 則正是神話前說之恢詭處. '揆之常情, 則無理矣.'"
라 하여 앞장의 연결이라 주장하였음.

813(17-19) 상요相繇

공공共工의 신하로서 이름이 상요相繇가 있다. 머리가 아홉 개이며 뱀의 몸이다. 스스로 그 몸을 서리고 있으며 아홉 개의 산에서 먹이를 구한다. 그가 먹던 것을 토해 내거나 머물렀던 곳은 즉시 원택源澤으로 변한다. 그의 맛은 맵지 않으면 써서 온갖 짐승이 그 땅에 살 수가 없다.

우禹가 홍수를 메우고 상요를 죽여 버리자 그 피에 비린내가 나서 곡식이 자랄 수 없었다. 그 땅에는 수재가 많아 사람이 거주할 수가 없다.

우가 그곳을 메우기를 세 번 하였으나 세 번 다시 무너져 이에 그곳을 못을 삼았다. 여러 천제天帝들이 그 못의 진흙을 이용하여 대를 만들었다. 그 대는 곤륜산昆侖山의 북쪽에 있다.

共工之臣名曰相繇, 九首蛇身, 自環, 食于九土, 其所歍
所尼, 卽爲源澤, 不辛乃苦, 百獸莫能處.
禹湮洪水, 殺相繇, 其血腥臭, 不可生穀, 其地多水, 不可居也.
禹湮之, 三仞三沮, 乃以爲池, 羣帝因是以爲臺.
在昆侖之北.

【相繇】〈海外北經〉(534)의 '相柳氏'가 바로 이 인물임. "共工之臣曰相柳氏,
九首, 以食於九山. 相柳之所抵, 厥爲澤谿. 禹殺相柳, 其血腥, 不可以樹五穀種.
禹厥之, 三仞三沮, 乃以爲衆帝之臺. 在昆侖之北, 柔利之東. 相柳者, 九首人面,
蛇身而靑. 不敢北射, 畏共工之臺. 臺在其東, 臺四方, 隅有一蛇, 虎色, 首衝

南方"라 함. 郭璞은 "相柳也, 語聲轉耳"라 하였고, 袁珂는 "按: 禹殺相柳事
已見〈海外北經〉(534)"이라 함.

【自環】郭璞은 "言轉旋也"라 하였고, 袁珂는 "按: 郭注轉旋. 藏經本作蟠旋"
이라 함. '轉旋'과 '蟠旋'은 모두 疊韻連綿語로 '구불구불 서려 있는 모습'을
표현한 것.

【食于九土】郭璞은 "言貪殘也"라 하였고 袁珂는 "按: 經文'九土', 〈藏經本〉
作'九山', 〈海外北經〉(543)亦作'九山'"이라 하여 九土는 九山이 옳을 듯함.

【其所歍所尼】郭璞은 "歍, 嘔, 猶噴吒; 尼, 止也"라 하였고, 郝懿行은 《說文》
云:「歍, 心有所惡若吐也.」又云:「歍, 吐也.」《爾雅》釋詁운:「尼, 止也.」라 함.
따라서 '歍'는 '嘔'와 같음. 먹은 음식이나 먹이를 토해냄. '尼'는 머물러 살고
있음. 棲(栖)止와 같음.

【卽爲源澤】郭璞은 "言多氣力"이라 하였고, 袁珂는 "按: 謂相繇之氣力能使
其所歍所尼者成爲源澤"이라 함.

【不辛乃苦】郭璞은 "言氣酷烈"이라 함.

【百獸莫能處】郭璞은 "言畏之也"라 하였고, 袁珂는 "按: 謂畏源澤之辛苦"라 함.

【禹湮洪水, 殺相繇】웅덩이 등을 메우고 상요를 죽임. 郭璞은 "禹塞洪水, 由以
溺殺之也"라 하였고, 源가는 "按: 由, 因也, 謂禹塞洪水, 因以溺殺相繇也.
〈藏經本〉郭注'由'正作'因'"이라 함.

【不可生穀】王念孫은 "《御覽》人事十六, '穀'上有'五'字"라 하여 '五穀'을 뜻함.

【其地多水】郭璞은 "言其膏血滂流, 成淵水也"라 하였고, 袁珂는 "按: 郭注
'淵水', 〈藏經本〉無'水'字"라 함.

【三仞三沮】세 번 메웠으나 세 번 모두 허물어짐. '仞'은 '牣'과 같으며 가득
차도록 메움. 王念孫은 "仞讀爲'牣', 牣, 滿也.《史記》司馬相如列傳云:「充仞
其中.」仞·牣古通用"이라 함.

【三沮】郭璞은 "言禹以土塞之, 地陷壞也"라 함.

【羣帝因是以爲臺】郭璞은 "地下宜積土, 故衆帝因來在此共作臺"라 하였고,
袁珂는 "按: 卽〈海內北經〉(615)帝堯臺·帝嚳臺等"이라 함.

【昆侖】'崑崙'으로도 표기하며 중국 신화 속에 가장 많이 등장하는 상상 속의
산 이름. 실제 중국 대륙 서쪽의 끝 히말라야, 힌두쿠시, 카라코룸의 3대
산맥의 하나인 카라코룸 산맥이 主山을 疊韻連綿語 '昆侖·崑崙'(Kūnlún)으로
비슷하게 音譯하여 표기하였다고도 함. 본《山海經》에는 '昆侖山', '昆侖丘',
'昆侖虛' 등으로 표기되어 있음. 袁珂는 "按: 〈海內北經〉(615)云: '臺四方,
在昆侖東北.'"이라 함.

814(17-20) 악산岳山

악산岳山이 있다. 그곳에 심죽尋竹이 자라고 있다.

有岳之山. 尋竹生焉.

【有岳之山】 袁珂는 "按:《文選》張協〈七命〉李善注引此經作‘岳山’, 無‘之’字"라 함.
【尋竹】 ‘尋’은 ‘脩’와 같음. 脩竹. 잘 자란 큰 대나무. 郭璞은 "尋, 大竹名"이라
 하였으나, 袁珂는 "按: 尋, 長也. 揚雄方言:「自關而西, 秦晉梁益之間凡物長
 謂之尋.」〈海外北經〉(542):「尋木長千里.」長木旣曰尋木, 則尋竹者是長竹,
 ‘尋’只是形容詞, 郭以尋爲‘大竹名’恐非.〈藏經本〉郭注只作‘大竹’, 無‘尋’·‘名’二字,
 是也"라 하여 ‘尋竹’은 대나무 이름이 아니라 길이가 긴 대나무를 의미한다
 하였음.

815(17-21) 불구산不句山

대황 가운데에 산이 있으니 이름을 불구산不句山이라 한다. 바닷물이 북쪽으로 흘러 그 산으로 들어간다.

大荒之中, 有山名不句, 海水北入焉.

【海水北入焉】 원문은 '海水入焉'으로 되어 있음. 袁珂는 "按: 藏經本'水'下有 '北'字, 是也"라 함.

816(17-22) 계곤산係昆山

계곤산係昆山이 있고 공공대共工臺가 있으니 활을 쏘는 자들이 감히 북쪽을 향하여 활을 겨누지 못한다.

어떤 사람이 있어 푸른 옷을 입었으며 이름을 황제녀발 黃帝女魃이라 한다.

황제녀발(黃帝女魃)

치우蚩尤가 병사를 일으켜 황제黃帝를 치자, 황제가 이에 응룡應龍에게 기주冀州의 들에서 그들을 공격하도록 하였다. 응룡이 물을 모으자 치수는 풍백風伯과 우사 雨師에게 청하여 큰 바람과 비를 마구 풀어놓도록 하였다. 황제는 이에 천녀를 지상으로 내려 보냈으며 그 이름이 발魃이다. 그녀는 비를 그치게 하고 드디어 치우를 죽여 버렸다.

그런데 발이 다시 하늘로 올라갈 수가 없어 그만 비가 내리지 않는 그곳에서 살게 되었다.

숙균叔均이 이를 천제에게 말하여 뒤에 발을 적수赤水의 북쪽에 살도록 하였다.

숙균은 이에 전조田祖가 되었다. 발은 당시 이미 도망하고자 하였다. 그리하여 그를 쫓아오는 자로 하여금 이렇게 주문을 외었다.

"신이시여, 그대는 북쪽으로 가소서!"

그리고 먼저 물길을 잘 청소하고 도랑과 물길을 쳐서 소통시켰다.

有係昆之山者, 有共工之臺, 射者不敢北鄉.
有人衣青衣, 名曰黃帝女魃.

蚩尤作兵伐黃帝, 黃帝乃令應龍攻之冀州之野. 應龍
畜水, 蚩尤請風伯雨師縱大風雨. 黃帝乃下天女曰魃,
雨止, 遂殺蚩尤.

魃不得復上, 所居不雨.

叔均言之帝, 後置之赤水之北.

叔均乃爲田祖. 魃時亡之. 所欲逐之者, 令曰: 「神北行!」
先除水道, 決通溝瀆.

【係昆】王念孫은 "《御覽》(35)作俟昆"이라 하여 '俟昆'이 아닌가 함.
【有共工之臺, 射者不敢北鄉】郭璞은 "言畏之也"라 함. '共工之臺'는 〈海外北經〉
  (534)을 볼 것.
【黃帝女魃】가뭄을 일으키는 旱魃(旱妭)이라는 신. 郭璞은 "音如旱妭之魃"이라
  하였고, 郝懿行은 "《玉篇》引《文字指歸》曰:「女》, 禿無髮, 所居之處, 天不雨也.
  同魃.」李賢注《後漢書》(張衡傳)引此經作妭, 云:「妭, 亦魃也.」據此則經文當
  爲妭, 可證"이라 하여 가뭄의 女神 이름을 '妭'으로 써야 한다고 하였음.
  한편 袁珂는 "按: 王念孫校同郝注. 〈吳任臣本〉注正作'女音旱魃之魃', 可證經
  文實宜作'妭', 注文'旱妭', 宜作'旱魃'"이라 하여 정문은 '妭'로, 곽박의 주는
  '旱魃之魃'이어야 한다고 하였음.
【蚩尤作兵伐黃帝】袁珂는 "《太平御覽》(73)引《世本》云:「蚩尤作兵.」宋衷注:
  「蚩尤, 神農臣.」則所謂'蚩尤作兵伐黃帝'者, 蓋黃炎鬪爭, 炎帝兵敗, 蚩尤奮起
  以與炎帝復仇也"라 함.
【冀州之野】郭璞은 "冀州, 中土也. 黃帝亦敎虎豹熊羆, 以與炎帝戰于阪泉之野
  而滅之. 見《史記》"라 함. 《史記》는 五帝本紀를 가리킴.
【畜水】'蓄水'와 같은. 물을 모아 저장함.
【縱大風雨】郝懿行은 "縱當爲從.《史記》(五帝本紀)正義引此經云:「以從大風雨.」
  《藝文類聚》(79)及《太平御覽》(79)引此經亦作'從'"이라 하였으나, 袁珂는 "按:
  〈藏經本〉正作'從'. '從'通'縱'.《禮記》曲禮:「欲不可從.」釋文: 放縱也."라 함.

【乃下天女曰魃】가뭄을 일으키는 怪神. 旱魃. 본래 이름은 妭. 郝懿行은
《御覽》引此經‘魃’作‘妭’,〈藏經本〉此下亦俱作‘妭’”이라 함.

【止雨】王念孫은 “史記五帝紀正義引此經‘止雨’上有‘以止雨’三字.《後漢書》
張衡傳無,《御覽》(35, 79)同”이라 함.

【魃不得復上】郭璞은 “旱氣在也”라 함.

【叔均】袁珂는 “按:〈大荒南經〉(715)云:「蒼梧之野, 舜與叔均之所葬也.」郭璞注:
「叔均, 商均也.」〈大荒西經〉(752)云:「稷之弟台璽生叔均.」〈海內經〉(866)云:
「稷之孫曰叔均.」均此叔均也. 傳聞不同而異辭耳”라 함.

【田祖】田神. 농토의 신. 郭璞은 “主田之官.《詩》云:「田祖有神.」”이라 함.

【魃時亡之】郭璞은 “畏見逐也”라 하였고, 郝懿行은 “亡謂善逃逸也”라 함.

【神北行】郭璞은 “向水位也”라 하였고, 郝懿行은 “北行者, 令歸赤水之北也”
라 함.

【溝瀆】도랑과 냇물. 郭璞은 “言逐之必得雨, 故見先除水道, 今之逐魃是也”라 함.

적수여자(赤水女子)

817(17-23) 심목민深目民

어떤 사람이 있어 바야흐로 물고기를 먹고 있다. 그들을 심목민深目民의
나라라 한다. 분盼 성이며 물고기를 주식으로 한다.

有人方食魚, 名曰深目民之國, 盼姓, 食魚.

【深目民之國】〈海外北經〉(535) 深目國을 볼 것.
【盼姓】郭璞은 "深目國亦胡類, 但眼絶深, 黃帝時姓也"라 하였으며, 郝懿行은
"盼, 府文切. 見《玉篇》"이라 함. 袁珂는 "按: 郭注'黃帝時姓', 〈宋本〉·〈毛扆本〉
作'黃帝時至', 是也"라 함.

818(17-24) 종산鍾山

종산鍾山이라는 산이 있다. 어떤 여자가 푸른 옷을 입고 있다. 이름을 적수여자헌赤水女子獻이라 한다.

有鍾山者, 有女子衣青衣, 名曰赤水女子獻.

【赤水女子獻】吳承志는 "'獻'當作'妭'. 上文有人衣青衣名曰黃帝女妭, 後置之赤水之北, 赤水女子妭, 卽黃帝女妭也. 此文當本上句之異文, 校者兩存之, 遂成歧出耳"라 하였고, 袁珂는 "按: 吳說疑是. 疑此'獻'本作'妭', 所以爲前文諸'妭'字之'異文'. 迨後前文諸妭字均改爲'妭'. 此'妭'字亦遂訛爲'獻'이"라 하여 '獻'자는 '妭'자여야 하며 더 나아가 원래 글자인 '妭'자여야 한다고 보았음.

819(17-25) 융보산融父山

대황 가운데에 산이 있어 융보산融父山이라 한다. 순수順水가 그 산으로 흘러들어간다.

어떤 사람이 있으니 이름을 견융犬戎이라 한다. 황제黃帝가 묘룡苗龍을 낳고, 묘룡이 융오融吾를 낳았다. 그리고 다시 융오가 농명弄明을 낳았으며, 농명이 백견白犬을 낳았다. 백견은 암수가 함께 있는 양성이었다. 이가 견융이 되었으며 육식을 한다.

적수赤獸가 있어 말의 모습에 머리가 없다. 이름을 융선왕시戎宣王尸라 한다.

大荒之中, 有山名曰融父山. 順水入焉.

有人名曰犬戎. 黃帝生苗龍, 苗龍生融吾, 融吾生弄明, 弄明生白犬, 白犬有牝牡, 是爲犬戎, 肉食.

有赤獸, 馬狀無首, 名曰戎宣王尸.

【順水入焉】袁珂는 "按: 上文云:「有順山者, 順水出焉.」卽此"라 함.

【弄明】郭璞은 "弄, 一作卞"이라 하여 '卞明'이 아닌가 함. 그러나 《史記》 등에는 '幷明'으로도 되어 있음.

【弄明生白犬】郝懿行은 "《漢書》匈奴傳注引此經作'弄明', 《史記》周本紀正義引此經作'幷明'. 又云:「黃帝生苗, 苗生龍, 龍生融, 融生吾, 吾生幷明, 幷明生白, 白生犬, 犬有二壯, 是爲犬戎.」所引一人, 俱爲兩人, 所未詳聞"이라 함.

【白犬有牝牡】郭璞은 "言自相配合也"라 하였고, 郝懿行은 《史記》周本紀正義,
《漢書》匈奴傳注引此經幷作'白犬有二牝牡', 蓋謂所生二人相爲牝牡也. 〈藏經本〉
作'白犬二犬有牝牡', 下'犬'字疑衍"이라 함.

【戎宣王尸】犬戎族의 신 이름. 郭璞은 "犬戎之神名也"라 함.

820(17-26) 제주산齊州山

산이 있으니 이름을 제주산齊州山, 군산君山, 잠산鬵山, 선야산鮮野山, 어산魚山이라 한다.

有山名齊州之山·君山·鬵山·鮮野山·魚山.

【鬵山】郭璞은 "音潛"이라 함.

821(17-27) 일목인一目人

어떤 사람이 있어 눈이 하나이다. 눈이 얼굴 중앙에 나 있다.
일설에는 그들은 위威 성이며 소호少昊의 자손으로 기장을 주식으로
한다고도 한다.

有人一目, 當面中生.
一曰是威姓, 少昊之子, 食黍.

소호지자(少昊之子)

【有人一目, 當面中生】郝懿行은 "此人卽一目國也, 見〈海外
北經〉(532). '當面中生'四字, 〈藏經本〉作郭注, 非"라 하여
〈藏經本〉에는 '當面中生'이 곽박의 주로 처리되어 있음.
【一曰是威姓】袁珂는 "按:〈海內北經〉(612)有鬼國, '爲物人面
而一目', 亦卽此, '威'·'鬼'音近"이라 함.

822(17-28) 계무민繼無民

계무민繼無民이 있다. 무계민은 임任 성이며 무골민無骨民의 자손으로
공기와 물고기를 주식으로 한다.

有繼無民, 無繼民任姓, 無骨子, 食氣·魚.

【繼無民】無繼民에서 '繼'자와 '無'자가 바뀐 것. 無啓民, 無脊民과 같음. 530
참조. 郝懿行은 "繼無, 疑當爲無繼, 卽上文無繼子也"라 하였고, 袁珂는 "按:
經文二'繼無', 王念孫·郝懿行均校作'無繼', 卽上文'無繼'也"라 하여 '繼無民'은
'無繼民'이어야 한다고 하였음.

【無骨子】郭璞은 "言有無骨人也.《尸子》曰:「徐偃王有筋而無骨.」"이라 하였고,
袁珂는 "按: 無骨, 卽下文牛黎之國, 亦卽〈海內北經〉(533)柔利國也. '柔利'·
'牛黎'音皆相近"이라 함.

【食氣·魚】郝懿行은 "食氣·魚'者, 此人食氣兼食魚也.《大戴禮記》易本命篇云:
「食氣者神明而壽.」"라 함.

823(17-29) 중편中輻

　서북쪽 바다 밖, 유사流沙의 동쪽에 나라가 있어 중편中輻이라 한다. 전욱顓頊의 자손이며 기장을 주식으로 한다.

西北海外, 流沙之東, 有國曰中輻, 顓頊之子, 食黍.

【中輻】郝懿行은 "輻,《玉篇》云:「符善切.」《集韻》云:「婢善切, 音扁.」〈藏經本〉輻作'輪'"이라 하였고, 袁珂는 "按: 何焯校〈宋本〉亦作'輪'"이라 하여 '中輪'이 아닌가 함.

824(17-30) 뇌구賴丘

어떤 나라가 있어 이름을 뇌구賴丘라 한다. 견융국犬戎國이 있다.

어떤 신이 있으니 사람 얼굴에 짐승의 몸을 하고 있으며 그 이름을 견융犬戎이라 한다.

有國名曰賴丘, 有犬戎國.

有神, 人面獸身, 名曰犬戎.

【犬戎國】袁珂는 "按: 犬戎國已見〈海內北經〉(611), 亦卽此經上文之'犬戎'也"라 함.

【有神】郝懿行은 "犬戎, 黃帝之玄孫, 已見上文. 是犬戎亦'人'也, '神'字疑譌. 《史記》周本紀集解引此經正作'人'字"라 하였고, 袁珂는 "按: 王念孫校同郝注, '神'字應據改"라 하여 '有人'이어야 한다고 보았음.

825(17-31) 묘민苗民

서북쪽 바다 밖, 흑수黑水의 북쪽에 어떤 사람이 있어 날개가 있다. 이름을 묘민苗民이라 한다.

전욱顓頊이 환두驩頭를 낳고, 환두가 묘민을 낳았다. 묘민은 이釐 성으로 고기를 주식으로 한다.

산이 있으니 이름을 장산章山이라 한다.

西北海外, 黑水之北, 有人有翼, 名曰苗民.

顓頊生驩頭, 驩頭生苗民. 苗民釐姓, 食肉.

有山名曰章山.

【有人有翼, 名曰苗民】郭璞은 "三苗之民"이라 하였으며, 袁珂는 "按: 三苗國已見〈海外南經〉(493). 《神異經》西荒經云:「西方荒中有人, 面目手足皆人形, 而胳下有翼, 不能飛, 爲人饕餮, 淫逸無理, 名曰苗民.」說本此"라 함.

【驩頭生苗民】袁珂는 "按: 驩頭亦見〈海外南經〉(490), 作讙頭國, 卽丹朱國也. 此云驩頭生苗民者, 蓋丹朱與苗民神話之異傳, 明此兩族關係密切也"라 함.

【苗民釐姓】袁珂는 "按: 苗民亦黃帝之裔也"라 함. 大人國(553, 798)의 注를 볼 것.

묘민(苗民)

826(17-32) 약목若木

대황 가운데에 형석산衡石山, 구음산九陰山 회야산灰野山이 있다.
산 위에 적수赤樹가 있으니 푸른 잎에 붉은 꽃을 피우며 이름을 약목若木이라 한다.
(곤륜산 서쪽 부근 서쪽 끝에 나 있으며 그 꽃에서 나는 붉은빛은 아래로 지면을 비추고 있다.)

大荒之中, 有衡石山·九陰山·灰野之山.
上有赤樹, 青葉, 赤華, 名曰若木.
(生昆侖西附西極, 其華光赤照下地)

【灰野之山】 원문은 '泂野之山'으로 되어 있으나 이는 오기임. 郝懿行은 "《水經》若水注·《文選》〈甘泉賦〉及〈月賦〉注·《藝文類聚》(89)引此經竝作'灰野之山'"이라 하였고, 袁珂는 "按: 〈宋本〉及〈藏經本〉正作'灰野之山', 應據改"라 함.
【若木】 곽박 《圖讚》에 "若木之生, 昆山是濱. 朱華電照, 碧葉玉津. 食之靈智, 爲力爲仁"이라 함.
【生昆侖西附西極, 其華光赤照下地】 "生昆侖西附西極, 其華光赤照下地"는 곽박의 주문으로 처리되어 있으나, 袁珂는 "按: 據郝懿行校, 郭注此二語原係經文, 後誤作注文"이라 하여 곽박의 이 두 구절은 원래 經文이었으나 뒤에 注文으로 잘못 처리된 것이라 하였음.

827(17-33) 우려국牛黎國

우려국牛黎國이 있다. 그곳에 사람이 있어 뼈가 없으며 담이儋耳의 자손
이다.

有牛黎之國, 有人無骨, 儋耳之子.

【牛黎國】〈海外北經〉(533)의 柔利國을 가리킴. 袁珂는 "按: 牛黎國卽〈海外北經〉
 (533)柔利國也, 其人反屈曲足居上, 故此經云'無骨'矣"라 함.
【儋耳之子】郭璞은 "儋耳人生無骨子也"라 함. 儋耳國은 〈大荒北經〉(808)을
 볼 것.

828(17-34) 장미산章尾山

서북쪽 바다 밖, 적수赤水의 북쪽에 장미산章尾山이 있다.

어떤 신이 있어 사람 얼굴에 뱀의 몸이며 전체가 붉은색이다. (몸 길이가 천 리나 된다.)

눈이 세로로 나 있으며 눈에는 똑바르게 두 줄기 꿰맨 자국이 있다. 그가 눈을 감으면 천지가 어두워지고 눈을 뜨면 천지가 밝아진다.

그는 먹지도 아니하고 잠을 자지도 아니하며 숨도 쉬지 아니한다. 단지 바람과 비를 마셔 목이 메어 있을 뿐이다. 그는 구중九重의 어두운 곳을 비춰준다. 이를 일러 촉룡燭龍이라 한다.

西北海外, 赤水之北, 有章尾山.

有神, 人面蛇身而赤, (身長千里)

直目正乘, 其瞑乃晦, 其視乃明.

不食不寢不息, 風雨是謁. 是燭九陰, 是謂燭龍.

【章尾山】袁珂는 "按: 〈海外北經〉(531)作'鍾山', 此作章尾山, 鍾·章聲近而戰也"
라 함.

【人面蛇身而赤】郭璞은 "身長千里"라 하였고, 王念孫은 "'身長千里'四字亦正
文誤入注. 《御覽》(神鬼二)不誤. 《類聚》(靈異四)同, 唯作'尺'"이라 하여 "身長
千里(身長千尺)"은 원래 정문이었으나 잘못하여 주문이 되었다 하였음.
袁珂는 "按: 〈海外北經〉(531), 經文亦有'身長千里'四字, 足證郭注確系經文
誤入"이라 함.

【直目正乘】直目은 從目과 같음. 곧게 세로로 난 눈. '正乘'은 그 의미를 알수 없으나 '朕'자의 가차로 옷을 꿰맨 자리라 함. 郭璞은 "'直目', 從目也. '正承', 未聞"이라 하였고, 畢沅은 "'承'恐'朕'字假音, 俗作'朕'也"라 함. 袁珂는 "按: 朕義本訓舟縫, 引申之, 他物交縫處, 皆得曰朕, 此言燭龍之目合縫處直也"라 함.

【其瞑乃晦, 其視乃明】郭璞은 "言視爲晝·眠爲夜也"라 하였고, 袁珂는 "按: 《文選》思玄賦李善注·《類聚》(79)引此經'瞑'並作'眠', 俗字也"라 함.

【風雨是謁】噎의 가차자. 목이 멤. 그러나 의미로 보아 '먹다, 마시다'의 뜻으로 볼 수 있음. 郭璞은 "言能請致風雨"라 하였고, 畢沅은 "謁, 噎字假音"이라 함. 袁珂는 "按: 畢說是也, 言以風爲食也"라 함.

【是燭九陰】九重의 九泉 어두운 곳을 비춰줌. 郭璞은 "照九陰之幽陰也"라 하였고, 袁珂는 "按: 〈宋本〉·〈藏經本〉·〈毛扆本〉郭注'幽陰'並作'幽隱', 是也"라 함.

【是謂燭龍】郭璞은 "《離騷》曰:「日晏不到, 燭龍何燿?」《詩含神霧》曰:「無不足西北, 無有陰陽消息, 故有龍銜精以往照天門中」云. 《淮南子》曰:「蔽于委羽之山, 不見天日也。」"라 함. 袁珂는 "晏: 郭引《離騷》'燭龍何燿', 今《楚辭》天問'燿'作'照'. 引《詩含神霧》'龍銜精以往照天門中', 《文選》〈雪賦〉李善注引'精'上有'火'字"라 함.

촉룡(燭龍)

卷十八 海內經

〈海內神祇異人〉明 蔣應鎬 圖本

829(18-1) 조선朝鮮과 천독天毒

동쪽 바다의 안쪽, 북쪽 바다의 구석에 나라가 있어 이름을 조선朝鮮, 천독天毒이라 한다. 그곳 사람들은 물가에 의지하고 살며 남을 가까이 하며 사람을 사랑한다.

東海之內, 北海之隅, 有國名曰朝鮮·天毒, 其人水居, 偎人愛人.

【朝鮮】郭璞은 "朝鮮, 今樂浪郡也"라 하였고, 郝懿行은 "朝鮮已見〈海內北經〉(630)"이라 함.

【天毒】구체적으로 알 수 없으나 지금의 印度, 즉 고대 天竺이 아닌가 함. 고대 중국 기록에 인도를 '身毒', '捐毒'으로 표기하였으며《史記》大宛列傳에 "大夏, ……其東南有身毒國"이라 하고 〈索隱〉에 孟康의 말을 인용하여 "卽天竺也. 所謂浮圖胡也"라 함.《漢書》(96)에는 '捐毒國'으로 표기되어 있으며 이 경우 '身', '捐'은 모두 '연'으로 읽음. 따라서 '天毒'은 '연독'으로 읽을 수 있으며 혹 天竺과 身毒(연독)의 한 글자씩을 취하여 이름을 삼은 것으로 볼 수 있음.《西京雜記》(1)에는 "宣帝被收繫郡邸獄, 臂上猶帶史良娣合彩婉轉絲繩, 繫身毒國寶鏡一枚, 大於八銖錢. 舊傳此鏡照見妖魅, 得佩之者爲天神所福, 故宣帝從危獲濟. 及卽大位, 每持此鏡, 感咽移辰. 常以琥珀笥盛之, 緘以戚里織成錦, 一曰斜文錦. 帝崩, 不知所在"라는 고사를 싣고 있음. 이처럼 인도와 朝鮮이 같은 방위에 있다고 한 것은 이《山海經》이 상상과 왜곡의 한계를 한껏 뛰어넘고자 한 것임을 알 수 있음. 郭璞은 "天毒, 卽天竺國, 貴道德, 有文書·金銀·錢貨·浮屠, 出此國中也. 晉大興四年, 天竺胡王獻珍寶"라 하였고,

郝懿行은 "《史記》大宛傳云:「有身毒國.」 索隱云:「身音乾, 毒音篤. 孟康云: '卽天竺也.' 所謂浮屠, 胡也. 按大宛傳說身毒云:「其人民乘象以戰, 其國臨大水焉.」《後漢書》西域傳云:「天竺國, 一名身毒, 其國臨大水, 修浮屠, 道不殺伐.」《水經注》引康泰〈扶南傳〉曰:「天竺, 土俗道法, 流通金寶委積, 山川饒沃, 恣所欲.」 大意與郭注同也"라 함. 한편 袁珂는 "按: 天竺, 卽今印度, 在我國西南, 其國臨印度洋, 故稱'其人水居', 然此乃與朝鮮竝稱, 地望絶不相侔. 或經文有脫文譌字, 未可知也"라 함.

【偎人愛人】 '偎'는 '愛'와 같은 뜻. 사람을 아끼고 사랑함을 말함. 郭璞은 "偎, 亦愛也. 音隱隈反"이라 하였고, 王念孫은 "宗炳《明佛論》(《弘明集》2)引作 '偎人而愛之'"라 함. 郝懿行은 "愛之, 〈藏經本〉作'愛人', 是也.《列子》云:「列姑射山, 有神人, 不偎不愛, 仙聖爲之臣.」 義正與此合"이라 함. 袁珂는 "按: 〈宋本〉·〈吳寬抄本〉正作'偎人愛人'"이라 함.

830(18-2) 학시壑市

　서쪽 바다의 안쪽, 유사流沙의 가운데에 나라가 있으니 이름을 학시
壑市라 한다.

西海之內, 流沙之中, 有國名曰壑市.

【壑市】郭璞은 "音郝"이라 하였고, 袁珂는 "按:《水經注》禹貢山水澤地所在云:
「流沙在西海郡北, 又逕浮渚, 歷壑市之國.」"이라 함.

831(18-3) 범엽氾葉

　서쪽 바다의 안쪽, 유사流沙의 서쪽에 나라가 있어 이름을 범엽氾葉
이라 한다.

西海之內, 流沙之西, 有國名曰氾葉.

【氾葉】郭璞은 "音如氾濫之氾"이라 하였고, 郝懿行은 "《水經注》無此國, 疑脫"
　이라 함.

832(18-4) 조산鳥山

유사流沙의 서쪽에 조산鳥山이라는 산이 있다. 삼수三水가 이 산에서 발원한다.

그곳에는 황금黃金, 선괴璿瑰, 단화丹貨, 은과 철이 있으며 모두가 이 물 속에 흐르고 있다.

다시 회산淮山이 있으니 호수好水가 그 산에서 발원한다.

流沙之西, 有鳥山者, 三水出焉.

爰有黃金·璿瑰·丹貨·銀鐵, 皆流于此中.

又有淮山, 好水出焉.

【鳥山】郝懿行은 "《水經注》云:「流沙歷堅市之國, 又逕於鳥山之東.」"이라 함.

【三水出焉】郭璞은 "三水同出一山也"라 함.

【皆流于此中】郭璞은 "言其中有雜珍奇貨也"라 하였고, 郝懿行은 "皆流于此中, 〈藏經本〉作'皆出此水'四字.《穆天子傳》云:「天子之珤, 果璿珠燭銀黃芩之膏.」卽此類"라 함.

833(18-5) 조운국朝雲國과 사체국司彘國

유사流沙의 동쪽, 흑수黑水의 서쪽에 조운국朝雲國과 사체국司彘國이 있다. 황제黃帝의 처 뇌조雷祖가 창의昌意를 낳았으며, 창의가 하늘에서 내려와 약수若水에 살면서 한류韓流를 낳았다. 한류는 기다란 머리에 작은 귀, 사람 얼굴, 돼지주둥이, 기린의 몸, 서로 달라붙은 두 다리, 돼지의 두 발을 가지고 있다. 그는 촉산씨(淖山氏, 蜀山氏)의 딸 아녀阿女를 아내로 맞이하여 제帝 전욱顓頊을 낳았다.

流沙之東, 黑水之西, 有朝雲之國·司彘之國.
　黃帝妻雷祖, 生昌意, 昌意降處若水, 生韓流.
韓流擢首·謹耳·人面·豕喙·麟身·渠股·豚止, 取
淖子曰阿女, 生帝顓頊.

한류(韓流)

【朝雲之國】郝懿行은 《水經注》云:「流沙又逕於鳥山之東, 朝雲之國.」이라 함.
【黃帝妻雷祖, 生昌意】郭璞은 《世本》云:「黃帝娶于西陵氏之子, 謂之纍祖, 産青陽及昌意.」라 하였고, 郝懿行은 "雷, 姓也. 祖, 名也. 徐陵氏姓方雷. 故 〈晉語〉云:「青陽, 方雷氏之甥也.」'雷'通作'纍', 郭引《世本》作'纍祖', 《大戴禮》帝繫篇作'㜃祖', 《史記》五帝紀同, 《漢書》古今人表作'絫祖', 並通"이라 함.
【昌意降處若水】袁珂는 "按:《史記》五帝本紀'昌意降居若水', 索隱云:「降, 下也. 言帝子爲諸侯. 若水在蜀, 卽所封國也.」此神話之歷史解釋也, 其本義當爲自 天下降, 謫居若水"라 함.

【生韓流】郭璞은 "《竹書》云:「昌義降居若水, 産帝乾荒.」 乾荒卽韓流也, 生帝
顓頊"이라 하였고, 畢沅은 "韓·乾聲相近, '流'卽充字, 字之誤也"라 함.

【擢首·謹耳】郭璞은 "擢首, 長咽; 謹耳, 未聞"이라 하였으며, 郝懿行은 "《說文》
云:「顓, 頭顓顓謹兒; 頊, 頭頊頊謹兒.」 卽謹耳之義. 然則顓頊命名, 豈以
其頭似父歟?"라 함. '擢'은 '拔'의 뜻이며 '길다'(長)의 의미를 가지고 있음.
謹耳는 작은 귀를 뜻하는 것으로도 봄.

【渠股】두 다리가 함께 붙어 있음. 郭璞은 "渠, 車輞, 言跰脚也. 《大傳》曰:
「大如車渠.」"라 하였고, 郝懿行 "跰當爲'胼', 依字當爲'胼', 見《說文》"이라 함.

【豚止】돼지의 발굽. 郭璞은 "止, 足"이라 하여 '止'는 '足'의 본자임. 郝懿行은
"止, 卽趾也. 〈士昏禮〉云:「皆有枕北止.」 鄭注云:「止, 足也. 古文趾, 作止.」
又《漢書》〈郊祀歌〉云:「獲白麟, 爰五止.」 顔師古注亦訓'止爲足也"라 함.

【取淖子曰阿女, 生帝顓頊】郭璞은 "《世本》云:「顓頊母濁山氏之子, 名昌僕"이라
하였고, 郝懿行은 "《大戴禮》帝繫篇云:「昌意娶于蜀山氏之子, 謂之昌僕氏,
産顓頊.」 郭引《世本》作'濁山氏', '蜀', 古字通濁. 又通'淖', 是'淖子'卽蜀山子也.
曰'阿女'者, 《初學記》(9)引《帝王世紀》云:「顓頊母曰景僕, 蜀山氏女, 謂之女樞.」
是也"라 하여 '阿女'는 '女樞'를 가리킨다 하였음. 한편 '淖'는 본음이 '뇨'이나
본주에서 "'蜀', 古字通濁. 又通'淖'"라 한 것으로 보아 '촉'으로 읽어야 할
것으로 여김.

834(18-6) 불사산不死山

유사流沙의 동쪽, 흑수黑水의 중간에 산이 있으니 이름을 불사산不死山
이라 한다.

流沙之東, 黑水之間, 有山名不死之山.

【不死之山】郭璞은 "卽員丘也"라 하였고, 袁珂는 "按:《水經注》禹貢山水澤
  地所在云:「流沙又歷員丘不死之山西.」本此爲說也. 員丘山上有不死樹, 食之
  乃壽, 見〈海外南經〉(497)不死民節郭注"라 함.

835(18-7) 조산肇山

화산華山과 청수靑水의 동쪽에 산이 있어 이름을 조산肇山이라 한다.
　그곳에 사람이 있으니 이름을 백자고柏子高라 하며 백자고는 오르내리다가 하늘에 닿는다.

華山·靑水之東, 有山名曰肇山.
有人名曰柏子高, 柏子高上下于此, 至于天.

【柏子高】 원문에는 '柏高'로 되어 있으며 '子'자가 누락되었음. 郭璞은 "柏子高, 仙者也"라 하였고, 郝懿行은 "據郭注, 經文當爲'柏子高'. 〈藏經本〉正如是, 今本脫'子'字也"라 함. 袁珂는 "按: 經文柏高, 〈宋本〉作'栢高', 王念孫校增'子'字"라 하여 '柏子高'로 보았음.
【柏子高上下于此, 至于天】 郭璞은 "言翶翔雲天, 往來此山也"라 하였으나 袁珂는 "按: 郭說非是. '柏高上下于此, 至于天'者, 言柏高循此山而登天也, 此山蓋山中之天梯也. 釋詳下文'九丘建木'節注"라 함.

836(18-8) 도광야都廣野

　서남쪽 흑수黑水의 중간에 도광야都廣野가 있다. 후직后稷의 무덤이
거기에 있다.

　그 성城은 사방이 3백 리이며 하늘과 땅의 중간에 위치해 있다. 소녀
素女가 이곳에서 태어났다.

　그곳에는 고숙膏菽, 고도膏稻, 고서膏黍, 고직膏稷 등 온갖 곡물이 자생
하고 있다. 겨울과 여름 어느 계절에나 파종할 수 있으며 난조鸞鳥는
스스로 노래 부르고 봉조鳳鳥는 스스로 춤을 춘다. 영수수靈壽樹라는
나무가 꽃을 피우고 열매를 맺으며 모든 초목이 모여들어 있다.

　그곳에는 온갖 짐승들이 있으니 서로 무리를 이루어 살고 있다. 이곳의
풀은 겨울이나 여름이나 죽지 않는다.

西南黑水之間, 有都廣之野, 后稷葬焉.

其城方三百里, 蓋天地之中, 素女所出也.

爰有膏菽·膏稻·膏黍·膏稷, 百穀自生, 冬夏播琴, 鸞鳥
自歌, 鳳鳥自儛, 靈壽實華, 草木所聚.

爰有百獸, 相羣爰處. 此草也, 冬夏不死.

【都廣之野】王念孫은 "《後漢書》張衡傳注作'廣都', 《御覽》(百穀一)作'都廣', 木部
　　八作'廣都', 《類聚》(地部)作'都廣', 百穀部作'廣都', 鳥部上同"이라 하여 '都廣'은
　　'廣都'로 서로 혼효되고 있음을 지적하였음. 이에 대해 袁珂는 "按: 據此,

則古有二本, 或作‘都廣’, 或作‘廣都’, 其實一也. 楊愼《山海經補注》云:「黑水廣都, 今之成都也.」衡以地望, 庶幾近之”라 함.

【后稷葬焉】郭璞은 “其城方三百里, 蓋天下之中, 素女所出也”라 하였고, 원가는 “按:《楚辭》九嘆王逸注引此經有‘其城方三百里, 蓋天下之中’十一字, 是知古本在經文, 今脫去之, 而誤入郭注也. 因知‘素女所出也’五字王注雖未引, 亦必在經文無疑. 又郭注‘天下之中’, 當爲‘天地之中’”이라 하여 곽박 주로 되어 있는 이 “其城方三百里, 蓋天下之中, 素女所出也” 16자는 본래 經文이었으나 잘못되어 주로 처리되었으며 ‘天下之中’은 ‘天地之中’이어야 한다고 하였음.

【爰有膏菽·膏稻·膏黍·膏稷】郭璞은 “言味好皆滑如膏.《外傳》曰:「膏粢之子, 菽豆粢粟也.」”라 하였으며, 袁珂는 “按: 郭注‘味好’,〈藏經本〉作‘好味’; 郭注‘膏粢之子’, 王念孫校皆‘粢’爲‘粱’”이라 함. ‘膏稷’ ‘膏’자는 모두 ‘기름지며 찰기가 있는’ 곡식을 뜻함. 찰벼, 차조, 찹쌀, 찰옥수수 등을 말함.

【冬夏播琴】‘播琴’은 ‘播種’과 같음. 겨울이나 여름이나 언제나 씨를 뿌리고 농사를 지을 수 있음을 말함. 郭璞은 “播琴, 猶播殖, 方俗言耳”라 하였고, 畢沅은 “播琴, 播種也.《水經注》云:「楚人謂‘冢’爲‘琴’.」‘冢’·‘種’聲相近也”라 함. 郝懿行은 “畢說是也. 劉昭注〈郡國志〉酮陽引《皇覽》曰:「縣有葛陂鄕, 城東北有楚武王冢. 民謂之‘楚武王岑’.」然則楚人皆謂‘冢’爲‘岑’. ‘岑’·‘琴’聲近, 疑初本謂之‘岑’, 形聲譌轉爲‘琴’耳”라 함.

【靈壽實華】靈壽樹가 저절로 꽃이 피고 열매를 맺음. 靈壽樹는 대나무와 같으며 가지가 있다 함. 郭璞은 “靈壽, 木名也. 似竹, 有枝節”이라 하였고, 郝懿行은 “《爾雅》云:「椐, 樻」卽靈壽也.《漢書》孔光傳云:「賜太師靈壽杖.」顏師古注云:「木似竹, 有枝節, 長不過八九尺, 圍三四寸, 自然有合杖制, 不須削治也.」”라 함. 그리고 吳承志는 “《呂氏春秋》本味篇:「菜之美者, 壽木之華」高誘注:「壽木, 昆侖山木也. 華, 實也. 食其實者不死, 故曰壽木.」壽皆卽靈壽, 都廣之野재黑水間, 又昆侖山相近也”라 하였고 袁珂는 “按: 吳說于神話得之”라 함.

【草木所聚】郭璞은 “在此叢殖也”라 함.

【相群爰處】郭璞은 “於此群聚”라 함.

【此草也】郝懿行은 “此草, 猶言此地之草, 古文省耳”라 함.

837(18-9) 약목若木과 약수若水

남쪽 바다의 안쪽. 흑수黑水와 청수青水의 중간에 나무가 있어 이름을 약목若木이라 하며 약수若水가 그곳에서 발원한다.

南海之內, 黑水·青水之閒, 有木名曰若木, 若水出焉.

【南海之外】 다른 판본에는 거의가 '海外之內'로 되어 있음. 袁珂는 "按: 經文外, 〈宋本〉·〈吳寬抄本〉·〈藏經本〉均作內, 作內是也"라 함.

【黑水·青水之閒】 郝懿行은 《水經》若水注引此經無'青水'二字"라 함.

【若木】 郭璞은 "樹赤華青"이라 하였고, 袁珂는 "按: 若木已見〈大荒北經〉(826), 云'赤樹, 青葉赤華', 此注'華'蓋'葉'字之譌, 〈藏經本〉正作'葉'"이라 함.

【若水出焉】 郝懿行은 "〈地理志〉云:「蜀郡旄牛, 鮮水出, 徼外南入若水. 若水亦出徼外南至大莋入繩水.」"이라 하였고, 袁珂는 "按:《水經注》若水云:「若木之生, 非一所也, 黑水之間, 厥木所植, 水出其下, 故水受其稱焉.」又云:「若水出蜀郡旄牛徼外, 西南之故關, 爲若水也.」"라 함.

838(18-10) 우중국禹中國

우중국禹中國이 있다. 열양국列襄國이 있다. 영산靈山이 있다. 적사赤蛇가
나무 위에 있으니 이름을 연사螾蛇라 하며 나무를 먹는다.

有禹中之國. 有列襄之國. 有靈山. 有赤蛇在木上, 名曰
螾蛇, 木食.

【靈山】袁珂는 "按: 靈山已見〈大荒西經〉(760), 爲'十巫從此承降'之所, 此靈山
揆其地望當亦是也"라 함.
【螾蛇】郭璞은 "言不貪食獸也. 螾, 音如虹弱之虹"이라 함.

839(18-11) 염장국鹽長國

염장국鹽長國이 있다. 그곳에 사람이 있어 새의 머리를 하고 있으며
이름을 조민鳥民이라 한다.

有鹽長之國. 有人焉鳥首, 名曰鳥民.

【有鹽長之國】'鹽長'은 혹 '監長'으로도 표기된 판본이 있음. 郝懿行은 "《太平
御覽》(797)引作'監長', '有'上有'西海中'三字, 〈藏經本〉亦作
'監長', 《北堂書鈔》(157)引如今本同"이라 함.
【鳥民】원본에는 '鳥氏'로 되어 있으며 이는 '鳥民'의 오기임.
郭璞은 "今佛書中有此人, 即'鳥夷'也"라 하였고, 王念孫은
"《書鈔》(地部二)兩引鳥民, 下有'四蛇繚繞'四字"라 함. 이에
대해 袁珂는 "按: 王引《書鈔》即《北堂書鈔》, 査應是
地部一, 即卷一五七.《太平御覽》(797)亦引作'鳥民', 今本
'氏'字譌也"라 함.

조민(鳥民)

840(18-12) 구구九丘

아홉 개의 언덕이 있으니 물이 그 둘레에 연결되어 있다. 이름을 도당구陶唐丘, 숙득구叔得丘, 맹영구孟盈丘, 곤오국昆吾丘, 흑백구黑白丘, 적망구赤望丘, 참위구參衛丘, 무부구武夫丘, 신민구神民丘라 한다.

有九丘, 以水絡之, 名曰陶唐之丘·叔得之丘·孟盈之丘·昆吾之丘·黑白之丘·赤望之丘·參衛之丘·武夫之丘·神民之丘.

【陶唐之丘】郭璞은 "陶唐, 堯號"라 함.

【絡】郭璞은 "絡, 猶繞也"라 함.

【叔得之丘·孟盈之丘】원문에는 "有叔得之丘·孟盈之丘"로 되어 있으나 나열형 문장으로 보아 '有'자는 연문임. 郝懿行은 "叔得·孟盈, 蓋皆人名號也. 孟盈 或作蓋盈, 古天子號"라 하였고, 袁珂는 "按: 郝注後二語見《路史》后紀三. 經文'有叔得之丘', '有'字疑衍"이라 함.

【昆吾之丘】郝懿行은 "昆吾之山已見〈中次二經〉(290). 此經昆吾, 古諸侯號也. 《大戴禮》帝繫篇云: 「陸終産六子, 其一曰樊, 是爲昆吾.」《淮南子》地形篇云: 「昆吾丘在南方.」"이라 함.

【武夫之丘·神民之丘】袁珂는 "按: 郭璞注'武夫之丘'云: 「此山出美玉.」注'神民之丘'云: 「言上有神人.」'出美玉'者, 〈南次二經〉(019)云: 「會稽之山, 其下多砆石.」郭注云: 「砆, 武夫石, 似玉.」此丘之所以稱'武夫'也. '有神人'者, 《文選》〈游天

台山賦〉注引此經作'神人之丘'(《書鈔》仍作'神民'), 以郭注推之, 似經'文'民唐作
'人'"이라 함. '武夫'는 珷玞(碔砆)와 같으며 《博物志》(4)에 "魏文帝所記諸物
相似亂眞者: 「武夫怪石似美玉; 蛇床亂蘪蕪; 薺苨亂人蔘; 杜衡亂細辛; 雄黃
似石流黃; 鯿魚相亂, 以有大小相異; 敵休亂門冬; 百部似門冬; 房葵似狼毒;
鉤吻草與菫菜相似; 拔揳與萆薢相似, 一名狗脊.」"이라 함.
＊袁珂는 본 장을 다음 장과 묶어 하나의 연결된 문장으로 처리하였음.

841(18-13) 건목建木

나무가 있어 푸른 잎에 보랏빛 줄기이며 검은 꽃에 노란 열매가 맺힌다. 이름을 건목建木이라 한다.

백 길이나 되며 가지가 없고 위에는 아홉 굽이의 잔가지가 나 있고 아래에는 뿌리가 아홉 방향으로 얽혀 있다. 그 열매는 마치 삼씨와 같으며 그 잎은 마치 망목芒木의 잎과 같다.

태호大皞가 그곳을 지났으며 황제黃帝가 심은 것이다.

有木, 靑葉紫莖, 玄華黃實, 名曰建木.
百仞無枝, 上有九欘, 下有九枸. 其實如麻, 其葉如芒.
大皞爰過, 黃帝所爲.

【建木】袁珂는 "按: 建木已見〈海外南經〉(581). 推此經文意, 乾木乃生長於上文所說'九丘'之上. 下文'上有九欘, 下有九枸'. 又卽與'九丘'相應. 吳任臣〈廣注〉引《游氏臆見》云: 「建木在西, 若水之濱, 鹽長之國, 九邱之上.」 是也"라 함.
【九欘】郭璞은 "枝回曲也. 欘, 音如斤劚之劚"라 하여, '九欘'은 자잘한 가지가 아홉 방향으로 퍼져 있음을 뜻함. 袁珂는 "按:〈藏經本〉經文有上有'上'字,《太平御覽》(961)引此經正作'上有九欘', 應據補"라 함.
【九枸】나무의 뿌리가 아홉 방향으로 널리 뻗어 얽혀 있음. 郭璞은 "根盤錯也.《淮南子》曰:「木大則根櫃」音劬"라 하였고, 袁珂는 "按: 櫃・枸音同"이라 함.
【其實如麻】郭璞은 "似麻子也"라 함.

【其葉如芒】郭璞은 “芒木似棠梨也”라 하였고, 袁珂는 “按: 〈中次二經〉(291)
云:「葌山有木焉, 其狀如棠而赤葉, 名曰芒草.」郭注蓋本此爲說”이라 함.

【大皥爰過】郭璞은 “言庖犧於此過經也”라 하였고, 郝懿行은 “庖犧生於成紀,
去此不遠, 容得過經之”라 함. 그러나 袁珂는 “按: 郭·郝之說俱非也. ‘過’非
‘經過’之‘過’, 乃上下于天地意也.《淮南子》地形篇云:「建木在都廣, 衆帝所自
上下.」高誘注:「衆帝之從都廣山上天還下, 故曰上下.」云‘上天還下’, 故曰‘上下’,
得‘上下’之意矣. 然云‘從都廣山’, 則尙未達于一間也. 揆此文意, ‘衆帝所自上
下’者, 非自都廣, 實自建木, 建木乃樹之天梯, 此‘建木……’, ‘大皥爰過’之謂也”
라 함.

【黃帝所爲】郭璞은 “言治護之也”라 하였으나, 袁珂는 “按: 此郭注亦似是而非.
‘爲’不當訓‘治護’. 當是‘施爲’之‘爲’; 言此天梯建木, 爲宇宙最高統治之黃帝所
造作·施爲者也. 正如後世民間前說, 七仙姑撒下一立仙種, 頃刻長成天梯然,
黃帝之‘爲’建木, 亦應如是也”라 함.

태호(大皥, 太昊)

842(18-14) 알유窫窳

알유窫窳가 있어 용의 머리에 사람을 잡아먹는다.
청수靑獸가 있으니 사람 얼굴을 하고 있으며 이름을 성성猩猩이라 한다.

有窫窳, 龍首, 是食人.
有靑獸, 人面, 名曰猩猩.

성성(猩猩)

【窫窳】본래는 蛇身人面의 天神 이름. 그러나 피살된 뒤 다시 살아나 龍首의
모습에 사람을 잡아먹는 怪物로 바뀌었다 함. 雙聲連綿語로 이름이 지어짐.
郭璞은 《爾雅》云:「窫窳似貙, 虎爪.」與此錯. 軋臾二音'이라 하였으며,
郝懿行은 "〈海內南經〉(580)云:「窫窳龍首, 居弱水中.」〈海內西經〉(604)云:
「窫窳蛇身人面.」又與此及《爾雅》不同"이라 하여 窫窳는 그 형상이 여러
가지임을 알 수 있음. 郭璞은 "窫窳, 本蛇身人面, 爲貳負臣所殺, 復化爲
成此物也"라 하였고, 袁珂는 "按: 貳負臣殺窫窳事見〈海內西經〉(587, 604)"
이라 함. 郭璞은 "居若水中"이라 함.

【有靑獸, 人面】郝懿行은 "郭注〈海內南經〉(577)云:「狌狌如黃狗.」此經云靑獸,
人面.」與郭異.《太平御覽》(908)引此經無'靑獸'二字, 蓋脫.《藝文類聚》(95)引
作'有獸', 無'靑'字, 當是今本'靑'字衍也"라 하였고, 袁珂는 "按: 王念孫校同
郝注, '靑'字實衍"이라 하여 '有靑獸'는 '有獸'여야 한다고 여겼음.

【猩猩】狌狌과 같음. 오랑우탄. 郭璞은 "能言"이라 하였고, 원가는 "按:《禮記》
曲禮云:「猩猩能言, 不離禽獸.」此郭注所本.《呂氏春秋》本味篇云:「肉之
美者, 猩猩之脣.」高誘注:「猩猩, 獸名也. 人面狗軀而長尾.」'狌狌知人名'已見
〈海內南經〉(577)"이라 함.

843(18-15) 파국巴國

서남쪽에 파국巴國이 있다. 태호大皡가 함조咸鳥를 낳고, 함조가 승리
乘釐를 낳았으며 승리가 후조後照를 낳았다. 이 후조가 파인의 시조이다.

西南有巴國. 大皡生咸鳥, 咸鳥生乘釐, 乘釐生後照, 後照
是始爲巴人.

【巴國】郭璞은 "今三巴是"라 함.
【大皡】太皡, 太昊와 같음. 伏羲氏를 지칭하는 것으로 봄. 袁珂는 "按: '大皡',
　　吳任臣·郝懿行注均以爲卽伏羲, 是也. 然大皡(太皡, 太昊)與伏羲在先秦古籍中,
　　本各不相謀, 至秦末漢初人撰《世本》, 始以太皡與伏羲連文, 以爲太昊伏羲氏.
　　故《呂氏春秋》孟春紀云: 「其帝太皡」 高誘注: 「太昊, 伏羲氏」 或卽本于《世本》
　　之說也. 此經無'伏羲'而唯大皡, 若非大皡·伏羲各不相謀, 卽作者直以大皡爲
　　伏羲矣. 從其發展觀之, 後者之可能性尤大"라 함.
【後照】袁珂는 "按:《太平御覽》(16)引此經'照'作'昭'"라 하여 '後昭'로도 표기함.
【後照是始爲巴人】郭璞은 "爲之始祖"라 하였고, 袁珂는 "按:《世本》姓氏篇
　　(秦嘉謨輯補本)載有關於廩君神話, 云: 「廩君姓巴氏」《路史》作者羅泌及《世本》
　　輯者之一雷學淇均以爲廩君卽太皡伏羲氏之後也, 姑存以俟考焉"이라 함.

844(18-16) 유황신씨流黃辛氏

어떤 나라가 있어 이름을 유황신씨流黃辛氏라 한다. 그 영토는 방원이 3백 리이며 그곳에는 늘 출현하는 것이 주록塵鹿이다.

파수산巴遂山이 있으며 면수潣水가 그 산에서 발원한다.

有國名曰流黃辛氏, 其域中方三百里, 其出是塵土.

有巴遂山, 潣水出焉.

【流黃辛氏】郭璞은 "卽鄷氏也"라 하였고, 袁珂는 "按: 流黃鄷氏已見〈海外南經〉(590). 又〈南次二經〉(011)云:「柜山, 西臨流黃」 亦此國也"라 함.

【其出是塵土】'塵土'는 원전에는 '塵土'로 되어 있으나 '塵'은 '麈'의 오기로 보임. '土'는 '麈'자의 아랫부분 '主'를 '土'자인 줄 잘못 알고 떼워 두 글자로 판각한 오류임. '麈'는 사슴 중 꼬리가 긴 큰 사슴. 혹 고라니. 일명 駝鹿이라고도 함. 郭璞은 "言殷盛也"라 하였고, 楊愼은 "出是塵土, 言其地淸曠無囂埃也"라 하였으며, 郝懿行은 "言塵坌出是國中, 謂人物喧闐也. 〈藏經本〉'域'字作'城', '出'字上下無'其是'二字"라 함. 그러나 袁珂는 "按: 諸說意或正或反, 然皆以出山塵土或超出塵土之'塵土'爲言, 俱非上古種落應有之景象. 獨淸蔣知讓于孫星衍校本尾批云:「塵土當爲'麈'·'麋'等字之譌.」 爲巨眼卓識, 一語中的. '其出是塵土'者, '其出是麈'也. '塵土'蓋'麈'字誤析爲二也. 〈藏經本〉無'其'·'是'二字, '出麈'則義更曉明"이라 함.

【潣水出焉】郝懿行은 《水經》若水注云: 潣水出徼外, 引此經亦作繩水. 《漢書》地理志云:「蜀郡旄牛, 若水出徼外, 南至大莋入繩」 卽斯水也"라 함.

파수산인(巴遂山人)

845(18-17) 주권국朱卷國

다시 주권국朱卷國이 있다.
흑사黑蛇가 있어 푸른 머리에 코끼리를 잡아먹는다.

又有朱卷之國.
有黑蛇, 靑首, 食象.

【有黑蛇, 靑首, 食象】郭璞은 "卽巴蛇也"라 함. 巴蛇가 코끼리를 잡아먹는다는
고사는 〈海外南經〉(583)을 볼 것.

846(18-18) 감거인贛巨人

남방에 감거인贛巨人이 있다. 사람 얼굴에 긴 입술, 그리고 검은 피부에 털이 나 있으며 발이 거꾸로 접힌다. 사람을 보면 웃으며 웃을 때에 입술이 그 눈을 덮는다. 사람들은 그때에 도망쳐야 한다.

南方有贛巨人, 人面長脣, 黑身有毛, 反踵, 見人則笑, 脣蔽其目, 因可逃也.

【贛巨人】郭璞은 "卽梟陽也. 贛, 音感"이라 하였으며, 袁珂는 "按: 梟陽國已見 〈海內南經〉(573)"이라 함.
【長臂】袁珂는 "按: 〈海內南經〉(573)作'長脣(脣)', '長臂'當是'長脣(脣)'之譌"라 함.
【見人笑亦笑】袁珂는 "按: 當依古本作'見人則笑', 見〈海外南經〉(573)梟陽國節注" 라 함.
【因卽逃也】袁珂는 "按: 〈藏經本〉'卽'作'可', 于義爲長"이라 함.

847(18-19) 흑인黑人

또 어떤 흑인黑人이 있으니 호랑이 머리에 새의 발을 하고 있다. 두 손
으로 뱀을 잡고 바야흐로 씹어 먹고 있다.

又有黑人, 虎首鳥足, 兩手持蛇, 方啗之.

【啗】음은 '담.' '噉', '啖'과 같은 뜻의 同音異形字.

흑인(黑人)

848(18-20) 영민蠃民

영민蠃民이 있으니 새의 발이다. 봉시封豕가 있다.

有蠃民, 鳥足. 有封豕.

【封豕】 야생의 큰 돼지. 郭璞은 "大豬也, 羿射殺之"라 하였고, 袁珂는 "按:
吳其昌《卜辭所見殷先公先王三續考》略云:「封豕', 疑卽'王亥'之字誤. 第一,
凡古書中遇封豕·封豨字, 下必記'羿殺'之文, 獨此下絶無'羿'字. 或羿射封豕之
記載. 第二, 封豕與王亥字形極相似" 又云:「〈大荒東經〉(702)云:
'有困民國, 勾姓而食. 有人曰王亥, ……名曰搖民.' 而〈海內經〉
(848)云: '有蠃民, 鳥足, 有封豕.' 困民之'困', 乃'因'字之誤, 因民·
搖民·蠃民, 一聲之轉也」 如吳所說, 卽此經之蠃民, 卽〈大荒東經〉
(702)之王亥, '有蠃民, 鳥足, 有封豕'者, 蓋亦王亥故事之節述也.
前節所記'又有黑人, 虎首鳥足, 兩手持蛇, 方啗之'者, 或亦與王
亥故事有關, 〈大荒東經〉(702)云:「有易潛出, 爲國于獸, 方食之,
名曰搖民.」搖民其虎首鳥足之黑人虎?"라 함. 곽박 《圖讚》에는
"有物貪婪, 號曰封豕. 薦食無饜, 肆其殘毁. 羿乃飮羽, 獻帝效技"
라 함.

영민(蠃民)

849(18-21) 묘민苗民과 연유延維

사람이 있어 묘민苗民이라 부른다.

신이 있으니 사람 머리에 뱀의 몸이다. 길이는 수레만큼 길다. 좌우에 머리가 나 있다. 자주색 옷을 입고 있으며 전관旃冠을 쓰고 있다. 이름을 연유延維라 한다. 임금이 이를 얻어 그를 제사용 희생으로 쓰고 먹으면 천하를 제패한다.

有人曰苗民.

有神焉, 人首蛇身, 長如轅, 左右其首, 衣紫衣, 冠旃冠, 名曰延維, 人主得而饗食之, 伯天下.

연유(延維)

【苗民】郭璞은 "三苗民也"라 함.

【長如轅】郝懿行은 "大如車轂, 澤神也"라 함.

【左右其首】郭璞은 "岐頭"라 함.

【延維】郭璞은 "委蛇"라 함. 延維는 '委維'(715)라고도 하며 뱀의 일종인 委蛇. 兩頭蛇.

【人主得而饗食之, 伯天下】郭璞은 "齊桓公出田于大澤, 見之, 遂霸諸侯. 亦見 《莊周》作'朱冠'"이라 하였고, 袁珂는 "按: 郭注本《莊子》達生篇. 聞一多〈伏羲考〉 謂延維, 委蛇, 卽漢畫中交尾之伏羲·女媧, 乃南方苗族之祖神, 疑當是也"라 함.

850(18-22) 난조鸞鳥와 봉조鳳鳥

난조鸞鳥가 스스로 노래를 부르고 봉조鳳鳥가 스스로 춤을 춘다.

봉조의 머리에 무늬를 덕德이라 하며, 날개의 무늬를 순順, 가슴의 무늬를 인仁, 등의 무늬를 의義라 한다. 이 새가 나타나면 천하가 화평해진다.

有鸞鳥自歌, 鳳鳥自舞.

鳳鳥首文曰德, 翼文曰順, 膺文曰仁, 背文曰義, 見則天下和.

【鳳鳥~天下和】郭璞은 "言和平也"라 하였고, 袁珂는 "按: 鳳鳥已見〈南次三經〉(031), 彼作'翼文曰義, 背文曰禮'非是, 此經作'翼文曰順, 背文曰義'則是也, 王念孫校引有多證, 此不具"라 하여 王念孫의 校釋을 인용하였음.

851(18-23) 균구䖂狗

또 청수靑獸가 있어 마치 토끼와 같으며 이름을 균구䖂狗라 한다.
취조翠鳥가 있고, 공조孔鳥가 있다.

又有靑獸如菟, 名曰䖂狗.
有翠鳥. 有孔鳥.

【䖂狗】'菌狗'와 같음. 郭璞은 "音如朝菌之菌"이라 하였고, 郝懿行은 "䖂, 蓋古
菌字, 其上從'屮', 卽古文'艸'字也. ……《周書》王會篇載伊尹四方令云:「正南
以菌鶴短狗爲獻.」疑卽此物也"라 함.
【翠鳥】비취새, 파랑새, 물총새를 말함. 袁珂는 "按: 周書王會篇云:「倉吾翡翠」
《楚辭》招魂'翡翠珠被', 王逸注云:「雄曰翡, 雌曰翠」洪興祖補注引《異物志》云:
「翠鳥形如燕. 赤而雄曰翡, 靑而雌曰翠. 翠大于翡. 其羽可飾幃帳.」"이라 함.
【孔鳥】郭璞은 "孔雀也"라 하였고, 袁珂는 "按:《周書》王會篇云:「方人以孔鳥」
卽此"라 함.

852(18-24) 삼천자도三天子都

남쪽 바다 안에 형산衡山이 있고, 균산菌山이 있고, 계산桂山이 있다.
산이 있으니 이름을 삼천자도三天子都라 한다.

南海之內有衡山. 有菌山. 有桂山. 有山名三天子之都.

【衡山】같은 이름의 衡山은 376, 444 등 세 곳이 있음. 郭璞은 "南嶽"이라
하였으며, 郝懿行은 "郭注〈中次十一經〉(444)衡山云:「今衡山在衡陽湘南縣,
南嶽也. 俗謂之岣嶁山.」宜移注於此. 衡陽郡湘南縣見《晉書》地理志"라 함.
【菌山】郭璞은 "音芝菌之菌"이라 하였고, 郝懿行은 "菌卽芝菌之字, 何須用音?
知郭本經文不作'菌', 疑亦當爲岷字, 見上文"이라 하여 본문 '菌山'은 '岷山'
이었을 것임을 증명함.
【桂山】郭璞은 "或云衡山有菌桂, '桂', 員似竹, 見《本草》"라 하였고, 袁珂는
"按:《文選》蜀都賦劉逵注引《神農本草經》云:「菌桂出交趾, 圓如竹, 爲衆藥
通便.」此郭注所本. 然郭此注連衡·菌·桂三山而言之, 則未必當也"라 함.
【有山名三天子之都】郭璞은 "一本三天子之郡山"이라 하였고, 郝懿行은 "注
'一本'下當脫'作'字, 或'云'字. '三天子郡山'已見〈海內南經〉(570).〈藏經本〉經文
直作'三天子之郡山', 無郭注"라 함.

853(18-25) 창오구蒼梧丘와 창오연蒼梧淵

남방 창오구蒼梧丘와 창오연蒼梧淵의 중간에 구억산九嶷山이 있다.
순舜이 묻힌 곳이며 장사長沙 영릉零陵 경계 중간에 있다.

南方蒼梧之丘·蒼梧之淵, 其中有九嶷山.
舜之所葬, 在長沙零陵界中.

【九嶷山】郭璞은 "嶷, 音疑"라 함. '嶷'의 본음은 '억.'
【南方蒼梧之丘~零陵界中】郭璞은 "山在今零陵營道縣南, 其山九溪皆相似,
故云九疑. 古者總名其地爲蒼梧也"라 함. 袁珂는 "按: 蒼梧之山已見〈海內南經〉
(575). 經文'九嶷',《初學記》(8)及《文選》〈上林賦〉注竝引作'九疑', 〈琴賦〉注又
作'九嶷', 蓋古字通也"라 하여 구억산, 구의산은 같은 산의 다른 표기라 함.

854(18-26) 사산蛇山

북쪽 바다 안쪽에 사산蛇山이라는 산이 있다. 사수蛇水가 그 산에서 발원하여 동쪽으로 바다로 흘러든다.

오채조五采鳥가 있으니 그가 날아오르면 한 고을이 모두 덮인다. 이름을 예조翳鳥라 한다.

다시 불거산不鉅山이 있으며 교수巧倕가 그 서쪽에 묻혀 있다.

北海之內, 有蛇山者, 蛇水出焉, 東入于海.

有五采之鳥, 飛蔽一鄕, 名曰翳鳥.

又有不鉅之山, 巧倕葬其西.

【有五采之鳥】郭璞은 "漢宣帝元康元年, 五色鳥以萬數, 過蜀都, 卽此鳥也"라 하였고, 郝懿行은 "〈思玄賦〉舊注引此經作'飛蔽日'. 蓋古本如此"라 함. 袁珂는 "按:《文選》〈思玄賦〉注引此經作'飛蔽日'. 郭注'蜀都', 明〈藏本〉作'屬縣'. 何焯云: 「三輔諸縣也.」《太平御覽》(50)引此注'蜀都'正作'屬縣'"이라 함.

【翳鳥】'鷖鳥'와 같음. 郭璞은 "鳳屬也.《離騷》曰:「駟玉虬而乘翳.」"라 하였고, 郝懿行은 "《廣雅》云:「翳鳥, 鷖鳥, 鳳皇屬也.」今《離騷》翳'作'鷖', 王逸注云: 「鳳皇別名也.」《史記》司馬相如傳張揖注及《文選》〈思玄賦〉注·《後漢書》張衡傳注引此經竝作'鷖鳥'.〈上林賦〉注仍引作'翳鳥'"라 하여 각기 인용마다 '翳鳥'와 '鷖鳥'가 달리 표기하고 있음을 지적함.

【巧倕】고대 뛰어난 工人. 郭璞은 "倕, 堯巧工也. 音瑞"라 함. 袁珂는 "按: 下文云:「帝俊生三身, 三身主義均, 義均是始爲巧倕, 是始作下民百巧.」則此巧倕卽義均也. 郭云'堯巧工'者,《淮南子》本經篇云:「周鼎著倕, 使銜其指, 以明大巧之不可爲也.」高誘注云:「倕, 堯之巧工也.」蓋本於此"라 함.

예조(鷖鳥)

855(18-27) 상고시相顧尸

북쪽 바다 안에 어떤 사람이 손을 뒤로 하여 틀에 묶여 있다. 그리고 그 곁에 창을 가진 자가 항상 그를 감시하고 있다. 이름을 상고시相顧尸라 한다.

北海之內, 有反縛盜械, 帶戈常倍之佐, 名曰相顧之尸.

【有反縛盜械】 손을 뒤로하여 묶고 도적에게 채우는 차꼬를 몸에 채우고 있음. 吳任臣은 《漢紀》云:「當盜械者皆頌繫」注云:「凡以罪著械皆得稱盜械」」라 함. 袁珂는 "按: 劉秀〈上山海經表〉亦稱貳負之臣'反縛盜械'"라 함.

【倍之佐】 '倍'는 '陪'와 같으며 '佐'는 '側'과 같음. 곁에서 이를 감시하고 있음.

【相顧之尸】 郭璞은 "亦貳負臣危之類"라 하였고, 袁珂는 "按: 危與貳負殺㝹窳 事已見〈海內西經〉(587), 彼處所記天帝之懲, 似尙僅及于危, 此經曰'相顧 之尸', 似危與貳負同被繫縛矣. 此節所記, 似卽〈海內西經〉(587)貳負臣危事之 異文也"라 함.

856(18-28) 백이보伯夷父

백이보伯夷父가 서악西岳을 낳고, 서악이 선룡先龍을 낳았으며, 선룡이 저강氐羌의 시조를 낳았다. 저강은 걸乞 성이다.

伯夷父生西岳, 西岳生先龍, 先龍是始生氐羌, 氐羌乞姓.

【伯夷父~氐羌乞姓】郭璞은 "伯夷父, 顓頊師. 今氐羌, 其苗裔也"라 하였고, 郝懿行은 "《周書》王會篇云:「氐羌鸞鳥.」孔晁注云:「氐地之羌, 不同, 故謂 之氐羌.」郭云'伯夷父, 顓頊師'者, 《漢書》古今人表云:「柏夷亮父, 顓頊師.」 《新序》雜事云:「顓頊學伯夷父.」是郭所本也"라 함.

857(18-29) 유도산幽都山

북쪽 바다의 안쪽에 산이 있어 이름을 유도산幽都山이라 한다. 흑수
黑水가 이 산에서 발원한다.

그 산 위에 현조玄鳥, 현사玄蛇, 현표玄豹, 현호玄虎, 현호봉미玄狐蓬尾가
있다.

대현산大玄山이 있으며 현구민玄丘民이 있다. 대유국大幽國이 있고 적경민
赤脛民이 있다.

北海之內, 有山名曰幽都之山, 黑水出焉.

其上有玄鳥·玄蛇·玄豹·玄虎·玄狐蓬尾.

有大玄之山. 有玄丘之民. 有大幽之國. 有赤脛之民.

【幽都之山】王念孫은 "《類聚》(祥瑞下)作'武都',《文選》(注. 7-29〈子虛賦〉)作
'幽都',《爾雅》釋獸郭注同.《白帖》(17)作'武都'"라 하였고, 袁珂는 "按:《楚辭》
招魂云:「君無下此幽都些」王逸注:「幽都, 地下后土所治也. 地下幽冥, 故稱
幽都」此幽都之山, 有玄鳥, 玄蛇, 玄豹, 玄虎, 玄狐蓬尾, 又有大玄之山, 玄丘
之民, 大幽之國等, 景象頗類〈招魂〉所寫幽都, 疑卽幽都神話之古傳也"라 함.
【玄蛇】袁珂는 "按:〈大荒南經〉(716)云:「黑水之南, 有玄蛇食塵.」"라 함.
【玄豹】袁珂는 "按:〈中次十一經〉(426)云:「卽谷之山, 多玄豹.」"라 함.
【玄虎】郭璞은 "黑虎名䖘, 見《爾雅》"라 함.
【玄狐蓬尾】郭璞은 "蓬, 叢也"라 함.

【玄丘之民】郭璞은 "言丘上人物盡黑也"라 함.

【大幽之國】郭璞은 "卽幽民也, 穴居無衣"라 하였고, 郝懿行은 "郭注疑本在經中, 今脫去"라 하여 과박의 이 注文은 經文이었을 가능성을 제시함.

【赤脛之民】郭璞은 "郄已下正赤色"이라 함.

858(18-30) 정령국釘靈國

정령국釘靈國이 있다. 그 나라 백성들은 무릎 아래에 털이 나 있다. 말발굽을 가지고 있어 잘 달린다.

有釘靈之國, 其民從郗已下有毛, 馬蹏善走.

【馬蹏善走】'蹏'는 '蹄'와 같음. 발굽. 말굽. 郭璞은 "《詩含神霧》曰: 「馬蹄自鞭其蹄, 日行三百里.」"라 함. 袁珂는 "按: 《三國志》魏志烏丸鮮卑東夷傳裴松之注引《魏略》云: 「烏孫長老言, 北丁令有馬脛國, 其人聲音似雁鶩, 從膝以上身頭人也, 膝以下生毛, 馬脛馬蹄, 不騎馬, 而走疾馬.」 卽此丁令之國也"라 함.
【從郗已下】무릎 아래. 郗은 '膝'의 이체자.

정령국(釘靈國)

859(18-31) 백릉伯陵

염제炎帝의 손자 백릉伯陵이 있었다. 백릉은 오권吳權의 처 아녀연부阿女緣婦와 사통하고 있었다. 연부는 아이를 가진 지 3년 만에 고鼓, 연延, 수殳를 낳았다.

수는 처음으로 화살통을 만들었으며, 고와 연은 종을 처음 발명하여 악곡과 음률을 창제하였다.

炎帝之孫伯陵, 伯陵同吳權之妻阿女緣婦, 緣婦孕三年, 是生鼓·延·殳.

殳始爲侯, 鼓·延是始爲鍾, 爲樂風.

【炎帝之孫伯陵】 袁珂는 "按: 《國語》周語云: 「大姜之侄, 伯陵之後, 逢公之所憑神」《左傳》昭公二十年云: 「有逢伯陵因之」 卽此伯陵. 然韋昭·杜預均注云: 「殷之諸侯」 卽與此經所謂'炎帝之孫'不合. 或正以見神話與歷史之殊途也"라 함.

【伯陵同吳權之妻阿女緣婦】 '通'과 같음. 私通함. 郭璞은 "同猶通, 言淫之也"라 함.

【吳權】 郭璞은 "吳權, 人姓名"이라 함.

【鼓·延·殳】 郭璞은 "三子名也, 殳音殊"라 함.

【殳始爲侯】 후는 화살을 담는 자루. 箭靶. 袁珂는 "按: 經文'始爲侯'上疑脫'殳'字. 侯, 射侯也"라 하여 '殳'자를 넣어 교정함.

【鼓·延是始爲鍾】 郭璞은 《世本》云: 「毋句作磬, 倕作鍾」이라 하였고, 袁珂는 "按: 緣婦所生三子, 形貌未有所聞"이라 함.

【爲樂風】 郭璞은 "作樂之曲制"라 함.

860(18-32) 낙명駱明

황제黃帝가 낙명駱明을 낳고, 낙명이 백마白馬를 낳았다. 백마가 바로
곤鯀이다.

黃帝生駱明, 駱明生白馬, 白馬是爲鯀.

【黃帝~是爲鯀】郭璞은 "鯀, 卽禹父也.《世本》曰:「黃帝生昌意, 昌意生顓頊,
顓頊生鯀.」"이라 하였고, 郝懿行은 "郭引《世本》云:「昌意生顓頊, 顓頊生鯀」
與《大戴禮》帝繫世次相合, 而與前文'昌意生韓流, 韓流生顓頊'之言却復相背,
郭氏皆失檢也. 大抵此經非出一人之手, 其載古帝王世系, 又不足據, 不必强
爲之說"이라 함. 袁珂는 "按: 郭說是也. 千萬不可以歷史眼光看神話. 卽如此
經'駱明生白馬, 白馬是爲鯀'之'白馬', 亦當是生物之白馬, 而非人姓名也. 此與
〈大荒北經〉(819)所記'黃帝主……弄明, 弄明生白犬, 白犬有牝牡, 是爲犬戎',
疑亦當是同一神話之分化, 彼經之'弄明', 卽此經之'駱明'也; 彼經之'白犬', 卽此
經之'白馬'也. 犬馬旣俱生物, 則經所記者, 自是神話, 何可以歷史律之乎?"라 함.

861(18-33) 우호禹號

제준帝俊이 우호禹號를 낳고, 우호가 음량淫梁을 낳았으며, 음량이 번우番禺를 낳았다. 번우는 처음으로 배를 만들었다.

번우가 해중奚仲을 낳았고, 해중이 길광吉光을 낳았으며, 길광이 처음으로 나무를 사용하여 수레를 만들었다.

帝俊生禹號, 禹號生淫梁, 淫梁生番禺, 是始爲舟.
番禺生奚仲, 奚仲生吉光, 吉光是始以木爲車.

【帝俊生禹號, 禹號生淫梁】郝懿行은 "《北堂書鈔》(137)引此經'淫'作'經'. 〈大荒東經〉(700)言'黃帝生禹虢, 卽禹號也, 禹號生禹京, 卽淫梁也'. 禹京·淫梁聲相近. 然卽此經帝俊又當爲黃帝矣"라 하였고, 袁珂는 "按: 黃帝卽皇帝(古籍多互見無別), 初本'皇天上帝'之義, 而帝俊亦殷人所祀上帝, 故黃帝神話, 亦得糅混于帝俊神話中, 正不必以禹號同于禹虢, 便以帝俊卽黃帝也"라 함.
【淫梁生番禺, 是始爲舟】郭璞은 "《世本》云:「共鼓貨狄作舟.」"라 하여 共鼓貨狄이 처음으로 배를 만들었다 하였음.
【奚仲生吉光, 吉光是始以木爲車】郭璞은 "《世本》云:「奚仲作車.」此言吉光, 明其夫子共創作意, 是以互稱之"라 함.

862(18-34) 반般

소호少皞가 반般을 낳았으며 반이 처음으로 활과 화살을 만들었다.

少皞生般, 般是始爲弓矢.

【般是始爲弓矢】郭璞은 “《世本》云:「牟夷作矢, 揮作弓.」弓矢一器, 作者兩人, 於義有疑, 此言般之作是”라 하였고, 郝懿行은 “《說文》云:「古者夷牟初作矢.」郭引《世本》作牟夷, 疑文有倒轉耳. 宋衷云:「夷牟, 黃帝臣也.」《說文》又云: 「揮作弓.」與《世本》同.《吳越春秋》云:「黃帝作弓.」《荀子》解蔽篇又云:「倕作弓, 浮游作矢.」俱與此經異也”라 하여 고대 弓矢의 발명에는 여러 설이 있음.

863(18-35) 동궁소증彤弓素矰

제준帝俊이 예羿에게 붉은활과 흰색 줄이 달린 화살을 하사하였다. 그리하여 그를 자신을 돕는 부하 나라로 삼았다. 예는 이에 비로소 불쌍히 여길 줄 알게 되어 아랫사람들의 온갖 고난을 구제해주었다.

帝俊賜羿彤弓素矰, 以扶下國, 羿是始去恤下地之百艱.

【帝俊賜羿彤弓素矰】'彤弓素矰'은 붉은활과 흰 화살 끈. 矰은 弋矰. 화살에
실을 매어 사냥물이 달아나지 못하도록 하는 사냥법.
郭璞은 "彤弓, 朱弓. 矰, 矢名, 以白羽羽之.《外傳》:
「白羽之矰, 望之如雪」也"라 하였고, 袁珂는 "按:《太平
御覽》(805)引《隨巢子》云:「幽厲之時, 天賜玉玦于羿,
遂以殘其身, 以此爲福而禍.」蓋亦帝俊賜羿彤弓素矰
事之異聞也"라 함.

필오해우(彈烏解羽)

【以扶下國】郭璞은 "言令羿以射道除患, 扶助下國"이라
하였고, 袁珂는 "按:《楚辭》天問云:「帝降夷羿, 革孽
夏民.」卽其事也"라 함.

【羿是始去恤下地之百艱】郭璞은 "言射殺鑿齒·封豕之屬也. 有窮后羿慕羿射,
故號此名也"라 하였고, 袁珂는 "按: 羿射鑿齒事已見〈海外南經〉(500). 羿蓋
東夷民族之主神, 故稱夷羿, 與前說中之夏代有窮后羿, 當是兩人"이라 함.

864(18-36) 안룡晏龍

제준帝俊이 안룡晏龍을 낳았다. 안룡이 처음으로 금琴과 슬瑟이라는 악기를 만들었다.

帝俊生晏龍, 晏龍是爲琴瑟.

【帝俊生晏龍】袁珂는 "按: 帝俊이 晏龍을 낳고, 晏龍이 司幽를 낳은 기록은 〈大荒東經〉(690)을 볼 것.
【晏龍是爲琴瑟】郭璞은 《世本》云: 「伏羲作琴, 神農作瑟.」"이라 하였고, 袁珂는 "按: 《北堂書鈔》(109)引此經'是'下有'始'字, 《太平御覽》(577)引此經作'始', 王念孫校爲'琴瑟'下有'務'字, '務爲琴瑟', 則是以琴瑟爲戲弄之具, 似于義爲長也"라 함.

865(18-37) 가무歌舞

제준帝俊에게는 여덟 아들이 있었다. 이들이 처음으로 가무歌舞를 발명
하였다.

帝俊有子八人, 是始爲歌舞.

【始爲歌舞】郝懿行은 "《初學記》(15)·《藝文類聚》(43)·《太平御覽》(572)引此經
竝云:「帝俊八子, 是始爲歌.」無'舞'字"라 하였고, 袁珂는 "按:《路史》后紀
(11)注引《朝鮮記》(吳任臣說卽此經《荒經》已下五篇)云:「舜有子八人, 始歌舞.」
則是徑以帝俊爲舜也"라 함.

866(18-38) 삼신三身

제준帝俊이 삼신三身을 낳고, 삼신이 의균義均을 낳았다. 의균은 처음으로 교수巧倕가 되었으며 처음으로 아랫사람들이 필요로 하는 온갖 물건을 공교하게 만들었다.

후직后稷이 온갖 곡물의 씨를 뿌렸다. 후직의 손자는 이름이 숙균叔均이었으며 처음으로 우경牛耕을 발명하였다.

대비적음大比赤陰이 처음으로 나라를 세울 줄 알았으며 우禹와 곤鯀이 처음으로 천하의 흙을 펼 줄 알아 구주九州를 고르게 나누어 정하였다.

帝俊生三身, 三身生義均, 義均是始爲巧倕, 是始作下民百巧.

后稷是播百穀. 稷之孫曰叔均, 始作牛耕.

大比赤陰是始爲國. 禹·鯀是始布土, 均定九州.

【帝俊生三身】帝俊의 아내 娥皇이 三身國을 낳았다는 기록은 〈大荒南經〉
(718)을 볼 것.

【三身生義均】袁珂는 "按: 此義均卽〈大荒南經〉(715)與舜同葬蒼梧之舜子叔均
(上均), 亦卽〈大荒西經〉(752)'稷之弟台璽生叔均'之叔均, 均傳聞不同異辭也"라 함.

【義均是始爲巧倕, 是始作下民百巧】袁珂는 "按: 巧倕葬不距山西, 已見上文.
此云'義均是始爲巧倕', 知義均卽巧倕也. '作下民百巧'者, 《世本》云:「倕作鍾.
倕作規矩準繩. 倕作銚. 倕作耒耜, 倕作耞.」《墨子》非儒下篇云:「巧倕作舟.」

《荀子》解蔽篇云:「倕作弓.」則倕之創制亦多矣, 此其所以稱巧倕'作下民百巧'也"라 함.

【始作牛耕】袁珂는 "按: 此承上文'倕作下民百巧'而言. '百巧'者, 主要蓋指耒·耜·銚·耨等農具也. 故云'后稷播百穀, 稷之孫曰叔均, 是始作牛耕'. 義均·叔均在此又爲二人, 均神話之岐變也. 經文叔均是始作牛耕, 〈大荒西經〉(752)作叔均'始作耕', 無'牛'字, 《太平御覽》(82)引此經亦無'牛'字"라 함.

【大比赤陰】일설에 后稷의 어머니 姜原(姜嫄)을 뜻하는 것으로 봄. 郭璞은 "(陰), 或作音"이라 하였고, 郝懿行은 "大比赤陰, 四字難曉, 推尋文義, 當是地名. 〈大荒西經〉(752)說'叔均始作耕', 又云有赤國妻氏, 大比赤陰豈謂是與?"라 함. 袁珂는 "按: 郝說大比赤陰卽赤國妻氏, 是也. 然謂當是地名則非. 義均當是人名. '大比'或卽'大妣'之壞文, '赤陰', 或卽后稷之母'姜原', 以與'姜原'音近也"라 함.

【是始爲國】郭璞은 "得封爲國"이라 하였고, 袁珂는 "按: 《史記》周本紀云: 「封棄于邰」邰, 姜原所居國也. 此'大比赤陰, 是始爲國'之意乎?"라 함.

【禹·鯀是始布土, 均定九州】郭璞은 "布, 猶敷也.《書》曰:「禹敷土, 定高山大川.」"이라 하였고, 袁珂는 "按: 郭引《書》禹貢文, 今作'奠高山大川'. 此亦承上文'播百穀·作牛耕'之意而言"이라 함.

＊원전은 본 장과 다음 장이 연결되어 있음.

청요聽訞염제炎帝의 아내이며 적수赤水의 딸인 청요聽訞가 염거炎居를 낳았다. 염거가 절병節竝을 낳고, 절병이 희기戱器를 낳고, 희기가 축융祝融을 낳았다. 축융은 지상으로 내려와 강수江水에 살면서 공공共工을 낳았고, 공공이 술기術器를 낳았다. 술기는 머리가 네모지고 정수리가 납작하였다. 이가 다시 토양土穰을 복구하고 강수에 살았다. 공공이 후토后土를 낳고 후토가 일명噎鳴을 낳았으며, 일명이 일 년 열두 달을 낳았다.

炎帝之妻, 赤水之子聽訞生炎居, 炎居生節竝, 節竝生戱器, 戱器生祝融, 祝融降處于江水, 生共工, 共工生術器, 術器首方顚, 是復土穰, 以處江水. 共工生后土, 后土生噎鳴, 噎鳴生歲十有二.

염제(炎帝) 신농씨(神農氏)

【炎帝之妻~生戱器】郝懿行은 "《史記》索隱補三皇本紀云:「神農納奔水氏之女曰聽詙爲妃, 生帝哀, 哀生帝克, 克生帝楡罔.」云云, 證以此經'赤水'作'奔水', '聽訞'作'聽詙', 及'炎居'已下文字俱異. 司馬貞自注云:「見《帝王世紀》及《古史考》」今按二書蓋亦本此經爲說, 其名字不同. 或當別有依据. 然古典逸亡, 今無可攷矣. 訞與妖同, 詙音拔"이라 함.
【生祝融】郭璞은 "祝融, 高辛氏火正號"라 하였고, 郝懿行은 "老童生祝融, 見〈大荒西經〉(756), 與此又異"라 함. 袁珂는 "按: 据此經, 祝融爲炎帝裔, 據〈大荒

西經〉(756)'顓頊生老童, 老童生祝融', 祝融又爲黃帝裔(顓頊爲黃帝曾孫). 然黃・炎古本同族, 故爲炎帝裔者, 復可以傳爲黃帝裔也"라 함.

【術器首方顚】 얼굴이 方形(네모)이며 정수리는 납작함. 郭璞은 "頭頂平也"라 하였고, 郝懿行은 "顚字衍, 〈藏經本〉無之"라 하여 '顚'자는 없어야 한다고 보았음. 그러나 袁珂는 "按:《路史》后紀(四)云:「木器兌首方顚」 '顚'字似亦不衍"이라 하여 '顚'자는 연문이 아닐 수도 있다고 하였음.

【是復土穰, 以處江水】 '土穰'은 '土壤'과 같음. 농사짓는 땅. 郭璞은 "復祝融之所也"라 하였고, 郝懿行은 "《竹書》云:「帝顓頊七十八年, 術器作亂, 辛侯滅之.」卽斯人也. 然則經言'復土穰而處江水', 蓋卽其作亂之事. '穰', 當爲'壤', 或古字通用. 〈藏經本〉正作'壤'"이라 함. 袁珂는 "按:《路史》后紀(四)亦作'壤'"이라 함.

【共工生后土】 郝懿行은 "韋昭注〈周語〉引賈侍中云:「其工諸侯, 炎帝之後, 姜姓也. 顓頊氏衰, 其工氏侵陵諸侯與高辛氏, 爭而王也.」或云:「共工, 堯時諸侯. 爲高辛所滅.」昭謂'爲高辛消滅', 安得爲堯諸侯? 又堯時其工與此異也. 据韋昭所駁, 蓋從賈逵前說也. 然《魯語》云:「其工氏之霸九有也. 其子曰: '后土能平九土.'」韋昭注云:「共工氏伯者, 在戲農之閒.」懿行按: 若在戲農之閒, 卽不得謂炎帝之後, 姜姓. 是韋昭不從賈逵所說也. 高誘注《淮南》原道訓亦云:「其工以水行霸於伏羲・神農閒者. 非堯時其工也.」與韋昭後說同. 后土, 名'句龍', 見《左傳》. 又韋昭注〈魯語〉云:「其子其工之裔, 子句龍也. 佐黃帝爲土官, 使君土官, 故曰后土.」《管子》五行篇云:「黃帝得后土而辯於北方.」是韋昭注所本也"라 함. 한편 袁珂는 "按:《國語》魯語云:「共工氏之霸九有也, 其子曰: '后土, 能平九土.'」卽此經'共工生后土'神話之歷史化"라 함.

【噎鳴生歲十有二】 郭璞은 "生十二子, 皆以歲名名之, 故云然"이라 하였고, 郝懿行은 "〈大荒北經〉(810)云:「后土生信.」〈大荒西經〉(773)云:「下地是生噎.」疑噎卽噎鳴, 或彼有脫文也"라 함. 袁珂는 "按: 古神話當謂噎鳴生十二歲, 或噎鳴生歲之十二月. 〈大荒西經〉(773)云:「黎(后土)下地是生噎, 處于西極, 以行日月星辰之行次.」卽此噎鳴, 蓋時間之神也"라 함.

＊원전은 역시 본 장과 다음 장이 하나로 연결되어 있음.

868(18-40) 대홍수大洪水

홍수洪水가 하늘까지 넘실거리자 곤鯀이 몰래 천제天帝의 식양息壤을 훔쳐 홍수를 막았다. 이는 천제의 명령을 기다리지 않은 것이다.

천제는 축융祝融으로 하여금 곤을 우산羽山의 교외에서 죽여 버리도록 하였다. 그러자 죽은 곤이 다시 살아나 우禹를 낳았다. 천제는 우에게 흙을 덮어 구주九州를 다시 평평히 안정시킬 일을 마무리하도록 명하였다.

洪水滔天, 鯀竊帝之息壤以堙洪水, 不待帝命.

帝令祝融殺鯀于羽郊. 鯀復生禹, 帝乃命禹卒布土以
定九州.

【洪水滔天】郭璞은 "滔, 漫也"라 함.
【鯀竊帝之息壤以堙洪水】'息壤'은 전설 속에 계속 자라 끝없이 불어나는 흙
이라 함. 우가 이 흙으로써 홍수를 메울 수 있었음. 郭璞은 "息壤者, 言土
自長息無限, 故可以塞洪水也.《開筮(啓筮)》曰:「滔滔洪水, 無所止極, 伯鯀乃
以息石息壤, 以填洪水.」漢元帝時, 臨淮徐縣, 地踊長五六里, 高二丈, 卽息壤
之類也"라 함. 郝懿行은《竹書》云:「周顯王五年, 地忽長十丈有餘, 高尺半.」
〈天文志〉云:「水瀺地長, 地長卽息壤也.」《淮南》地形訓云:「禹乃以息土塡洪水,
以爲名山, 掘昆侖虛以下地.」高誘注云:「地或作池.」据《淮南》斯語是'鯀用息
壤而亡, 禹亦用息壤而興'也.《史記》甘茂傳云:「王迎甘茂於息壤.」索隱引此
經及《啓筮》, 與今本同"이라 함. 袁珂는 "按: 據上文'黃帝生駱明, 駱明生白馬,
白馬是爲鯀', 則此'帝'自應是黃帝. 滔天洪水正是身爲上帝之黃帝降以懲罰下
民者"라 함.

【羽郊】郭璞은 "羽山之郊"라 하였고, 郝懿行은 "羽山已見〈南次二經〉(014). 〈晉語〉云:「昔者, 鯀違帝命殛之於羽山, 化爲黃能(熊), 而入於羽淵」《水經注》淮水注引《連山易》曰:「有崇伯鯀, 伏于羽山之野」 是也"라 함. 袁珂는 "按: 〈南次二經〉(014)有羽山, 郭璞注云:「今東海祝其縣西南有羽山, 卽鯀所殛處. 計其道里不相應, 似非也」 是羽山古傳在東裔, 故郭疑南方之羽山爲非. 然而神話前說中地名, 往往亦非可以實指, 此經文'羽郊'亦正不必拘求矣"라 함.

【鯀復生禹】郭璞은 "《開筮(啓筮)》曰:「鯀死三歲不腐, 剖之以吳刀, 化爲黃龍」 也"라 하였고, 郝懿行은 "《初學記》(22)引《歸藏》云:「大副之吳刀, 是用出禹」 《呂氏春秋》行論篇亦云:「副之以吳刀」 蓋卽與郭所引爲一事也.《楚詞(楚辭)》天問云:「永遏在羽山, 夫何三年不施? 伯禹腹鯀? 夫何以變化?」 言鯀死三年, 不施化. 厥後化爲'黃熊'. 故〈天問〉又云:「化而爲黃熊, 巫何活焉?」 郭引《開筮》作'黃龍', 蓋別有据也. '伯禹腹鯀', 卽謂鯀復生, 禹言其神變化無方也.《玉篇》引《世本》云:「顓頊生鯀, 鯀生高密」 是爲禹也. 鯀, 卽鯀字"라 함. 한편 袁珂는 "按:《初學記》(22)引《歸藏》云:「大副之吳刀, 是用出禹」 亦其事也. 經文'鯀腹生禹', 卽《楚辭》天問所謂'伯鯀腹禹'(原作'伯禹腹鯀', 從聞一多《楚辭校補》改)也. '腹'卽'復'之借字. 郭注'黃龍', 藏經本作'黃能'"이라 함.

【定九州】郭璞은 "鯀績用不成, 故復命禹終其功"이라 하였고, 郝懿行은 "《楚詞(楚辭)》天問云:「纂就前緒, 遂成考功」 又云:「鯀何所營? 禹何所成?」 言禹能纂成先業也"라 함. 袁珂는 "按: 此無非以歷史釋神話之陳言也. 從神話觀點論之, 帝之'命禹', 實非鯀'績用不成', 乃是鯀之堅强不屈鬪爭, 取得勝利, 帝被迫不得不作出讓步, 故禹終有'卒布土以定九州'之結局也"라 함.

한편 매 끝에 郝懿行의 按語 "이상 대황의 〈해내경〉 5편은 모두 5,232자이다"(右大荒〈海內經〉五篇, 大凡五千二百三十二字)의 부기가 있음.

부록

I.《산해경도찬山海經圖讚》(郭璞)

❋ ( )의 숫자는 원전 출처의 일련번호를 가리킴(역주자).

◉《隋·唐書》經籍志竝云:「《圖讚》二卷, 郭璞撰.」《中興書目》: 「《山海經》十八卷, 郭璞傳, 凡二十三篇, 每卷有讚.」按:「今本竝無 《圖讚》, 唯明〈藏經本〉有之. 玆据補. 其文字舛誤, 今略訂正及臧氏校正, 竝著之疑則闕焉.」

〈1〉南山經

001 桂

桂生南裔, 枝華岑嶺. 廣漠熙葩, 凌霜津穎. 氣王百藥, 森然雲挺.

❋ 桂(001)

002 迷穀

爰有奇樹, 産自招搖. 厥華流光, 上映垂霄. 佩之不惑, 潛有靈標.

❋ 迷穀(001)

003 狌狌

狌狌似猴, 走立行伏. 壞木挺力, 少辛明目. 飛廉迅足, 豈食斯肉.

✳ 狌狌(001)

004 水玉

水玉沐浴, 潛映洞淵. 赤松是服, 靈蛻乘煙. 吐納六氣, 昇降九天.

✳ 水玉(002)

005 白猿

白猿肆巧, 由基撫弓. 應眄而虎, 神有先中. 數如循環, 其妙無窮.

✳ 白猿(002)

006 鹿蜀

鹿蜀之獸, 馬質虎文. 驤首吟鳴, 矯足騰群. 佩其皮毛, 子孫如雲.

✳ 鹿蜀(004)

007 鯥

魚號曰鯥, 處不在水. 厥狀如牛, 鳥翼蛇尾. 隨時隱見, 倚乎生死.

✳ 鯥(005)

008 類

類之爲獸, 一體兼二. 近取諸身, 用不假器. 窈窕是佩, 不知妒忌.

❊ 類(006)

009 猼訑

猼訑似羊, 眼反在背. 視之則奇, 推之無怪. 若欲不恐, 厥皮可佩.

❊ 猼訑(007)

010 祝荼草·旋龜·鵃鵂鳥

祝荼嘉草, 食之不飢. 鳥首虺尾, 其名旋龜. 鵃鵂六足, 三翅竝翬.

【祝荼】懿行按: 經作'祝荼', 注云: 或作'桂荼'.
【虺】懿行按: 虺當爲虮, 卽虺字.

❊ 祝荼草(001), 旋龜(004), 鵃鵂鳥(007)

011 灌灌鳥·赤鱬

厥聲如鱬, 厥形如鳩. 佩之辨惑, 出自靑丘. 赤鱬之狀, 魚身人頭.

❊ 灌灌鳥·赤鱬(008)

012 鴸鳥

彗星橫天, 鯨魚死浪. 鴸鳴于邑, 賢士見放. 厥理至微, 言之無況.

＊ 鴖鳥(011)

013 猾裹

猾裹之獸, 見則興役. 膺正而出, 匪亂不適. 天下有道, 幽形匿跡.

＊ 猾裹(013)

014 長右凭

長右四耳, 厥狀如猴. 實爲水祥, 見則橫流. 凭虎其身, 厥尾如牛.

＊ 長右凭(012)

015 會稽山

禹徂會稽, 爰朝羣臣. 不虔是討, 乃戮長人. 玉贛表夏, 玄石勒秦.

【贛】懿行案: '贛', 《藝文類聚》作'匱'.

＊ 會稽山(019)

016 患

有獸無口, 其名曰患. 害氣不入, 厥體無間. 至理之盡, 出乎自然.

【患】經作'㺌'.

＊ 患(023)

017 犀

犀頭似豬, 形兼牛質. 角則幷三, 分身互出. 鼓鼻生風, 壯氣隘溢.

✺ 犀(030)

018 兕

兕推壯獸, 似牛靑黑. 力無不傾, 自焚以革. 皮充武備, 角助文德.

✺ 兕(030)

019 象

象實魁梧, 體巨貌詭. 肉兼十牛, 目不踰豕. 望頭如尾, 動若丘徙.

✺ 象(030)

020 纂雕·瞿如鳥·虎蛟

纂雕有角, 聲若兒號. 瞿如三手, 厥狀似鴼. 魚身蛇尾, 是謂虎蛟.

✺ 纂雕·瞿如鳥·虎蛟(030)

021 鳳

鳳凰靈鳥, 實冠羽羣. 入象其體, 五德其文. 羽翼來儀, 應我聖君.

✺ 鳳(031)

022 育隧谷

育隧之谷, 爰含凱風. 靑陽卽謝, 氣應祝融. 炎雰是扇, 以散鬱隆.

【育隧】經作'育遺'.

❋ 育隧谷(033)

023 鱄魚·鵹鳥

鵹鳥栖林, 鱄魚處淵. 俱爲旱徵, 災延普天. 測之無象, 厥數推玄.

【厥數推玄】案《太平御覽》作'厥類惟玄'.

❋ 鱄魚(037), 鵹鳥(038)

024 白䓘

白䓘睪蘇, 其汁如飴. 食之辟懿, 味有餘滋. 逍遙忘勞, 窮生盡期.

❋ 白䓘(039)

〈2〉 西山經

025 羬羊

月氏之羊, 其類甚野. 厥高六尺, 眉赤如馬. 何以審之, 事見爾雅.

【氏】案今本作'氐'.
【甚】案《御覽》作'在'.
【赤】案《御覽》作'亦'.

❋ 羬羊(044)

026 太華山

華嶽靈峻, 削成四方. 爰有神女, 是挹玉漿. 其誰由之, 龍駕雲裳.

❋ 太華山(046)

027 肥遺蛇

肥遺爲物, 與災合契. 鼓翼陽山, 以表亢厲. 桑林既禱, 倏忽潛逝.

❋ 肥遺蛇(046)

028 蔥渠·赤𪄲鳥·文莖木·鴟鳥

蔥渠已殃, 赤𪄲辟火. 文莖愈聾, 是則嘉果. 鴟亦衛災, 厥形惟麼.

❋ 蔥渠(045), 赤𪄲鳥(047), 文莖木·鴟鳥(048)

029 流赭

沙則潛流, 亦有運赭. 于以求鐵, 趮在其下, 蠲牛之癘, 作采于社.

❋ 流赭(049)

030 豪彘

剛彘之族, 號曰豪彘. 毛如攢錐, 中有激矢. 厥體兼資, 自爲牝牡.

❋ 豪彘(051)

031 黃雚草・肥遺鳥・睲獸

浴疾之草, 厥子赭赤. 肥遺似鶉, 其肉已疫. 睲獸長臂, 爲物好擲.

❋ 黃雚草(051), 肥遺鳥(050), 睲獸(053)

032 橐䖟

有鳥人面, 一脚孤立. 性與時相反, 冬出夏蟄. 帶其羽毛, 迅雷不入.

❋ 橐䖟(053)

033 桃枝

嶓冢美竹, 厥號桃枝. 業薄幽藹, 從容鬱猗. 簟以安寢, 杖以扶危.

❋ 桃枝(057)

034 杜衡

狌狌犇入, 杜衡走馬. 理固須因, 體亦有假. 足駿在感, 安事御者.

❉ 杜衡(058)

035 菁容草·邊谿獸·欒鳥

有華無實, 菁容之樹. 邊谿類狗, 皮厭妖蠱. 黑文赤翁, 鳥愈隱痔.
鸚鵑慧鳥, 靑羽赤喙.

【菁容】經作'菁蓉'.
【邊谿】經作'谿邊'.
【鳥愈隱痔】臧庸曰:「鳥愈隱痔, 當作'隱痔可育', 方有韻末二句,
　　　　　　　　　當係下文鸚鵑. 讚誤衍於此.」

❉ 菁容草(057), 邊谿獸·欒鳥(058)

036 礜石

稟氣方殊, 件錯理微. 礜石殺鼠, 蠶食而肥. 口性雖反, 齊之一歸.

❉ 礜石(059)

037 玃如

玃如之獸, 鹿狀四角. 馬足入手, 其尾則白. 貌兼三形, 攀木緣石.

❉ 玃如(059)

038 鸚鵡

鸚鵡慧鳥, 栖林喙桑. 四指中分, 行則以觜. 自貽伊籠, 見幽坐趾.

【喙桑】案'喙桑'誤.《初學記》引作'啄藥'.

【趾】案'趾'字誤.《類聚》引作'伎'.

❈ 鸚鵡(060)

039 數斯鳥·渾獸·鶌鳥

數斯人脚, 厥狀似鴟. 渾獸大眼, 有鳥名鶌. 兩頭四足, 翔若合飛.

【鶌】案'鶌',《玉篇》作'鶌'.

❈ 數斯鳥(059), 渾獸(060), 鶌鳥(061)

040 鸞鳥

鸞翔女牀, 鳳出丹穴. 拊翼相和, 以應聖哲. 擊石靡詠, 韶音其絕.

❈ 鸞鳥(068)

041 㧐徯鳥·朱厭獸

㧐徯朱厭, 見則有兵. 類異感同, 理不虛行. 推之自然, 厥數難明.

❈ 㧐徯鳥(070), 朱厭獸(072)

042 蠻蠻

比翼之鳥, 似鳧靑赤. 雖云一形, 氣同體隔. 延頸離鳥, 翻飛合翮.

◉ 蠻蠻(082)

043 丹木 · 玉膏

丹木煒煒, 沸沸玉膏. 黃軒是服, 遂攀龍毫. 眇然升遐, 羣下烏號.

◉ 丹木 · 玉膏(085)

044 瑾瑜玉

鍾山之寶, 爰有玉華. 符彩流映, 氣如虹霞. 君子是佩, 象德閑邪.

◉ 瑾瑜玉(085)

045 鍾山之子鼓 · 欽鴀

欽鴀及鼓, 是殺祖江. 帝乃戮之, 昆侖之東. 二子皆化, 矯翼亦同.

◉ 鍾山之子鼓 · 欽鴀(086)

046 鰩魚

見則邑穰, 厥名曰鰩. 經營二海, 矯翼閑霄. 唯味之奇, 見歡伊庖.

◉ 鰩魚(087)

047 神英招

槐江之山, 英招是主. 巡遊四海, 撫翼雲儴. 實惟帝囿, 有謂玄圃.

【有】案'有'疑'是'字之譌.

❋ 神英招(088)

048 榣木

榣惟靈樹, 爰生若木. 重根增駕, 流光旁燭. 食之靈化, 榮名仙錄.

❋ 榣木(088)

049 昆侖丘

昆侖月精, 水之靈府. 惟帝下都, 西老之宇. 燦然中峙, 號曰天桂.

【老】案'老', 當爲'姥'. 《類聚》作'羌', 又'老'之譌.
【天桂】臧庸曰:「桂'乃桂之譌. 以韻讀之, 可見天柱山. 見《爾雅》注.」

❋ 昆侖丘(089)

050 神陸吾

肩吾得一, 以處昆侖. 開明是對, 司帝之門. 吐納靈氣, 熊熊魂魂.

❋ 神陸吾(089)

051 土螻獸·欽原鳥

土螻食人, 四角似羊. 欽原類蜂, 大如鴛鴦. 觸物則斃, 其銳難當.

❂ 土螻獸·欽原鳥(089)

052 沙棠

安得沙棠, 制爲龍舟. 汎彼滄海, 眇然遐遊. 聊以逍遙, 任彼去留.

【遊】案郭注銘詞小異.

❂ 沙棠(089)

053 鶉鳥·沙棠實·薲草

司帝百服, 其鳥名鶉. 沙之棠實, 惟果是珍. 爰有奇菜, 厥號曰薲.

❂ 鶉鳥·沙棠實·薲草(089)

054 神長乘

九德之氣, 是生長乘. 人狀犬尾, 其神則凝. 妙物自蠠, 世無得稱.

❂ 神長乘(091)

055 西王母

天帝之女, 蓬髮虎顏. 穆王執贄, 賦詩交歡. 韻外之事, 難以具言.

❂ 西王母(092)

056 積石

積石之中, 實出重河. 夏后是導, 石門涌波. 珍物斯備, 比奇崑阿.

❋ 積石(094)

057 白帝少昊

少昊之帝, 號曰金天. 魂氏之宮, 亦在此山. 是司日入, 其景則員.

❋ 白帝少昊(095)

058 猙

章莪之山, 奇怪所宅. 有獸似豹, 厥色惟赤. 五尾一角, 鳴如擊石.

❋ 猙(096)

059 畢方

畢方赤文, 離精是炳. 旱則高翔, 鼓翼陽景. 集乃災流, 火不炎正.

【正】案'正'字誤.《匡謬正俗》引作上上與炳, 景韻是也.

❋ 畢方(096)

060 文貝

先民有作, 龜貝爲貨. 貝以文彩, 買以小大. 簡則易從, 犯而不過.

❋ 文貝(097)

061 天狗

乾麻不長, 天狗不大. 厥質雖小, 攘災除害. 氣之相王, 在乎食帶.

❋ 天狗(097)

062 三青鳥

山名三危, 青鳥所解. 往來昆侖, 王母是隷. 穆王西征, 旋軫斯地.

❋ 三青鳥(099)

063 江疑·㹋㹞獸·鶹鳥

江疑所居, 風雲是潛. 獸有㹋㹞, 毛如披蓑. 鶹鳥一頭, 厥身則兼.

【鶹】案鶹疑當爲'鴟'. 下同.

❋ 江疑(098), 㹋㹞獸·鶹鳥(099)

064 神耆童

顓頊之子, 嗣作火正. 鏗鎗其鳴, 聲如鍾聲. 處于騩山, 唯靈之盛.

❋ 神耆童(100)

065 帝江

質則混沌, 神則旁通. 自然靈照, 聽不以聰. 强爲之名, 曰在帝江.

【在】案'在'疑. 作當'惟'.

✺ 帝江(101)

066 獂獸·鵸䳜鳥

鵸䳜三頭, 獂獸三尾. 俱禦不祥, 消凶辟眯. 君子服之, 不逢不䰠.

【獂】案'獂', 經本作'讙', 注或作'原'.

✺ 獂獸(讙)·鵸䳜鳥(103)

067 當扈

鳥飛以翼, 當扈則鬚. 廢多任少, 沛然有餘. 輪運於轂, 至用在無.

✺ 當扈(110)

068 白狼

矯矯白狼, 有道則遊. 應符變質, 乃銜靈鉤. 惟德是適, 出殷見周.

✺ 白狼(113)

069 白虎

甝虪之虎, 仁而有猛. 其質載皓, 其文載炳. 應德而擾, 止我交境.

【虪】案虪字誤, 說見箋.

✺ 白虎(113)

070 駮

駮惟馬類, 實畜之英. 騰髦驤首, 嘘天雷鳴. 氣無馮凌, 吞虎辟兵.

☀ 駮(120)

071 神䰠·蠻蠻·䰇遺魚

其音如吟, 一脚人面. 鼠身鼈頭, 厥號曰蠻. 目如馬耳, 食厭妖變.

【䰇遺】 經作‘冉遺’.

☀ 神䰠(117), 蠻蠻(118), 䰇遺魚(119)

072 㯃木

㯃之爲木, 厥形似樏. 若能長服, 拔樹排山. 力則有之, 壽則宜然.

【樏】 案‘樏’經文作‘棠樏’. 字見郭注賦云‘楊樏’.

☀ 㯃木(120)

073 鳥鼠同穴山

鶓䴅二蟲, 殊類同歸. 聚不以方, 或走或飛. 不然之然, 難以理推.

☀ 鳥鼠同穴山(122)

074 絮䰽魚

形如覆銚, 包玉含珠. 有而不積, 泄以尾閭. 闇與道會, 可謂奇魚.

※ 絮魤魚(122)

075 丹木

爰有丹木, 生彼湳盤. 厥實如瓜, 其味甘酸. 蠲痾辟火, 用奇桂蘭.

※ 丹木(123)

076 窮奇獸 · 蠃魚 · 孰湖獸

窮奇如牛, 蝟毛自表. 濛水之蠃, 匪魚伊鳥. 孰湖之獸, 見人則抱.

【自表】案郭氏注經諸稱銘曰'皆卽', 《圖讚》之文, 唯此全乖, 可疑.
【見人則抱】臧庸曰:「此乃窮奇 · 蠃魚 · 孰湖三物合《讚》.
　　　　　　　故與郭注窮奇銘有乖.」

※ 窮奇獸 · 蠃魚(121), 孰湖獸(123)

077 鱻魚

物以感應, 亦有數動. 壯士挺劍, 氣激白虹. 鱻魚潛淵, 出則邑悚.

※ 鱻魚(122)

〈3〉 北山經

078 水馬

馬實龍精, 爰出水類. 渥洼之駿, 是靈是瑞. 昔在夏后, 亦有何駟!

❋ 水馬(127)

079 鰷魚

涸和損平, 莫慘於憂. 詩詠萱草, 帶山則鰷. 塹焉遺岱, 聊以盤遊.

❋ 鰷魚(128)

080 耳鼠獸·鶛鶋鳥·何羅魚

厭火之獸, 厥名耳鼠. 有鳥自化, 號曰鶛鶋. 一頭十身, 何羅之魚.

❋ 耳鼠獸·鶛鶋鳥(128), 何羅魚(129)

081 孟槐

孟槐似貆, 其豪則赤. 列象胃獸, 凶邪是辟. 氣之相騰, 莫見其迹.

❋ 孟槐(129)

082 鰼鰼魚

鼓鰭一揮, 十翼翩翩. 厥鳴如鵲, 鱗在羽端. 是謂怪魚, 食之辟燔.

✸ 鰼鰼魚(130)

083 橐駝

駝惟奇畜, 肉鞍是被. 迅騖流沙, 顯功絕地. 潛識泉源, 微乎其智.

✸ 橐駝(131)

084 耳鼠

蹠實以足, 排虛以羽. 翹尾翻飛, 奇哉耳鼠. 厥皮惟良, 百毒是禦.

✸ 耳鼠(133)

085 幽頞

幽頞似猴, 俾愚作智. 觸物則笑, 見人佯睡. 好用小慧, 終是嬰繫.

✸ 幽頞(135)

086 寓鳥 · 孟極 · 足訾獸

鼠而傅翼, 厥聲如羊. 孟極似豹, 或倚無良. 見人則呼, 號曰足訾.

【或倚無良】 案此語難曉.
【見人則呼, 號曰足訾】 臧庸曰: 「末二句無韻, 疑有誤.」

✸ 寓鳥(131), 孟極(134), 足訾獸(136)

087 鴲鳥

毛如雌雉, 朋翔羣下. 飛則籠日, 集則蔽野. 肉驗鍼石, 不勞補寫.

※ 鴲鳥(136)

088 諸犍獸·白䳅·竦斯鳥

諸犍善吒, 行則銜尾. 白䳅竦斯, 厥狀如雉. 見人則跳, 頭文如繡.

※ 諸犍獸·白䳅(137), 竦斯鳥(138)

089 磁石

磁石吸鐵, 瑇瑁取芥. 氣有潛感, 數亦冥會. 物之相投, 出乎意外.

※ 鴲鳥(138)

090 㫉牛

牛充兵機, 㸬之者㫉. 冠于㫉鼓, 爲軍之標. 匪肉致災, 亦毛之招.

※ 㫉牛(142)

091 長蛇

長蛇百尋, 厥鬛如彘. 飛羣走類, 靡不吞噬. 極物之惡, 盡毒之厲.

※ 長蛇(141)

092 山獋

山獋之獸, 見人歡譺. 厥性善投, 行如矢激. 是惟氣精, 出則風作.

❋ 山獋(144)

093 窫窳·諸懷獸·鱲魚·肥遺蛇

窫窳諸懷, 是則害人. 鱲之爲狀, 羊鱗黑文. 肥遺之蛇, 一頭兩身.

【羊】案'羊'字疑誤.

❋ 窫窳(143), 諸懷獸(145), 鱲魚(144), 肥遺蛇(146)

094 鮆魚

陽鑒動日, 土蛇致宵. 微哉鮆魚, 食則不驕. 物在所感, 其用無標.

❋ 鮆魚(154)

095 狍鴞

狍鴞貪悷, 其目在腋. 食人未盡, 還自齦割. 圖形妙鼎, 是謂不若.

【齦割】案讚與郭注銘詞異. 臧庸曰:「割字非韻.」

❋ 狍鴞(161)

096 㺉䑏·驒馬·獨㹨

有獸如豹, 厥交惟綯. 䑏善躍嶮, 驒馬一角. 虎狀馬尾, 號曰獨㹨.

● 㺉𤟥(150), 騂馬(160), 獨㺊(162)

097 鴛䳒

禦暍之鳥, 厥名鴛䳒. 昏明是互, 晝隱夜覿. 物貴應用, 安事鸞鵠.

● 鴛䳒(162)

098 居暨獸・鴔鳥・三桑

居暨豚鳴, 如彙赤毛. 四翼一目, 其名曰鴔. 三桑無枝, 厥樹唯高.

● 居暨獸・鴔鳥(163) 三桑(166)

099 驒獸

驒獸四角, 馬尾有距. 涉歷歸山, 騰巘躍岨. 厥貌惟奇, 如是旋舞.

● 驒獸(169)

100 天馬

龍馮雲遊, 騰蛇假霧. 未若天馬, 自然凌翥. 有理懸運, 天機潛御.

● 天馬(171)

101 鶹居

鶹居如鳥, 靑身黃足. 食之不飢, 可以辟穀. 內厥惟珍, 配彼丹木.

【居】經作'鶹'.
【內】案'內'疑當爲'肉'.

✳ 鶹居(171)

102 飛鼠

或以尾翔, 或以髯凌. 飛鼠鼓翰, 倏然背騰. 用無常所, 惟神是馮.

【用無常所】案〈藏本〉, 此句闕二字.

✳ 飛鼠(173)

103 鷾 · 象蛇鳥 · 鮯父魚

有鳥善驚, 名曰鷾鷾. 象蛇似雉, 自生子孫. 鮯父魚首, 厥體如豚.

【鷾鷾】案此及經, 皆單作'鷾'. 讚作'鷾鷾'重文, 協韻.

✳ 鷾(169), 象蛇鳥 · 鮯父魚(174)

104 酸與

景山有鳥, 稟形殊類. 厥狀如蛇, 脚二翼四. 見則邑恐, 食之不醉.

✳ 酸與(178)

105 鶘鶹·黃鳥

鶘鶹之鳥, 食之不瞧. 爰有黃鳥, 其鳴自叫. 婦人是服, 矯情易操.

❋ 鶘鶹(184), 黃鳥(186)

106 精衛

炎帝之女, 化爲精衛. 沈所東海, 靈爽西邁. 乃銜木石, 以堙波海.

【所】案《類聚》作'形'.
【以堙】臧庸曰:「《類聚》作'以填'. 攷害與衛邁, 皆脂類也.
　　　　　　若作海則爲之類矣. 必當從《類聚》.」

❋ 精衛(190)

107 辣辣·䮝九獸·大蛇

辣辣似羊, 眼在耳後. 竅生尾上, 號曰䮝九. 幽都之山, 大蛇牛呴.

❋ 辣辣(202), 䮝九獸(211), 大蛇(215)

〈4〉 東山經

108 鱅鱅魚·從從獸·蚩鼠

魚號鱅鱅, 如牛虎鮫. 豵豵之狀, 似狗六脚. 蚩鼠如雞, 見則旱涸.

【豵豵】 經作'從從'. 讚作豵豵.
【鮫】 案'鮫'字譌, 《御覽》作'駮'.

✺ 鱅鱅魚(218), 從從獸·蚩鼠(220)

109 偹蟰

偹蟰蛇狀, 振翼灑光. 憑波騰逝, 出入江湘. 見則歲旱, 是維火祥.

✺ 偹蟰(227)

110 狪狪

蚌則含殊, 獸胡不可. 狪狪如豚, 被褐懷禍. 患難無由, 招之自我.

✺ 狪狪(228)

111 堪孖魚·軨軨獸

堪孖軨軨, 殊氣同占. 見則洪水, 天下昏墊. 豈伊妄降, 亦應牒讖.

✺ 堪孖魚(226), 軨軨獸(231)

112 珠鼈魚

澧水之鮮, 形如浮肺. 體兼三才, 以貨買害. 厥用旣多, 何以自衛.

☀ 珠鼈魚(235)

113 犰狳

犰狳之獸, 見人佯眠. 與栽恊氣, 出則無年. 此豈能爲, 歸之於天.

☀ 犰狳(236)

114 狸力獸 · 鵁胡鳥

狸力鵁胡, 或飛或伏. 是惟土祥. 出與功築. 長城之役, 同集秦域.

☀ 狸力獸(011), 鵁胡鳥(239)

115 朱獳

朱獳無奇, 見則邑駭. 通感靡誠, 維數所在. 因事而作, 未始無待.

☀ 朱獳(238)

116 獙獙 · 蠪蚳獸 · 絜鉤鳥

獙獙如狐, 有翼不飛. 九尾虎爪, 號曰蠪蚳. 絜鉤似鳧, 見則民悲.

☀ 獙獙(245), 蠪蚳獸(246), 絜鉤鳥(247)

117 袚袚

治在得賢, 亡由夫人. 袚袚之來, 乃致狡賓. 歸之冥應, 誰見其津?

【夫】陳壽祺曰:「'夫'當爲'失'.」

❋ 袚袚(247)

118 蠦龜

水圓四十, 潛源溢沸. 靈龜爰處, 掉尾養氣. 莊生是感, 揮竿傲貴.

❋ 蠦龜(255)

119 媟胡·精精獸·鮯鮯魚

媟胡之狀, 似稟魚眼. 精精如牛, 以尾自辨. 鮯鮯所潛, 厥深無限.

❋ 媟胡(249), 精精獸(256), 鮯鮯魚(255)

120 猲狙獸·䳜雀

猲狙狡獸, 䳜雀惡鳥. 或狼其體, 或虎其爪. 安用甲兵, 擾之以道.

❋ 猲狙獸·䳜雀(259)

121 芑木

馬維剛駿, 塗之芑汁. 不勞孫陽, 自然閑習. 厥術無方, 理有潛執.

❋ 芑木(261)

122 茈魚・薄魚

有魚十身, 蘪蕪其臭. 食之和體, 氣不下溜. 薄之躍淵, 是爲災候.

❋ 茈魚(261), 薄魚(262)

123 合窳

豬身人面, 號曰合窳. 厥性貪殘, 物爲不咀. 至陰之精, 見則水雨.

【物爲】案'爲'當作'無'.

❋ 合窳(265)

124 當康獸・鰼魚

當康如豚, 見則歲穰. 鰼魚鳥翼, 飛乃流光. 同出殊應, 或災或祥.

❋ 當康獸(263), 鰼魚(264)

125 蜚

蜚則災獸, 跂踵厲深. 會所經涉, 竭水槁林. 稟氣自然, 體此殃淫.

【殃淫】案郭注銘詞即圖讚也. 此讚乃全與銘異, 可疑.

❋ 蜚(266)

〈5〉 中山經

126 桃林

桃林之谷, 實惟塞野. 武王克商, 休牛風馬. 阨越三塗, 作險西夏.

❊ 桃林(339)

127 鳴石

金石同類, 潛響是韞. 擊之雷駭, 厥聲遠聞. 苟以數通, 氣無不運.

❊ 鳴石(335)

128 旋龜·人魚·修辟

聲如破木, 號曰旋龜. 修辟似虺, 厥鳴如鴟. 人魚類鰦, 出于洛伊.

❊ 旋龜(334), 人魚(336), 修辟(337)

129 帝臺棋

茫茫帝臺, 維靈之貴. 爰有石棋, 五彩煥蔚. 觴禱百神, 以和天氣.

❊ 帝臺棋(342)

130 若華·烏酸草

療癰之草, 厥實如瓜. 烏酸之葉, 三成黃華. 可以爲毒, 不畏蚖蛇.

【若華】案經作'苦辛'.

❋ 苦辛(340), 烏酸草(343)

131 蕎草

蕎草黃華, 實如菟絲. 君子是佩, 人服媚之. 帝女所化, 其理難思.

❋ 蕎草(344)

132 山膏獸·黃棘

山膏如豚, 厥性好罵. 黃棘是食, 匪子匪化. 雖無真操, 理同不嫁.

❋ 山膏獸·黃棘(345)

133 三足龜

造物維均, 靡偏靡頗. 少不爲短, 長不爲多. 貢能三足, 何異黿鼉?

❋ 三足龜(348)

134 嘉榮

霆維天精, 動心駭目. 曷以禦之, 嘉榮是服. 所正者神, 用口腸腹.

❋ 嘉榮(349)

135 天楄·牛傷·文獸·騰魚

牛傷鎮氣, 天楄弭噎. 文獸如蜂, 枝尾反舌. 騰魚靑斑, 處于達穴.

【文獸】案文經作'文文'.

❋ 天楄(346), 牛傷(348), 文文獸(347), 騰魚(349)

136 帝休

帝休之樹, 厥枝交對. 竦本少室, 會陰雲霽. 君子服之, 匪怒伊愛.

❋ 帝休(350)

137 泰室

嵩維岳宗, 華岱恒衡. 氣通元漠, 神洞幽明. 嵬然中立, 衆山之英.

❋ 泰室(351)

138 栯木

爰有嘉樹, 厥名曰栯. 薄言采之, 窈窕是服. 君子惟歡, 家無反目.

❋ 栯木(351)

139 薗草

薗草赤莖, 實如蘡薁. 食之益智, 忽不自覺. 殆齊生知, 功奇于學.

❋ 薗草(355)

140 鴟鳥

鴟之爲鳥, 同羣相爲. 畸類被侵, 雖死不避. 毛飾武士, 兼厲以義.

❋ 鴟鳥(285)

141 鳴蛇 · 化蛇

鳴化二蛇, 同類異狀. 拂翼俱遊, 騰波漂浪. 見則竝災, 或淫或亢.

❋ 鳴蛇(288), 化蛇(289)

142 赤同

昆語之山, 名銅所在. 切玉如泥, 火炙有彩. 尸子所歎, 驗之比宰.

❋ 赤同(290)

143 神熏池

泰逢虎尾, 武羅人面. 熏池之神, 厥狀不見. 爰有美玉, 河林如蒨.

❋ 神熏池(295)

144 神武羅

有神武羅, 細腰白齒. 聲如鳴佩, 以鐻貫耳. 司帝密都, 是宜女子.

❋ 神武羅(296)

145 鸓鳥

鸓鳥似鼯, 翠羽朱目. 既麗其形, 亦奇其肉. 婦女是食, 子孫繁育.

❋ 鸓鳥(296)

146 荀草

荀草赤實, 厥狀如菅. 婦人服之, 練色易顏. 夏姬是豔, 厥媚三還.

❋ 荀草(296)

147 馬腹獸·飛魚

馬腹之物, 人面似虎. 飛魚如豚, 赤文無羽. 食之辟兵, 不畏雷鼓.

❋ 馬腹獸(293), 飛魚(297)

148 神泰逢

神號泰逢, 好遊山陽. 濯足九州, 出入流光. 天氣是動, 孔甲迷惶.

❋ 神泰逢(299)

149 蒴柏

蒴柏白華, 厥子如丹. 實肥變氣, 食之忘寒. 物隨所染, 墨子所歡.

❋ 蒴柏(359)

150 橘櫾

厥苞橘櫾, 奇者維甘. 朱實金鮮, 葉蒨翠藍. 靈均是詠, 以爲美談.

❋ 橘櫾(363)

151 蓈

大騩之山, 爰有莃草. 青華白實, 食之無天. 雖不增齡, 可以窮老.

【莃】案'莃'字蓋誤.

❋ 蓈(360)

152 鮫魚

魚之別屬, 厥號曰鮫. 珠皮毒尾, 匪鱗匪毛, 可以錯角, 兼飾劒刀.

❋ 鮫魚(363)

153 鴢鳥

蝮維毒魁, 鴢鳥是噉. 拂翼鳴林, 草瘁水慘. 羽行隱戮, 厥罰難犯.

❋ 鴢鳥(365)

154 椒

椒之灌殖, 實繁有倫. 拂穎霑霜, 朱實芬辛. 服之洞見, 可以通神.

❋ 椒(384)

155 神蠱圍 · 計蒙 · 涉蠱

涉蠱三脚, 蠱圍虎爪. 計蒙龍首, 獨稟異表. 升降風雨, 茫茫渺渺.

✳ 神蠱圍(364), 計蒙(369), 涉蠱(370)

156 岷山

岷山之精, 上絡東井. 始出一勺, 終致森冥. 作紀南夏, 天淸地靜.

【森】案'森', 《類聚》作'淼'.

✳ 岷山(386)

157 夔牛

西南巨牛, 出自江岷. 體若垂雲, 肉盈千鈞. 雖有逸力, 難以揮輪.

✳ 夔牛(387)

158 崍山

邛崍峻崭, 其坂九折. 王陽逡巡, 王尊逞節. 殷有三仁, 漢稱二哲.

✳ 崍山(388)

159 狚狼 · 雍和 · 猲獸

狚狼之出, 兵不外擊. 雍和作恐, 猲乃流疫. 同惡殊災, 氣各有適.

✳ 狚狼(391), 雍和(418), 猲獸(433)

160 蜼

寓屬之才, 莫過於蜼. 雨則自懸, 塞鼻以尾. 厥形雖隨, 列象宗彝.

【隨】案'隨'字似誤.

❋ 蜼(392)

161 熊穴

熊山有穴, 神人是出. 與彼石鼓, 象殊應一. 祥雖先見, 厥事非吉.

❋ 熊穴(398)

162 跂踵

靑耕禦疫, 跂踵降災. 物之相反, 各以氣來. 見則民咨, 實爲病媒.

【病媒】案此讚與郭注銘詞全異, 可疑.

❋ 跂踵(407)

163 蛟

匪蛇匪龍, 鱗彩炳煥. 騰躍波濤, 蜿蜒江漢. 漢武飮羽, 伙飛疊斷.

❋ 蛟(413)

164 神耕父

淸泠之水, 在乎山頂. 耕父是遊, 流光灑景. 黔首祀禜, 以弭災眚.

※ 神耕父(418)

165 九鍾

嶢崩涇竭, 麟鬪日薄. 九鍾將鳴, 凌霜乃落. 氣之相應, 触感而作.

※ 九鍾(418)

166 嬰勺

支離之山, 有鳥似鵲. 白身赤眼, 厥尾如勺. 維彼有斗, 不可以酌.

※ 嬰勺(422)

167 獜

有獸虎爪, 厥號曰獜. 好自跳撲, 鼓甲振奮. 若食其肉, 不覺風迅.

※ 獜(425)

168 帝臺漿

帝臺之水, 飲蠲心病. 靈府是滌, 和神養性. 食可逍遙, 濯髮浴泳.

※ 帝臺漿(428)

169 狙如

狙如微蟲, 厥體無害. 見則師與, 兩陣交會. 物之所感, 焉有小大?

✹ 狙如(440)

170 帝女桑

爰有洪桑, 生瀆淪潭. 厥圍五丈, 枝相交參. 園客是採, 帝女所蠶.

【瀆】案‘瀆’,《類聚》作‘濱’.

✹ 帝女桑(443)

171 梁渠·狢即·聞獜獸·駅餘鳥

梁渠致兵, 狢即起災. 駅餘辟火, 物各有能. 聞獜之見, 大風乃來.

✹ 梁渠(433), 狢即(447), 聞獜獸(460), 駅餘鳥(456)

172 神于兒

于兒如人, 蛇頭有兩. 常遊江淵, 見于洞廣. 乍潛乍出, 神光忽怳.

✹ 神于兒(467)

173 神二女

神之二女, 爰宅洞庭. 遊化五江, 怳惚窈冥. 號曰夫人, 是維湘靈.

【神】案'神'當作'帝'.

❋ 神二女(468)

174 飛蛇

騰蛇配龍, 因霧而躍. 雖欲登天, 雲罷陸略. 仗非啓體, 難以云託.

【仗】案'仗'字疑'誤'.

❋ 飛蛇(475)

〈6〉 海外南經

175 自此山來蟲爲蛇, 蛇號爲魚

賤舞定貢, 貴無常珍. 物不自物, 自物由人. 萬事皆然, 豈伊蛇鱗.

❋ 自此山來蟲爲蛇, 蛇號爲魚(485)

176 羽民國

鳥喙長頰, 羽生則卵. 矯翼而翔, 龍飛不遠. 人維倮屬, 何狀之反.

❋ 羽民國(487)

177 神人二八

羽民之東, 有神司夜. 二八連臂, 自相羈駕. 晝隱宵出, 詭時淪化.

❋ 神人二八(488)

178 讙頭國

讙國鳥喙, 行則杖羽. 潛于海濱, 維食杞秬. 實爲嘉穀, 所謂濡黍.

❋ 讙頭國(490)

179 厭火國

有人獸體, 厥狀怪譎. 吐納炎精, 火隨氣烈. 推之舞奇, 理有不熱.

❋ 厭火國(491)

180 三珠樹

三珠所生, 赤水之際. 翹葉柏竦, 美壯若彗. 濯彩丹波, 自相霞映.

【壯】案'壯'疑當爲'狀'.

【映】臧庸曰:「映字無韻, 蓋誤.」

❋ 三珠樹(492)

181 䴔國

不蠶不絲, 不稼不穡. 百獸率儛, 羣鳥拊翼. 是號䴔民, 自然衣食.

❋ 䴔國(494)

182 貫匈 · 交脛 · 支舌國

鑠金洪爐, 灑成萬品. 造物無私, 各任所稟. 歸於曲成, 是見兆眹.

❋ 貫匈國(495), 交脛國(496), 支舌國(498)

183 不死國

有人爰處, 員丘之上. 赤泉駐年, 神木養命. 稟此遐齡, 悠悠無竟.

【上】案上讀'市郢反'.

❋ 不死國(497)

184 鑿齒

鑿齒人類, 實有傑牙. 猛越九嬰, 害過長蛇. 堯乃命羿, 斃之壽華.

❋ 鑿齒(500)

185 三首國

雖云一氣, 呼吸異道. 觀則俱見, 食則皆飽. 物形自周, 造化非巧.

❋ 三首國(501)

186 焦僥國

羣籟舛吹, 氣有萬殊. 大人三丈, 焦僥尺餘. 混之一歸, 此亦僑如.

❋ 焦僥國(502)

187 長臂國

雙肱三尺, 體如中人. 彼曷爲者, 長臂之民. 修脚自負, 捕魚海濱.

【三尺】《初學記》作'三丈'.

❋ 長臂國(503)

188 狄山帝堯葬于陽, 帝嚳葬于陰

聖德廣被, 物無不懷. 爰乃殂落, 封墓表哀. 異類猶然, 矧乃華黎.

❉ 狄山帝堯葬于陽, 帝嚳葬于陰(504)

189 視肉

聚肉有眼, 而無腸胃. 與彼馬勃, 顏相髣髴. 奇在不盡, 食人薄味.

❉ 視肉(504)

190 南方祝融

祝融火神, 雲駕龍驂. 氣御朱明, 正陽是含. 作配炎帝, 列位于南.

❉ 南方祝融(505)

〈7〉 海外西經

191 夏后啓

筮御飛龍, 果儺九代. 雲融是揮, 玉璜是佩. 對揚帝德, 禀天靈誨.

【融】 '融'當作'翮'.

◉ 夏后啓(509)

192 三身國·一臂國

品物流形, 以散混沌. 增不爲多, 減不爲損. 厥變難原, 請尋其本.

◉ 三身國(510), 一臂國(511)

193 奇肱國

妙哉工巧, 奇肱之人. 因風構思, 制爲飛輪. 凌頹遂軌, 帝湯是賓.

◉ 奇肱國(512)

194 形夭

爭神不胜, 爲帝所戮. 遂厥形夭, 臍口乳目. 仍揮干戚, 雖化不服.

【夭】 案'夭'本作'天'.

◉ 形夭(513)

195 女祭・女戚

彼姝者子, 誰氏二女. 曷爲水間, 操魚持俎. 厥儷安在, 離羣逸處.

☀ 女祭・女戚(514)

196 鳶鳥・鶹鳥

有鳥靑黃, 號曰鶹鳶. 與妖會合, 所集會至. 類則梟鵰, 厥狀難媚.

☀ 鳶鳥・鶹鳥(515)

197 丈夫國

陰有偏化, 陽無產理. 丈夫之國, 王孟是始. 感靈所通, 桑石無子.

☀ 丈夫國(516)

198 女丑尸

十日並燦, 女丑以斃. 暴于山阿, 揮袖自翳. 彼美誰子, 逢天之厲.

☀ 女丑尸(517)

199 巫咸

羣有十巫, 巫咸所統. 經技是搜, 術藝是綜. 採藥靈山, 隨時登降.

☀ 巫咸(518)

200 幷封

龍過無頭, 幷封連載. 物狀相乖, 如驥分背. 數得自通, 尋之愈閡.

❋ 幷封(519)

201 女子國

簡狄有呑, 姜嫄有履. 女子之國, 浴于黃水. 乃娠乃字, 生男則死.

❋ 女子國(520)

202 軒轅國

軒轅之人, 承天之祜. 冬不襲衣, 夏不扇暑. 猶氣之和, 家爲彭祖.

❋ 軒轅國(521)

203 乘黃

飛黃奇駿, 乘之難老. 揣角輕騰, 忽若龍矯. 實鑒有德, 乃集厥皁.

❋ 乘黃(525)

204 滅蒙鳥 · 大運山 · 雄常樹

靑質赤尾, 號曰滅蒙. 大運之山, 百仞三重. 雄常之樹, 應德而通.

❋ 滅蒙鳥(507), 大運山(508), 雄常樹(526)

205 龍魚

龍魚一角, 似狸處陵. 俟時而出, 神聖攸乘. 飛騖九域, 乘龍上昇.

【龍】案'龍',《類聚》作'雲'.

❋ 龍魚(524)

206 西方蓐收

蓐收金神, 白毛虎爪. 珥蛇執鉞, 專司無道. 立號西阿, 恭行天討.

❋ 西方蓐收(528)

〈8〉 海外北經

207 無脊國

萬物相傳, 非子則根. 無脊因心, 構肉生魂. 所以能然, 奪形者存.

* 無脊國(530)

208 燭龍

天缺西北, 龍銜火精. 氣爲寒暑, 眼作昏明. 身長千里, 可謂至神.

【銜】案'銜',《類聚》作'銜'.
【神】案'神',《類聚》作'靈'.

* 燭龍(531)

209 一目國

蒼四不多, 此一不少. 子野冥瞽, 洞見無表. 形遊逆旅, 所貴維眇.

* 一目國(532)

210 柔利國

柔利之人, 曲腳反肘. 子求之容, 方此無醜. 所貴者神, 形於何有?

* 柔利國(533)

211 共工臣相柳

共工之臣, 號曰相柳. 稟此奇表, 蛇身九首. 恃力桀暴, 終禽夏后.

☀ 共工臣相柳(534)

212 深目國

深目類胡, 但□絕縮. 軒轅道降, 款塞歸服. 穿胸長脚, 同會異族.

☀ 深目國(535)

213 聶耳國

聶耳之國, 海渚是懸. 雕虎斯使, 奇物畢見. 形有相須, 手不離面.

☀ 聶耳國(537)

214 夸父

神哉夸父, 難以理尋. 傾河逐日, 遯形鄧林. 觸類而化, 應無常心.

☀ 夸父(538)

215 尋木

渺渺尋木, 生于河邊. 竦枝千里, 上干雲天. 垂陰四極, 下蓋虞淵.

☀ 尋木(542)

216 跂踵國

厥形雖大, 斯脚則企. 跳步雀踶, 踵不閡地. 應德而臻, 款塞歸義.

☀ 跂踵國(543)

217 歐絲野

女子鮫人, 體近蠶蚌. 出珠非甲, 吐絲匪蛹. 化出無方, 物豈有種?

☀ 歐絲野(544)

218 無腸國

無腸之人, 厥體維洞. 心實靈府, 餘則外用. 得一自全, 理無不共.

☀ 無腸國(536)

219 平丘

兩山之間, 丘號曰平. 爰有遺玉, 駿馬維靑. 視肉甘華, 奇果所生.

☀ 平丘(548)

220 騊駼

騊駼野駿, 產自北域. 交頸相摩, 分背翹陸. 雖有孫陽, 終不能服.

☀ 騊駼(549)

221 北方禺彊

禺彊水神, 面色黧黑. 乘龍踐蛇, 淩雲附翼. 靈一玄冥, 立于北極.

✹ 北方禺彊(550)

〈9〉海外東經

222 君子國

東方氣仁, 國有君子. 薰華是食, 雕虎是使. 雅好禮讓, 禮委論理.
【論理】案末句有誤.

* 君子國(555)

223 天吳

耽耽水伯, 號曰谷神. 入頭十尾, 人面虎身. 龍據兩川, 威無不震.

* 天吳(557)

224 九尾狐

青丘奇獸, 九尾之狐. 有道翔見, 出則銜書. 作瑞周文, 以標靈符.

* 九尾狐(558)

225 豎亥

禹命豎亥, 青丘之北. 東盡太遠, 西窮邪國. 步履宇宙, 以明靈德.

* 豎亥(559)

226 十日

十日竝出, 草木焦枯. 翳乃控弦, 仰落陽烏. 可謂洞感, 天人懸符.

❊ 十日(561)

227 毛民國

牢悲海鳥, 西子駭麋. 或貴穴倮, 或尊裳衣. 物我相頃, 孰了是非.

❊ 毛民國(564)

228 黑齒國·雨師妾·玄股國·勞民國

陽谷之山, 國號黑齒. 雨師之妾, 以蛇挂耳. 玄股食鷗, 勞民黑趾.

❊ 黑齒國(560) 雨師妾(562), 玄股國(563), 勞民國(565)

229 東方句芒

有神人面, 身鳥素服. 銜帝之命, 錫齡秦穆. 皇天無親, 行善有福.

❊ 東方句芒(566)

〈10〉 海內南經

230 梟陽

髯髯怪獸, 被髮操竹. 獲人則笑, 屑蔽其目. 終亦號呃, 反爲我戮.

＊ 梟陽(573)

231 狌狌

狌狌之狀, 形乍如犬. 厥性識往, 爲物警辯. 以酒招災, 自貽縲胃.

＊ 狌狌(577)

232 夏后啓臣孟涂

孟涂司巴, 聽訟是非. 厥理有曲, 血乃見衣. 所請靈斷, 嗚呼神微.

＊ 夏后啓臣孟涂(579)

233 建木

爰有建木, 黃實紫柯. 皮如蛇纓, 葉有素羅. 絕蔭弱水, 義人則過.

＊ 建木(581)

234 氐人

炎帝之苗, 實生氐人. 死則復蘇, 厥身爲鱗. 雲南是託, 浮遊天津.

【雲南】案‘南’, 疑當爲‘雨’.

* 氐人(582)

235 巴蛇

象實巨獸, 有蛇呑之. 越出其骨, 三年爲期. 厥大何如, 屈生是疑.

* 巴蛇(583)

〈11〉 海內西經

236 貳負臣危

漢擊盤石, 其中則危. 劉生是識, 羣臣莫知. 可謂博物, 山海乃奇.

※ 貳負臣危(587)

237 流黃酆氏國

城圍三百, 連河比棟. 動是塵昏, 烝氣霧重. 焉得遊之, 以敖以縱.

【連河】案‘河’, 疑當作‘阿’.

※ 流黃酆氏國(590)

238 大澤方百里

地號積羽, 厥方百里. 羣鳥雲集, 鼓翅雷起. 穆王旋軫, 爰策駿耳.

※ 大澤方百里(588)

239 流沙

天限內外, 分以流沙. 經帶西極, 頹唐委蛇. 注于黑水, 永溺餘波.

※ 流沙(591)

240 木禾

昆侖之陽, 鴻鷺之阿. 爰有嘉穀, 號曰木禾. 匪植匪蓺, 自然靈播.

❋ 木禾(596)

241 開明

開明天獸, 稟茲金精. 虎身人面, 表此桀形. 瞪視崑山, 威懾百靈.

【開明】案'明'下疑脫'獸'字.

❋ 開明(596)

242 文玉·玕琪樹

文玉玕琪, 方以類叢. 翠葉猗萎, 丹柯玲瓏. 玉光爭煥, 彩豔火龍.

❋ 文玉·玕琪樹(603)

243 不死樹

萬物暫見, 人生如寄. 不死之樹, 壽蔽天地. 請藥西姥, 鳥得如翼.

❋ 不死樹(603)

244 甘水·聖木

醴泉璿木, 養齡盡性. 增氣之和, 祛神之冥. 何必生知, 然後爲聖.

【璿】案'璿', 當作'睿'.

❁ 甘水 · 聖木(603)

245 窫窳

窫窳無罪, 見害貳負. 帝命羣巫, 操藥夾守. 遂淪溺淵, 變爲龍首.

❁ 窫窳(604)

246 服常 · 琅玕樹

服常琅玕, 崑山奇樹. 丹實珠離, 綠葉碧布. 三頭是伺, 遞望遞顧.

❁ 服常 · 琅玕樹(605)

〈12〉 海內北經

247 吉良

金精朱鬣, 龍行駿跱. 拾節鴻鶩, 塵下及起. 是謂吉黃, 釋聖牖里.

✳ 吉良(611)

248 蛇巫山·神蝴犬·羣帝臺·大蜂·朱蛾

蛇巫之山, 有人操杯. 鬼神蝴犬, 主爲妖災. 大蜂朱蛾, 羣帝之臺.

✳ 蛇巫山(608), 神蝴犬(613), 羣帝臺(615), 大蜂·朱蛾(616)

249 闒非·據比尸·袜·戎

人面獸身, 是謂闒非. 被髮折頸, 據比之尸. 戎三其角, 袜豎其眉.

✳ 闒非(618), 據比尸(619), 袜(621), 戎(622)

250 騶虞

怪獸五彩, 尾參於身. 矯足千里, 儵忽若神. 是謂騶虞, 詩歎其仁.

✳ 騶虞(623)

251 冰夷

稟華之精, 練食八石. 乘龍隱淪, 往來海若. 是謂水仙, 號曰河伯.

❈ 冰夷(625)

252 王子夜尸

子夜之尸, 體分成七. 離不爲疏, 合不爲密. 苟以神御, 形歸於一.

❈ 王子夜尸(627)

253 宵明·燭光

水有佳人, 宵明燭光. 流耀河湄, 稟此奇祥. 維舜二女, 別處一方.

❈ 宵明·燭光(628)

254 列姑射山·大蟹·陵魚

姑射之山, 實西神人. 大蟹千里, 亦有陵鱗. 曠哉冥海, 含怪藏珍.

【西】 '西'當作'有'.

❈ 列姑射山(631), 大蟹(633), 陵魚(634)

255 蓬萊山

蓬萊之山, 玉碧構林. 金臺雲館, 皡哉獸禽. 實維靈府, 玉主甘心.

❈ 蓬萊山(637)

〈13〉 海內東經

256 郁州

南極之山, 越處東海. 不行而至, 不動而改. 維神所運, 物無常在.

❋ 郁州(645)

257 韓鴈·始鳩·雷澤神·琅琊臺

韓鴈始鳩, 在海之州. 雷澤之神, 鼓腹優遊. 琅琊嶕嶢, 邈若雲樓.

❋ 韓鴈(647), 始鳩(648), 雷澤神(644), 琅琊臺(646)

258 豎沙·居繇·埻端·璽㬇國

豎沙居繇, 埻端璽㬇. 沙漠之鄉, 絕地之館. 或羈于秦, 或賓于漢.

❋ 豎沙·居繇(642), 埻端·璽㬇國(641)

259 大江, 北江, 南江, 浙江, 廬, 淮, 湘, 漢, 濛, 溫, 潁, 汝, 涇, 渭, 白, 沅, 贛, 泗, 鬱, 肄, 潢, 洛, 汾, 沁, 濟, 潦, 虖, 池, 漳水

川瀆交錯, 渙瀾流帶. 通潛潤下, 經營華外, 殊出同歸, 混之東會.

❋ 650-675

〈14〉大荒東經

【大荒】案荒經已下,《圖讚》明藏本闕. 此從諸書增補, 尚多闕畧云.

260 諍人國《初學記》

僬僥極麼, 諍人又小. 四體取足, 眉目纔了.

❋ 諍人國(683)

261 九尾狐

靑丘奇獸, 九尾之狐. 有道翔見, 出則銜書. 作瑞周文, 以標靈符.

【翔】案《類聚》作'祥'.

❋ 九尾狐(694)

〈15〉 大荒南經

闕

〈16〉 大荒西經

262 弱水《藝文類聚》

弱出昆山, 鴻毛是沈. 北淪流沙, 南暎火林. 惟水之奇, 莫測其深.

❋ 弱水(781)

263 炎火山《藝文類聚》

木含陽氣, 精構則然. 焚之無盡, 是生火山. 理見乎微, 其傳在傳.

【其傳】懿行按:「'其傳', 當爲'其妙'之譌.」

❋ 炎火山(781)

〈17〉大荒北經

264 若木《藝文類聚》

若木之生, 昆山是濱. 朱華電照, 碧葉玉津. 食之靈智, 爲力爲仁.

❊ 若木(826)

265 封豨《藝文類聚》

有物貪婪, 號曰封豨. 薦食無饜, 肆其殘毀. 羿乃飲羽, 獻帝效技.

❊ 封豨(848)

〈18〉海內經

闕

266 玉贛表夏,

【贛】庸按:「《廣韻》四十八感曰: 壓,《方言》云'箱類. 古禫切. 此
　　　贛當爲壓, 玉壓 猶言金匱耳.《說文》壓, 小梧也. 義別.」

267 旋軫斯地

【地】按顧寧人・段若膺皆以'地'讀如'沱'. 古音在歌類. 余謂地字,
　　　古音與今同. 本在支類. 此讚以地韻解, 皆支類也.
　　　從隸聲在支類, 支脂相通, 與歌類則遠, 亦其一證也.

268 厥號曰蠻

【蠻】按目稱'蠻', 蠻經曰其中多'蠻蠻'. 此讚又云厥號曰蠻者,
　　　皆本一字而重言之. 每有此種文法, 猶下目經'鵲'字,
　　　讚曰'鵲鵲', 經單稱'鵲'也.

269 亦有數動

【有】按《御覽》九百三十九'有'作'不', 又白虹, 作江涌'邑悚'作'民悚',
　　　皆較今本爲勝.

270 涸和損平

【涸和】按《御覽》九百三十七引作‘汩和’, 此作‘涸’, 誤. 又下文帶山,
則更山則‘鯈’, 亦當從《御覽》作‘山’. 經則‘鯈山’,
經對上文詩字更善.

271 鼓翮一揮, 十翼翩翻

【一揮, 翩翻】按《御覽》三百三十九‘一揮’作‘一運’, 當從之.
又‘翩翻’作‘翻翻’, 古字通.

272 頭文如繡

【文, 繡】按上文尾與雉韻, 脂類也. 有繡字, 肅聲在幽類, 出韻當誤.

273 璹珸取芥

【璹珸】按《藝文類聚》六作‘琥珀取芥’, 未聞其審.

274 畸類被侵

【畸類】按《類聚》九十引作‘疇類’, 此誤.

275 員丘之上

【上】按‘上’疑當爲‘正’, 二字形相近, 與前畢方讚互誤也.

Ⅱ. 《산해경山海經》서발序跋 등 관련 자료

1. 〈上山海經表〉 ·························· 漢, 劉秀

(西漢劉秀〈上山海經表〉曰:)

侍中奉車都尉光祿大夫臣秀領校‧秘書言校‧秘書太常屬臣望所校
《山海經》凡三十二篇, 今定爲一十八篇, 已定.

《山海經》者, 出於唐虞之際. 昔洪水洋溢, 漫衍中國, 民人失據, 崎嶇
於丘陵, 巢於樹木. 鯀起無功, 而帝堯使禹繼之. 禹乘四載, 隨山栞木,
定高山大川. 蓋與伯翳主驅禽獸, 命山川, 類草木, 別水土. 四嶽佐之,
以周四方, 逮人跡之所希至, 及舟輿之所罕到. 內別五方之山, 外分八方
之海, 紀其珍寶奇物, 異方之所生, 水土草木禽獸昆蟲麟鳳之所止, 禎祥之
所隱, 及四海之外, 絕域之國, 殊類之人. 禹別九州, 任土作貢, 而益等
類物善惡, 著《山海經》. 皆賢聖之遺事, 古文之著明者也. 其事質明有信.

孝武皇帝時嘗有獻異鳥者, 食之百物, 所不肯食. 東方朔見之, 言其鳥名,
又言其所當食, 如朔言. 問朔「何以知之?」卽《山海經》所出也.

孝宣皇帝時, 擊磻石於上郡, 陷得石室, 其中有反縛盜械人. 時臣秀
父向爲諫議大夫言, 此貳負之臣也. 詔問「何以知之?」亦以《山海經》對.
其文曰:「貳負殺窫窳, 帝乃梏之疏屬之山, 桎其右足, 反縛兩手」上大驚.
朝士由是多奇《山海經》者, 文學大儒皆讀學, 以爲奇可以考禎祥變怪之物,
見遠國異人之謠俗. 故《易》曰:「言天下之至賾而不可亂也.」博物之君子,
其可不惑焉. 臣秀昧死謹上.

2. 〈注山海經敍〉 ──────────────── 晉, 郭璞

(東晉記室參軍郭璞〈注山海經敍〉曰:)

世之覽《山海經》者, 皆以其閎誕迂誇, 多奇怪俶儻之言, 莫不疑焉. 嘗試論之曰: 莊生有云:「人之所知, 莫若其所不知.」吾於《山海經》見之矣! 夫以宇宙之寥廓, 群生之紛紜, 陰陽之煦蒸, 萬殊之區分, 精氣渾淆, 自相潰薄, 游魂靈怪, 觸象而構, 流形於山川, 麗狀於木石者, 惡可勝言乎?

然則總其所以乖, 鼓之於一響; 成其所以變, 混之於一象. 世之所謂異, 未知其所以異; 世之所謂不異, 未知其所以不異. 何者? 物不自異, 待我而後異, 異果在我, 非物異也. 故胡人見布而疑黂, 越人見罽而駭毳. 夫翫所習見而奇所希聞, 此人情之常蔽也. 今略舉可以明之者: 陽火出於氷水, 陰鼠生於炎山, 而俗之論者, 莫之或怪; 及談《山海經》所載, 而咸怪之. 是不怪所可怪而怪所不可怪也. 不怪所可怪, 則幾於無怪矣; 怪所不可怪, 則未始有可怪也. 夫能然所不可, 不可所不可然, 則理無不然矣.

按汲郡《竹書》及《穆天子傳》: 穆王西征見西王母, 執璧帛之好, 獻錦組之屬. 穆王享王母於瑤池之上, 賦詩往來, 辭義可觀. 遂襲崑崙之丘, 游軒轅之宮, 眺鍾山之嶺, 玩帝者之寶, 勒石王母之山, 紀跡玄圃之上. 乃取其嘉木艷草奇鳥怪獸玉石珍瑰之器, 金膏燭銀之寶, 歸而殖養之於中國. 穆王駕八駿之乘, 右服盜驪, 左驂騄耳, 造父爲御, 犇戎爲右, 萬里長騖, 以周歷四荒, 名山大川, 靡不登濟. 東升大人之堂, 西燕王母之廬, 南轢黿鼉之梁, 北躡積羽之衢. 窮歡極極, 然後旋歸.

按《史記》說穆王得盜驪・騄耳・驊騮之駿, 使造父御之, 以西巡狩, 見西王母, 樂而忘歸, 亦與《竹書》同.

《左傳》曰:「穆王欲肆其心, 使天下皆有車轍馬跡焉.」《竹書》所載, 則是其事也. 而譙周之徒, 足爲通識瑰儒, 而雅不平此, 驗之《史考》, 以著其妄.

司馬遷叙〈大宛傳〉亦云:「自張騫使大夏之後, 窮河源, 惡覩所謂崑崙者乎? 至《禹本紀》・《山海經》所有怪物, 余不敢言也.」不亦悲乎! 若《竹書》不潛出於千載, 以作徵於今日者, 則《山海》之言其幾乎廢矣.

若乃東方生曉畢方之名, 劉子政辨盜械之尸, 王頎訪兩面之客, 海民獲長臂之衣: 精驗潛效, 絶代縣符. 於戲! 群惑者其可以少寤乎? 是故聖皇原化以極變, 象物以應怪, 鑒無滯賾, 曲盡幽情, 神焉廋哉! 神焉廋哉!

蓋此書跨世七代, 歷載三千, 雖暫顯於漢, 而尋亦寢廢. 其山川名號, 所在多有舛謬, 與今不同. 師訓莫傳, 遂將湮泯. 道之所存, 俗之所喪, 悲夫! 余有懼焉, 故爲之創傳, 疏其壅閡, 闢其茀蕪, 領其玄致, 標其洞涉. 庶幾令逸文不墜於世, 奇言不絶於今, 夏后之迹, 靡刊於將來; 八荒之事, 有聞於後裔, 不亦可乎?

夫鷾鸄之翔, 叵以論垂天之淩; 蹢㴆之游, 無以知絳虯之騰; 鈞天之庭, 豈伶人之所躇; 無航之津, 豈蒼兕之所涉; 非天下之至通, 難與言《山海》之義矣. 嗚呼! 達觀博物之客, 其鑒之哉!

郭璞序.

3. 〈山海經目錄〉 ·· 晉, 郭璞

《山海經》目錄總十八卷
本三萬九百十九字.
注二萬三百五十字.
總五萬一千二百六十九字.

〈1〉 南山經第一
　　本三千五百四十七字.
　　注二千一百七字.

〈2〉 西山經第二
　　本五千六百七十二字.
　　注三千二百二字.

〈3〉 北山經第三
　　本五千七百四十六字.
　　注二千三百八十二字.

〈4〉 東山經第四
　　本二千四十字.
　　注三百七十五字.

〈5〉中山經第五

　　本四千七百一十八字.

　　注三千四百八十五字.

〈6〉海外南經第六

　　本五百一十一字.

　　注六百三十二字.

〈7〉海外西經第七

　　本五百三十七字.

　　注四百五十二字.

〈8〉海外北經第八

　　本五百八十四字.

　　注四百九十三字.

〈9〉海外東經第九

　　本四百四十二字.

　　注五百九十五字.

〈10〉海外南經第十

　　本三百六十四字.

　　注七百九字.

〈11〉海外西經第十一

　　本四百三十九字.

　　注六百九十五字.

〈12〉海外北經第十二

　　本五百九十四字.

　　注四百九十五字.

〈13〉海外東經第十三

　　本六百二十四字.

　　注一千四百九十五字.

〈14〉大荒東經第十四

　　本八百六十四字.

　　注八百一十三字.

〈15〉大荒南經第十五

　　本九百七十三字.

　　注五百九十八字.

〈16〉大荒西經第十六

　　本一千二百八十二字.

　　注一千二百三字.

〈17〉大荒北經第十七

　　本一千五十六字.

　　注七百六十七字.

〈18〉海內經第十八

　　本一千二百十一字.

　　注九百六十七.

《山海經》古本三十二篇, 劉子駿校定爲一十八篇, 卽郭景純所傳是也.
今攷〈南山經〉三篇, 〈西山經〉四篇, 〈北山經〉三篇, 〈東山經〉四篇, 〈中山經〉
十二篇, 并〈海外經〉四篇, 〈海內經〉四篇, 除〈大荒經〉已下不數, 已得
三十四篇, 則與古經三十二篇之目不符也. 《隋書》經籍志《山海經》二十三卷,
《舊唐書》十八卷, 又《圖讚》二卷, 《音》二卷, 竝郭璞撰; 此則十八卷又加
四卷, 才二十二卷, 復與〈經籍志〉二十三卷之目不符也. 《漢書》藝文志
《山海經》十三篇, 在刑法家, 不言有十八篇. 所謂十八篇者, 〈南山經〉
至〈中山經〉, 本二十六篇, 合爲〈五藏山經〉五篇, 加〈海外經〉已下八篇,
及〈大荒經〉已下五篇爲十八篇也. 所謂十三篇者, 去〈荒經〉已下五篇,
正得十三篇也. 古本此五篇皆在外, 與經別行, 爲釋經之外篇. 及郭作傳,
据劉氏定本, 復爲十八篇, 卽又與〈藝文志〉十三篇之目不符也.

酈善長注《水經》云:「《山海經》薶縕歲久, 編韋稀絶, 書策落次, 難以
緝綴. 後人假合, 多差遠意.」然則古經殘簡, 非復完篇, 殆自昔而然矣.

〈藝文志〉不言此經誰作, 劉子駿《表》云:「出於唐虞之際, 以爲禹別
九州, 任土作貢, 而益等類物仙樂, 著《山海經》.」王仲任《論衡》·趙長君
《吳越春秋》亦稱禹益所作. 《顔氏家訓》書證篇云:「《山海經》禹益所記,
而有長沙·零陵·桂陽·諸暨, 由後人所羼, 非本文也.」

今攷〈海外南經〉之篇, 而有說'文王葬所'; 〈海外西經〉之篇, 有說'夏后
啓事'. 夫經稱'夏后', 明非禹書; 篇有'文王'禹疑周簡: 是亦後人所羼也.
至於郡縣之名, 起自周代, 《周書》作雒篇云:「爲方千里, 分以百縣, 縣有
四郡.」春秋哀公二年《左傳》云:「克敵者, 上大夫受縣, 下大夫受郡.」杜元
凱注云:「縣百里, 郡五十里.」今攷〈南次二經〉云:「縣多土功·縣多放士.」
又云:「郡縣大水·縣有大繇.」是又後人所羼也.

《大戴禮》五帝德篇云:「使禹敷土, 主名山川.」《爾雅》亦云:「從釋地已下至九河, 皆禹所名也.」觀《禹貢》一書, 足胾梗槩. 因知〈五藏山經〉五篇, 主於紀道里・說山川, 眞爲禹書無疑矣. 而〈中次三經〉說靑要之山云:「南望墠渚, 禹父之所化」〈中次十二經〉說天下名山, 首引禹曰. 一則稱禹父, 再則述禹言, 亦知此語, 必皆後人所羼矣.

然以此類致疑本經, 則非也. 何以明之? 《周官》大司徒以天下土地地圖, 周知九州之地域, 廣輪之數. 土訓掌道地圖, 道地慝. 夏官職方亦掌天下地圖, 山師・川師掌山林川澤, 致其珍異. 原師辨其丘陵墳衍原陸之名物; 秋官復有冥氏・庶是・穴氏・翨氏, 柞氏, 薙氏之屬, 掌攻夭鳥猛獸蟲諫草木之怪蠥. 《左傳》稱禹鑄鼎象物而爲之備. 使民知神姦, 民入山林川澤, 禁禦不若, 螭魅魍魎, 莫能逢旃. 《周官》左氏所述卽與此經義合. 禹作司空, 灑沈澹灾, 燒不暇撌, 濡不給扢, 身執虆垂, 以爲民先. 爰有《禹貢》, 復著此《經》. 尋山脈川, 周覽無垠, 中述怪變, 俾民不眩.

美哉! 禹功, 明德遠矣; 自非神聖, 孰能修之? 而後之讀者, 類以《夷堅》所志, 方諸《齊諧》, 不亦悲乎!

古之爲書, 有圖有說, 《周官》地圖, 各有掌故, 是其證已. 《後漢書》王景傳云:「賜景《山海經》・《河渠書》・《禹貢圖》」是漢世《禹貢》尚有圖也. 郭注此經而云:「圖亦作牛形」又云:「在畏獸畫中」陶徵士讀是經詩亦云:「流觀《山海圖》」是晉代此經尚有圖也. 《中興書目》云:「《山海經圖》十卷. 本梁張僧繇畫, 咸平二年校理舒雅重繪爲十卷, 每卷中先類所畫名, 凡二百四十七種.」是其圖畫已異郭・雅所見. 今所見圖復與繇・雅有異, 良不足据. 然郭所見圖, 卽已非古, 古圖當有山川道里. 今攷郭所標出, 但有畏獸仙人, 而於山川脈絡, 卽不能案圖會意, 是知郭亦未見古圖也.

今《禹貢》及《山海圖》, 逐絶跡不復可得. 《禹貢》雖無圖, 其書說要爲有師法, 而此經師訓莫傳, 逐將湮泯. 郭作傳後, 讀家稀絶, 途徑榛蕪, 迄於今日, 脫亂淆譌, 益復難讀.

又郭注〈南山經〉兩引璨曰, 其注〈南荒經〉昆吾之師. 又引《音義》云云, 是必郭已前音訓注解人, 惜其姓字爵里與時代俱湮, 良可於邑. 今世名家則有吳氏・畢氏. 吳徵引極博, 汎濫於羣書; 畢山水方滋, 取證於耳目.

二書於此經, 厥功偉矣. 至於辨析異同, 栞正譌謬, 蓋猶未暇以詳.

今之所述, 幷採二家所長, 作爲《箋疏》. '箋'以補注, '疏'以證經. 卷如其舊, 別爲《訂譌》一卷, 附於篇末.

計創通大義百餘事, 是正譌文三百餘事, 凡所指摘, 雖頗有依據, 仍用舊文, 因而無改, 蓋放鄭君康成注經不敢改字之例云.

嘉慶九年(1804)甲子二月廿八日 棲霞郝懿行撰.

5. 〈山海經新校正序〉 ························· 清, 畢沅

兵部侍郞兼都察院右副都御史巡撫陝西西安等處地方轉吏宣撫兼理糧餉欽賜一品頂軍畢沅撰:

《山海經》作於禹益, 述於周秦. 其學行於漢, 明於晉. 而知之者爲酈道元也.〈五藏山經〉三十四篇, 實是〈禹書〉. 禹與伯益主名山川, 定其秩祀, 量其道里, 類別草木鳥獸. 今其事見於《夏書》禹貢,《爾雅》釋地及此經〈南山經〉已下三十四篇.《爾雅》云:「三成爲昆侖邱, 絶高爲之京, 山再成.英, 銳而高. 嶠, 小而衆. 巒, 屬者嶧, 獨者蜀. 上正. 章山夆. 岡, 如堂者.密, 大山; 宮, 小山. 霍, 小山; 別, 大山. 鮮, 山絶. 陘, 山東曰朝陽, 皆禹所名.」 桉此經有昆侖山, 京山, 英山, 高山, 歸山, 嶧皐之山, 獨山, 章山, 岡山, 密山, 霍山, 鮮山, 少陘山, 朝陽谷, 是其山也.《夏書》云:「奠高山大川.」 孔子告子張以爲:「牲幣之物, 五嶽視三公, 小名山視子男.」 桉此經云:「凡某山至某山, 其祠之禮, 何用何瘞, 糈用何.」 是其例也.《列子》引夏革云, 呂不韋引伊尹書云, 多出此經. 二書皆先秦人著. 夏革·伊尹, 又皆商人. 是故知此三十四篇爲禹書無疑也.

〈海外經〉四篇·〈海內經〉四篇, 周秦所述也. 禹鑄鼎象物, 使民知神姦.」 桉其文有國名, 有山川, 有神靈奇怪之所際, 是鼎所圖也. 鼎亡於秦, 故其先時, 人猶能說其圖, 而著于冊, 劉秀又釋而增其文, 其〈大荒〉以下五篇也.〈大荒經〉四篇釋〈海外經〉,〈海內經〉一篇釋〈海內經〉.

當是漢時所傳, 亦有《山海經圖》, 頗與古異. 秀又依之爲說, 卽郭璞·張駿見而作《讚》者也.

劉秀之表《山海經》云:「可以考禎祥變怪之物, 見遠國異人之謠俗.」 郭璞之〈注山海經〉云:「不怪所可怪, 則幾於無怪矣. 怪所不可怪, 則未始有可怪也.」 秀·璞此言, 足以破疑《山海經》者之惑, 而皆不可謂知《山海經》,

何則?《山海經》〈五藏山經〉三十四篇, 古者土地之圖.《周禮》大司徒用以周知九州之地域, 廣輪之數, 辨其山林川澤邱陵墳衍原隰之名物.《管子》凡兵主者, 必先審知地圖, 轘轅之險, 濫車之水, 名山通谷經川, 陵陸邱阜之所在, 苴草林木蒲葦之所茂, 道里之遠近, 皆此經之類. 故其書世傳不廢, 其言怪與不怪者末也.

〈南山經〉其山可考者, 有雎山句餘浮玉, 會稽諸山. 其地漢時爲蠻中, 故其他書傳多失其跡也.

〈西山經〉其山率多可考, 其水有河, 有渭, 有漢, 有洛, 有涇, 有符禺, 有灌, 有竹, 有丹, 有楚, 有洋, 有弱, 有洱, 有辱, 有諸次, 有端, 有生, 有濫. 是皆雍梁二州之水. 見於經傳, 其川流沿注, 至今質明可信者也.

〈北山經〉其山皆在塞外, 古之荒服, 經傳亦失其跡, 而有泑澤及河原可信.

〈北次三經〉以下, 其山亦多可考, 其水有汾, 有酸, 有晉, 有勝, 有狂, 有修, 有雁門, 有聯, 有教, 有平, 有沁, 有嬰侯, 有淇, 有黃, 有洹, 有釜, 有歐, 有清漳濁漳, 有凍, 有牛首, 有泜, 有槐, 有彭, 有虖沱, 有滋, 有寇. 是皆冀州之水, 見於經傳, 其川流沿注, 又至今質明可信者也.

〈東山經〉其山水多不可考, 而有泰山, 有空桑之山, 有濼水, 有環水, 是爲靑州之地也.

〈中山經〉起薄山, 是禹所都. 故其山水之名尤著, 水有渠豬, 有潧, 有漏, 有少, 有伊, 有卽魚, 有鮮, 有陽, 有荔, 有墠渚, 有畛, 有正回, 有兩潚潚, 有甘, 有虢, 有浮豪, 有熒洛之洛, 有元扈, 有戶, 有良餘, 有乳, 有龍餘, 有黃酸, 有交觸, 有俞隨, 有穀, 有謝, 有少, 有瞻, 有波, 有惠, 有澗, 有豪, 有共, 有厭染, 有橐, 有譙, 有蓇, 有湖, 有門, 有藉姑, 有明, 有狂, 有來需, 有合, 有休, 有氾, 有器難, 有太, 有役, 有沫, 是皆豫州之水.

〈中次八經〉, 起景山, 有雎, 有漳, 有沱.

〈中次九經〉, 有縣洛之洛, 有岷江南北江, 有湍, 有涽, 有溇, 有淸泠淵, 有涀, 有汝, 有殺, 有澧, 有淪, 有澧沅湘九江, 是皆荊州之水. 見于經傳, 其川流沿注又至今質明可信者也.

郭璞之世, 所傳地里書尙多, 不能遠引. 今觀其注釋山水, 不桉道里, 其有名同實異, 卽云今某地有某山, 未知此是非.

又〈中山經〉有牛首之山及勞滫二水，在今山西浮山縣境，而妄引長安牛首山及勞滫二水．霍山近牛首，則在平陽，而妄多引潛及羅江羣縣之山，其疎類是．

酈道元作《水經注》，乃以經傳所紀，方士舊稱，考驗此經山川名號．桉其涂數，十得者六，始知經云東西道里，信而有徵．雖今考世殊，未嘗大異．後之撰述地里者多從之．沅是以謂其功百倍于璞也．然酈書所著，僅述水道所涇，而其他山水，紀傳所稱足爲經証者，亦間有焉．

〈西山經〉有女牀之山．薛綜云：「在華陰西六百里．」今山不可考，而道里則合于經也．

〈西次三經〉云，洱水注洛．《隋書》地理志云，洛原縣有洱水，必其水也．

〈北次三經〉云，泜水注彭水，《隋書》地理志云，房子有彭水，亦必其水也．又《太平寰宇記》云，保安軍有吃莫川，注洛．其水不勝船筏．今在陝西靖邊縣．桉〈西次三經〉有弱水．注洛，其川流旣同．又名弱水，合于不勝船筏之說，亦必其水也．

〈海內經〉凌門之山，當卽龍門之山，今陝西韓城是；楊汗之山，當卽秦之楊紆，今陝西潼關是．而古今地里家疑其域外．是由漢魏以來，不知聲轉，斯爲謬也．凡此諸條，皆郭璞所不詳，道元所未取．又沅之有功於此經者也．

又《山海經》未嘗言怪，而釋者怪焉．經說鴟鳥及人魚，皆云'人面'，'人面'者，略似人形，譬如經云：「鸚母・狌狌能言」亦略似人言，而後世圖此，遂作人形，此鳥及魚，今常見也．又'崇吾之山有獸焉，其狀如禺而文臂，豹虎而善鬪，名曰擧父'，郭云'或作夸父'，桉之《爾雅》，有玃父善顧，是旣猿猱之屬，'擧'・'夸'・'玃'三聲相近．郭注二書，不知其一，又不知其常獸，是其惑也．

以此而推，則知《山海經》非語怪之書矣．又經所言草木治疾，多足証發《內經》，沅雖未達，是知非後人所及也．〈海外〉・〈海內經〉八篇，多雜劉秀校注之辭，詳求郭意，亦不能照；酈道元注《水經》，凡閱五年，自經傳子史百家傳注類書所引，無不徵也．其有闕略，則古者不著，非力所及矣．旣依郭注十八卷，不亂其例．又以考定目錄一篇，附于書，其云新校正者，仿宋林億之例，不敢專言賤注，將以俟後人博物也．

乾隆四十六年(1781)九月九日．

6. 〈山海經新校正後序〉 ················· 淸, 孫星衍

秋颿先生作《山海經新校正》, 其考証地理, 則本《水經注》, 而自九經
箋注, 史家地志,《元和郡縣志》·《太平寰宇記》·《通典》·《通考》·《通志》
及近世方志, 無不徵也. 自漢以來, 未有知《山海經》爲地理書, 司馬遷云:
「所有怪物, 不敢言.」班固云:「放哉!」鄭元注《尙書》用河圖地之說〈地理志〉,
班固著地理志用《禹貢》, 桑欽說而皆不徵《山海經》. 然則劉秀稱文學大儒,
皆讀學以爲奇, 不過以考禎祥變怪之物耳. 酈道元所稱有《太康地志十三
州記》,《晉書》地道記等書, 山名水源, 多有自古傳說合于經, 証李吉甫諸
人亦取諸此. 以此顯經, 故足据也. 先生開府 陝西假節, 甘肅粵自崤南以
西玉門關以外, 無不親歷. 又嘗勤民灑通水利, 是以〈西山經〉四篇·〈中次
五經〉諸篇, 所証水道爲獨詳焉. 常言〈北山經〉'泑澤'·'涂吾'之屬, 聞見不誣,
惜在塞外, 書傳少, 徵無容府會也. 其五〈藏山經〉, 郭璞·道元不能遠引.
今輔其識者, 奚啻十五, 恐博物君子, 無以加諸!

星衍嘗欲爲五藏經圖繪所知山水表, 今府縣疑者, 則闕顧未暇也. 先秦
簡冊, 皆以篆書, 後乃行隷, 偏旁相合, 起于六代, 六書之義, 假借便亡,
此書甚者, 大苦山之'蓍', 崨崨之'崨', 蒲鷈之'鷈', 徧檢唐宋字書, 都無所見.
今考'蓍'卽'苦'字, '崨'·'鷈'則未聞. 後世字書, 乃遂取經俗寫. 以廣字例,
其有知者, 反云依傍字部改變經文. 此以不狂爲狂, 先生若'蜚鼠'云:「當
爲鼮.」'浯水'云:「當作浯.」'枵木'云:「當作枵.」其類引据書傳改正甚多.
寔是漢唐舊本如此, 古今讀者, 不加察核. 又如'凌門'之爲'龍門', '帝江'之爲
'帝鴻', '擧父'之爲'玃父', 此則聲音文字之學, 直過古人.

星衍夙著《經子音義》, 以補陸氏德明《釋文》, 有《山海經音義》二卷. 及見
先生, 又焚筆硯, 若〈海外經〉以下諸篇, 褲有劉秀校注之詞, 分別其文降
爲細者. 其在近世可與戴校《水經》竝行, 不倍先生, 又謂星衍. 孔子曰:

「多識于鳥獸草木之名.」多莫多于《山海經》·《神農本草》, 載物性治疾甚詳. 此書可以証發遇物能名, 儒者宜了. 惜未優游山澤, 深體其原. 以俟他時, 桉經補疏, 世有知者, 冀廣異聞, 然則先生勤學, 好問之心, 又非星衍所能傳已.

乾隆四十八年(1783) 癸卯二月廿六日, 陽湖後學孫星衍書於陝西節院長歡書屋.

7. 〈刻山海經箋疏序〉 ························· 淸, 阮元

《左傳》稱:「禹鑄鼎象物, 使民知神姦.」禹鼎不可見, 今《山海經》或其遺象歟?《漢書》藝文志列《山海經》于形(刑)法家.《後漢書》王景傳, 明帝賜景《山海經》·《河渠書》以治河. 然則是經爲山川輿地有功, 世道之.

古書非語怪也, 且與此經相出入者, 則有如《逸周書》王會·《楚辭》天問·《莊子》·《爾雅》·《神農本草》諸書, 司馬子長于山經怪物不敢言之. 史家立法之嚴固宜耳. 然上古地天尙通人神, 相雜山澤未烈. 非此書末由知已.

郭景純注于訓詁地理, 未甚精徹. 然晉人之言, 已爲近古. 吳氏《廣注》徵引, 雖博而失之蕪雜. 畢氏《校本》, 于山川考校, 甚精而訂正, 文字尙多疏略. 今郝氏究心是經, 加以《箋疏》, 精而不鑿, 博而不濫, 粲然畢著, 斐然成章. 余覽而嘉之, 爲之栞版以傳.

郝氏名懿行, 字蘭皋, 山東棲霞人, 戶部主事. 余己未, 總裁會試從經義中, 識拔實學士也. 家貧行修, 爲學盆力. 所著尙有《爾雅疏》諸書. 蘭皋妻王安人, 字瑞玉, 亦治經史, 與蘭皋公著書于車鹿春廡之閒. 所著有《詩經小記》·《列女傳注》諸書. 于此經疏並多校正之力, 亦可尙異之也.

嘉慶十四年(1809)夏四月, 揚州阮元序.

8.〈校栞山海經箋疏序〉····················· 淸, 蔡爾康

　吾友李君澹平, 以所刊《山海經箋疏》, 告藏攜本眎余, 屬弁數言. 余睜
且謝, 則誣諉至, 再且曰:「請但述我校刻是編之意足矣. 辱承知愛不敢復
以不文辭」乃爲泚筆書之曰:「凡人足跡之所未到, 耳目之所未經, 則闕疑
而不敢信尹, 古輿地家言多詳域內而略域外. 故皆右《禹貢》而左《山海經》,
甚者目爲荒誕, 等諸《齊諧》郢說, 余以爲是. 昔人之固陋, 非《山海經》之
荒誕也. 今國家懷柔遠人, 通道重譯窮髮赤裸燋齒梟鵬之族, 相與梯山
航海, 不遠千里而至. 而輶車四發, 復仿《周官》大行人之職. 分赴諸國,
足跡所到耳. 目所經, 援古證. 今往往吻合不止如曼倩之辨異島. 劉向之
識石室人而已. 然則《山海》一經, 不誠宜與《禹貢》並行哉! 惟玆是編,
初著錄於漢代, 繼注讚於景純. 自時厥後, 讀家稀絕, 途徑榛蕪. 我朝稽
古右文, 吳氏·畢氏先後有《廣注》·《校本》之作. 嘉慶間棲霞郝氏《箋疏》成,
得儀徵相國審定, 栞行然後, 斐然粲然, 讀者益收賞奇析疑之助, 惜其原
版已不可得, 李君憾焉, 爰取篋藏, 初印本精梓而詳校之, 將以餉遺同志,
余維君劬學嗜古. 曩刊書數種類, 足備鄴架珍函. 今是編之刻, 亦豈徒作
郝氏功? 臣行見, 閉戶擦奇之士, 皇華秉節之流, 莫不囊隋珠而笥荊璧,
若是, 君之用意 固深且遠也. 余方以筆墨叢累枯, 坐斗室檢覽一過, 如身
乘博望之槎, 徧覽十洲三島, 草木鳥獸之狀, 又如身與塗山之會, 周旋於
貫胸交脛三首長臂之間, 桑目怡心, 爲之稱快, 不置而因余之快, 又以知
讀是編者之同快無疑已. 是爲序.

　光緒第一丙戌(1886)五月下浣 海上蔡爾康.

9. 〈重刻山海經箋疏序〉 ·········· 清, 江標

棲霞郝蘭皐先生箋疏《山海經》十八卷, 幷坿《圖讚》一卷·《訂譌》一卷,
已於嘉慶間栞行, 越七十餘年, 無錫李君澹平重栞於上海. 旣成以示標,
命爲後敘. 以標於此書, 曾經勘讀者也.

迺作敘曰:

夫漢魏而降, 注疏迭興; 自宋迄明, 訓詁漸失, 主義理者責, 破碎夫文字,
尙剟取者笑. 攷訂之紛離雖瀍, 自謂得三代之遺文, 自謂學周秦以上. 然衡
以鉤稽, 求諸之例, 恆無當焉. 先生以東海之名儒, 値聖淸之盛, 治拾遺
補藝, 厤千百劫而不礪, 博采旁證, 集十八人之所益, 有李崇賢綜緝之備,
無酈善長怪誕之言. 卷福不多, 考證無失, 索群書之異字, 猶仍舊文, 求古
本之分篇, 不存成見, 正字俗字, 惟壖守乎許書; 轉聲近聲, 則旁通乎蒼雅.
洵足爲禹書之時, 翼郭氏之諍友者矣.

綜其大綱, 厥善有六, 尋繹微旨, 可得言焉.

夫顔成漢注未正東方之名, 唐引說文猶雜, 呂忱之語繁, 古來之完帙,
尙笑誤於後生. 先生則采周秦之遺書, 語知通要, 寶唐人之類集, 條析支離,
何氏《解詁》, 但求默守, 鄭君箋注, 不改經文, 其善者一也.

拾遺聞於《東觀》, 印信四羊笑寫本於江南, 歌傳六虎陋, 尙書之分典,
戴尉律之云亡. 先生則正寫槧之紛紜, 不淆銀鑠, 辨形聲之通叚, 詳考
金根, 所以例陸德明之《釋文》, 兼存兩本爲顔少監之《匡謬》, 惟正異文.
其善者二也.

《水經》補注, 以經之久淆, 建武省郡, 亦章懷之未解, 書策落次, 誰證
綿褫? 圖畫久亡, 孰詳絡脈? 先生則攷其山里, 旣積算於經, 由條其河渠,
定發源於崑渤. 郭記室惟知畏獸, 遜其精詳, 王伯厚攷證《藝文》, 同玆研覈.
其善者三也.

漢魏遺書, 尙廣鈔於類典, 《倉頡》·《訓詁》, 竟有藉於沙門, 自來文字之
橄亡, 半待後人之輯佚. 先生則仿神仙之別藏, 猶識遺文, 求歐李之官書,
尙存古本, 集狐干腋, 窺豹一斑. 其善者四也.

歐氏之《詩經本義》, 專務新奇; 向家之《莊子遺篇》, 僅題象注, 雖迹
同於巧, 取亦多惑乎將來. 先生則博采通人, 旣說辭之畢, 載顧召幽仄,
翼翼贊乎久書, 所以叔重《說文》, 兼稱〈師說〉, 康成經注, 多引群言.
其善者五也.

趙明誠之《金石錄》, 藉易安班孟堅之〈天文〉, 續從弱妹. 先生則一編脫橐,
亦助勘於禁闈, 三月疑團, 必解圍於新婦, 陌鷗波之小技, 傲唐韻於仙家.
其善者六也.

由玆六善, 訂厥一編, 六奇以括囊, 集群書而訂誤, 蓋出入於《莊》·
《列》·《爾雅》之間, 補苴乎訓詁·地輿之失. 所謂援据六蓺, 漢學非訛,
曲稟宏規, 家瀍自守, 則是書也.

雖〈吳志〉伊之廣收, 博采尙失, 謹嚴畢尙書之以考證, 今猶疑臆決者也.
今者中秘留藏, 宸章褒美, 草元卷在, 不爲覆瓿之書, 通德人亡, 尙念鄭鄕
之學. 惟是籤分蠹軸, 半蝕羽陵, 寫定禮堂, 已成燼簡. 吾友李君, 證古之
學塙, 本召陵博通之才, 所師荀勗, 痛編韋之稀絕, 爰鏤版以方滋, 繼余
家勤有之堂, 甄綜善本, 祖南宋書棚之學, 采拾遺文. 夫豈同好妄下其雌黃,
致譏顏氏局秘藏於宛, 委靳付人間也哉! 標謬承斠讀用述源流, 憙重譯
於四夷, 證塙聞乎古訓, 求秘函於百, 宋思校正, 夫今文自恨小文, 有懟
理董先生, 維學盍正牴牾? 此又可補乾嘉諸老之未有之聞·校勘諸家之
未竟之志也. 爰撫體要以俟將來!

光緒十三年(1887)丁亥正月元和江標.

10. 〈校栞山海經序〉 ···················· 淸, 宦懋庸

大章豎亥步四極紀道里, 當時必有專書, 而今不傳. 傳者《十洲記》
《神異經》之儔, 則病於誣, 其不誣者《穆天子傳》, 最近若鄒衍九州之外,
有大九州, 而今緯度推之, 何莫不然. 然說在要渺間, 古籍之最遠而詳者,
莫《山海經》若矣. 夫人皇九首, 兩戒八紘奇言瑰詞於世, 充棟雜而艸木
鳥獸, 殊名異形, 博識之士, 至累世不能窮其源. 畢生不足究其變. 故漢
魏以來, 箋注家, 欲暢厥敷佐, 至取中國之書注之. 不足, 則證以金石
文字; 又不足, 則益以諸子百家; 又不足, 則證以殊方異域佛經道藏者流,
一字關涉抄撮, 弗遺宜得. 大凡然扶輿啓關, 聞見益恢. 昔無而今則有之.
安知今所未見者, 非卽昔人日用常觀之品乎? 夏后騋二龍一馴擾物耳, 而今
爲神化不測之事; 庖犧牛首, 女蝸蛇身, 著在典籍, 詎盡誕詞, 而豈可觀乎?
閒嘗以謂古者人與神近, 後世人神道殊, 重黎絶地, 天通已來, 僅僅留此
一經, 爲不食之碩果, 試取《莊》·《騷》徵引於是編, 外者求通其說, 而後
恍然於四五千年來, 厤時久而書亡, 厤時又久, 而羣書愈亡, 獨遺此人不
經見之, 說與布帛菽粟竝存, 譬如泰西光電氣化之書, 舉羣不知而傲其儕,
則必震駭眩瞀, 以爲絶無理, 亦猶是耳. 而究不得謂爲必無矣.

郝注行於嘉慶間, 世久湮漫, 李君澹平, 出善本重栞行世, 意甚誠也.
然鄙則以謂古書之不足. 妄疑視之, 雖奇案之. 仍軌於正天下, 氣化變遷
之妙, 何所不至? 吾人恃耳食之近. 泥古者失之拘, 疑古者亦未嘗不失之放.
有志之士, 虛心以觀古今之變, 平心以察庶彙之繁焉. 斯爲善讀古書者已.
光緖十三年(1887)孟春月 遵義 宦懋庸.

四庫全書(文淵閣本) 子部(12) 小說家類(2) 異聞之屬

臣等謹案《山海經》十八卷, 晉郭璞注, 首有劉秀校上奏, 稱爲伯益所作.
案《山海經》之名, 始見《史記》大宛傳, 司馬遷但云:「《禹本紀》·《山海經》
所言怪物, 余不敢道.」而未言爲何人所作.《列子》稱:「大禹行而見之,
伯益知而名之, 夷堅聞而志之」似乎卽指此書, 而不言其名《山海經》. 王充
《論衡》別通篇曰:「禹主行水, 益主記異物, 海外山表, 無所不至, 以所
見聞, 作《山海經》」趙煜《吳越春秋》所說亦同. 惟《隋書》經籍志云:「蕭何
得秦圖書, 後又得《山海經》, 相傳夏禹所記.」其文稍異. 然似皆因《列子》
之說, 推而衍之.

觀書中載夏后啓·周文王及秦漢長沙·象郡·餘暨·下雟諸地名, 斷不作
於三代以上. 殆周秦間人所述, 而後來好異者, 又附益之歟? 觀《楚詞》
天問, 多與相符, 使古無是言, 屈原何由杜撰? 朱子《楚詞辨證》, 謂其反因
〈天問〉而作, 似乎不然. 至王應麟·王會補傳, 引朱子之言, 謂「《山海經》
記諸異物飛走之類, 多云東向, 或東首, 疑本因圖畵而述之. 古有此學,
如〈九歌〉·〈天問〉, 皆其類」云云, 則得其實矣.

郭璞注是書, 見於《晉書》本傳,《隋唐》二志, 皆云二十三卷, 今本乃少
五卷, 疑後人倂其卷帙, 以就劉秀奏中一十八篇之數, 非缺佚也.《隋唐》
志又有郭璞《山海經圖讚》二卷, 今其《讚》猶載《郭璞集》中, 其圖則《宋志》
已不著錄, 知久佚矣. 舊本所載劉秀奏中, 稱其書凡十八篇, 與《漢志》稱
十三篇者不合.《七略》卽秀所定, 不應自相牴牾, 疑其贗托. 然璞序已引
其文, 相傳既久. 今仍倂錄焉.

書中序述山水, 多參以神怪, 故〈道藏〉收入太元部競字號中. 究其本旨,

實非黃老之言. 然道里山川, 率難考據. 按以耳目所及, 百不一眞, 諸家並以爲地理書之冠, 亦爲未允, 核實定名, 實則小說之最古者爾.

　乾隆四十六年(1781)正月恭校上.

　總纂官臣紀昀, 臣陸錫熊, 臣孫士毅, 總校官臣陸費墀.

四庫全書(文淵閣本) 子部(12) 小說家類(2) 異聞之屬

　臣等案《山海經廣注》十八卷: 國朝吳任臣撰. 任臣有《十國春秋》, 已著錄.
是書因郭璞《山海經注》而補之, 故曰《廣注》. 於物名訓詁山川道里, 皆有
所訂正. 雖嗜奇愛博, 引據稍繁. 如堂庭山之黃金, 靑邱山之鴛鴦, 雖販
婦傭奴, 皆識其物, 而旁徵典籍, 未免贅疣. 然掎摭宏富, 多足爲考證之資.
所列逸文三十四條, 自楊愼《丹鉛錄》以下十八條, 皆明代之書, 所見實無
別本, 其爲稗販誤記, 無可致疑. 至應劭《漢書注》以下十四條, 則或古本
有異, 亦頗足以廣見聞也.

　舊本載圖五卷, 分爲五類, 曰〈靈祇〉, 曰〈異域〉, 曰〈獸族〉, 曰〈羽禽〉,
曰〈鱗介〉. 云本宋咸平舒雅舊橐, 雅本之張僧繇, 其說影響依稀, 未之敢據.
其圖亦以意爲之. 無論不眞出雅與僧繇, 卽說果確實. 二人亦何由見而圖之?
故今惟錄其注, 圖則從刪. 又前列引用書目五百三十餘種, 多採自類書,
虛陳名目, 亦不瑣錄焉.

《山海經》十八卷, 內閣藏本.

晉郭璞注, 卷首有劉秀校上奏, 稱爲伯益所作. 案《山海經》之名, 始見《史記》大宛傳, 司馬遷但云:「《禹本紀》·《山海經》所有怪物, 余不敢言.」而未言爲何人所作.《列子》稱:「大禹行而見之, 伯益知而名之, 夷堅聞而志之.」似乎卽指此書, 而不言其名《山海經》. 王充《論衡》別通篇曰:「禹主行水, 益主記異物, 海外山表, 無所不至, 以所見聞, 作《山海經》.」趙煜《吳越春秋》所說亦同. 惟《隋書》經籍志云:「蕭何得秦圖書, 後又得《山海經》, 相傳夏禹所記.」其文稍異. 然似皆因《列子》之說, 推而衍之.

觀書中載夏后啓·周文王及秦漢長沙·象郡·餘暨·下雋諸地名, 斷不作於三代以上. 殆周秦間人所述, 而後來好異者, 又附益之歟? 觀《楚詞》天問, 多與相符, 使古無是言, 屈原何由杜撰? 朱子《楚詞辨證》, 謂「其反因〈天問〉而作, 似乎不然. 至王應麟·王會補傳, 引朱子之言, 謂《山海經》記諸異物飛走之類, 多云東向, 或東首, 疑本因圖畫而述之. 古有此學, 如〈九歌〉·〈天問〉, 皆其類」云云, 則得其實矣.

郭璞注是書, 見於《晉書》本傳,《隋唐》二志, 皆云二十三卷, 今本乃少五卷, 疑後人倂其卷帙, 以就劉秀奏中一十八篇之數, 非闕佚也.《隋唐》志又有郭璞《山海經圖讚》二卷, 今其《讚》猶載《郭璞集》中, 其圖則《宋志》已不著錄, 知久佚矣. 舊本所載劉秀奏中, 稱其書凡十八篇, 與《漢志》稱十三篇者不合.《七略》卽秀所定, 不應自相牴牾, 疑其虛託. 然璞序已引其文, 相傳旣久. 今仍倂錄焉.

書中序述山水, 多參以神怪, 故〈道藏〉收入太元部競字號中. 究其本旨, 實非黃老之言. 然道里山川, 率難考據. 案以耳目所及, 百不一眞, 諸家竝以爲地理書之冠, 亦爲未允, 核實定名, 實則小說之最古者爾.

《山海經廣注》十八卷. 浙江巡撫採進本.

國朝吳任臣撰. 任臣有《十國春秋》, 已著錄. 是書因郭璞《山海經註》而補之, 故曰《廣注》. 於物名訓詁山川道里, 皆有所訂正. 雖嗜奇愛博, 引據稍繁. 如堂庭山之黃金, 靑邱山之駕鴦, 雖販婦傭奴, 皆識其物, 而旁徵典籍, 未免贅疣. 卷首冠雜述一篇, 亦涉冗蔓. 然掎摭宏富, 多足爲考證之資. 所列逸文三十四條, 自楊愼《丹鉛錄》以下十八條, 皆明代之書, 所見實無別本, 其爲稗販誤記, 無可致疑. 至應劭《漢書注》以下十四條, 則或古本有異, 亦頗足以廣見聞也.

舊本載圖五卷, 分爲五類, 曰〈靈祇〉, 曰〈異域〉, 曰〈獸族〉, 曰〈羽禽〉, 曰〈鱗介〉. 云本宋咸平舒雅舊稿, 雅本之張僧繇, 其說影響依稀, 未之敢據. 其圖亦以意爲之. 無論不眞出雅與僧繇, 卽說果確實. 二人亦何由見而圖之? 故今惟錄其注, 圖則從刪. 又前列引用書目五百三十餘種, 多採自類書, 虛陳名目, 亦不瑣錄焉.

乾隆四十六年(1781)九月恭校上.

總纂官臣紀昀, 臣陸錫熊, 臣孫士毅, 總校官臣陸費墀.

15. 〈山海經上諭〉

　　光緒十二年六月下旬　上海還讀樓校刊印行.

　　上諭:

　　光緒七年十二月二十四日內閣奉上諭, 前據順天府府尹游百川呈進, 已故戶部主事郝懿行所著書四種, 當交南書房翰林閱看, 據稱郝懿行, 學問淵博, 經術湛深. 嘉慶年間海內推重, 所著《春秋比》·《春秋說略》·《爾雅義疏》·《山海經箋疏》, 各書精博, 邃密足資, 攷證所進之書, 則著留覽欽此.

16. 〈山海經奏摺〉 ·· 清, 游百川

順天府尹, 臣游百川跪奏, 爲代進前戶部主事解經之書, 恭摺仰祈聖鑒事,
竊維爲學, 莫先於研經, 而著書尤貴乎析義. 臣籍隷山東稔知同鄉前戶部
主事郝懿行所著《春秋說略》十二卷·《春秋比》二卷·《爾雅義疏》十九卷·
《山海經箋疏》十八卷, 並附《圖讚》一卷·《訂譌》一卷, 積數十年之精力,
而成其書. 頗爲賅洽.

伏念《春秋》有褒磯之義, 說經之門戶; 宜分《爾雅》爲訓詁之宗, 名物
之異同必辨. 郝懿行窮源竟委曲引旁徵, 曾博極乎羣書, 求折衷於一是.
至如《山海經》一書, 劉歆駮其神奇, 郭璞稱其靈化. 又欲事刊疏繆, 辭取
雅馴, 旣富捃羅, 復精辨覈. 可謂殫心典籍, 無愧通方. 該主事係山東棲
霞縣廩膳, 生乾隆丙午(1786), 優貢戊申舉人, 嘉慶己未(1799)進士, 戶部江南
司主事, 髫齡勵志, 皓首窮經, 迹其成書, 有裨實學. 今其孫現任順天府
東路同知郝聯薇, 收存原稿, 校繕成編.

臣謹代進呈以備, 採納伏察. 康熙年間, 胡渭進《禹貢錐指》. 乾隆年間
顧棟高進《春秋大事表》, 均蒙聖祖仁皇帝. 高宗純皇帝錫以嘉予摻入四庫.
今郝懿行所著等編, 儻蒙皇上典學之餘, 俯賜乙覽, 則儒生稽古之榮. 當與
胡渭·顧棟高並傳於藝苑矣. 謹將裝成書三函計十六本, 恭摺隨同上進,
伏乞皇太后, 皇上聖鑒. 謹奏.

17. 〈山海經箋疏審定校勘爵里姓氏〉

阮元: 儀徵阮雲臺侍郎(元)

孫星衍: 陽湖孫伯淵觀察(星衍)

臧庸: 武進臧西成文學(庸)

姚文田: 歸安姚秋農中允(文田)

王引之: 高郵王曼卿學士(引之)

吳鼐: 全椒吳山尊學士(鼐)

鮑桂星: 歙縣鮑覺生學士(桂星)

宋湘: 嘉應宋芷灣編修(湘)

陳壽祺: 閩縣陳梅修編修(壽祺)

涂以輈: 江西新城涂瀹莊侍御(以輈)

程國仁: 商城程鶴樵侍御(國仁)

張業南: 南海張棠村員外(業南)

徐名鏐: 龍南徐香珏主事(名鏐)

馬瑞辰: 桐城馬元伯主事(瑞辰)

孔繼埈: 曲阜孔阜村主事(繼埈)

嚴可均: 烏程嚴銕橋孝廉(可均)

阮常生: 儀徵阮小雲蔭生(常生)

牟廷相: 棲霞牟黙人明經(廷相)

⑴《山海經》十八卷

右大禹製, 晉郭璞傳. 漢侍中·奉車徒尉劉秀校定. 表言:「禹別九州, 而益等類物善惡, 著此書. 皆聖賢之遺事, 古文著明者也.」十父嘗考之, 於其書有曰:「長沙·零陵·雁門, 皆郡縣名, 又自載禹鯀, 似後人因其名參益之.」

⑵《山海經圖》十卷

右皇朝舒雅等撰. 雅, 仕江南, 韓熙載之門人也, 後入朝數預參修書之選. 閩中刊行本或題曰「張僧繇畫」, 妄也.

Ⅲ. 〈독산해경讀山海經〉 십삼수十三首 (陶淵明)

※ 자세한 해석과 내용은 본인 역주《陶淵明集》을 참고할 것.

(其一)
孟夏草木長, 繞屋樹扶疎. 衆鳥欣有託, 吾亦愛吾廬.
旣耕亦已種, 時還讀我書. 窮巷隔深轍, 頗廻故人車.
歡言酌春酒, 摘我園中蔬. 微雨從東來, 好風與之俱.
汎覽周王傳, 流觀山海圖. 俯仰終宇宙, 不樂復何如!

(其二)
玉臺凌霞秀, 王母怡妙顏. 天地共俱生, 不知幾何年.
靈化無窮已, 館宇非一山. 高酣發新謠, 寧效俗中言!

(其三)
迢迢槐江嶺, 是謂玄圃丘. 西南望崑墟, 光氣難與儔.
亭亭明玕照, 落落清瑤流. 恨不及周穆, 託乘一來遊.

(其四)
丹木生何許, 迺在峚山陽. 黃花復朱實, 食之壽命長.
白玉凝素液, 瑾瑜發奇光. 豈伊君子寶? 見重我軒黃.

(其五)
翩翩三靑鳥, 毛色奇可憐. 朝爲王母使, 暮歸三危山.
我欲因此鳥, 具向王母言. 在世無所須, 惟酒與長年.

(其六)

逍遙蕪皐上, 杳然望扶木. 洪柯百萬尋, 森散覆暘谷.
靈人侍丹池, 朝朝爲日浴. 神景一登天, 何幽不見燭.

(其七)

粲粲三珠樹, 寄生赤水陰. 亭亭凌風桂, 八幹共成林.
靈鳳撫雲舞, 神鸞調玉音. 雖非世上寶, 爰得王母心.

(其八)

自古皆有沒, 何人得靈長? 不死復不老, 萬歲如平常.
赤泉給我飲, 員丘足我糧. 方與三辰游, 壽考豈渠央.

(其九)

夸父誕宏志, 乃與日競走. 俱至虞淵下, 似若無勝負.
神力旣殊妙, 傾河焉足有! 餘迹寄鄧林, 功竟在身後.

(其十)

精衛銜微木, 將以塡滄海. 刑天舞干戚, 猛志固常在.
同物旣無慮, 化去不復悔. 徒設在昔心, 良晨詎可待!

(其十一)

巨猾肆威暴, 欽䲶違帝旨. 窫窳強能變, 祖江遂獨死.
明明上天鑒, 爲惡不可履. 長梧固已劇, 骏鶚豈足恃?

(其十二)

鴟鴸見城邑, 其國有放士. 念彼懷王世, 當時數來止.
青丘有奇鳥, 自言獨見爾. 本爲迷者生, 不以喩君子.

(其十三)

巖巖顯朝市, 帝者愼用才. 何以廢共鯀? 重華爲之來.
仲父獻誠言, 桓公乃見猜. 臨沒告飢渴, 當復何及哉!

임동석(茁浦 林東錫)

慶北 榮州 上茁에서 출생. 忠北 丹陽 德尙골에서 성장. 丹陽初中 졸업. 京東高 서울 敎大 國際大 建國大 대학원 졸업. 雨田 辛鎬烈 선생에게 漢學 배움. 臺灣 國立臺灣師範 大學 國文硏究所(大學院) 博士班 졸업. 中華民國 國家文學博士(1983). 建國大學校 敎授. 文科大學長 역임. 成均館大 延世大 高麗大 外國語大 서울대 등 大學院 강의. 韓國中國言語學會 中國語文學硏究會 韓國中語中文學會 會長 역임. 저서에《朝鮮 譯學考》(中文)《中國學術槪論》《中韓對比語文論》. 편역서에《수레를 밀기 위해 내린 사람들》《栗谷先生詩文選》. 역서에《漢語音韻學講義》《廣開土王碑硏究》《東北 民族源流》《龍鳳文化源流》《論語心得》〈漢語雙聲疊韻硏究〉등 학술 논문 50여 편.

임동석중국사상100

산해경 山海經

干晉, 郭璞 註/淸, 郝懿行 箋疏/袁珂 校註 / 林東錫 譯註
1판 1쇄 발행/2011년 12월 12일
2쇄 발행/2019년 2월 1일
발행인 고정일
발행처 동서문화사
창업 1956. 12. 12. 등록 16-3799
서울중구다산로12길6(신당동,4층) ☎546-0331~5 (FAX)545-0331
www.dongsuhbook.com
잘못 만들어진 책은 바꾸어 드립니다.

＊
＊
사업자등록번호 211-87-75330
ISBN 978-89-497-0700-6 04080
ISBN 978-89-497-0542-2 (세트)